– Vim discutir a possibilidade de unirmos forças, Erik – Xavier prosseguiu. – Acredito que seria mutuamente vantajoso esquecermos nossas diferenças e trabalharmos juntos.

Errado novamente, Logan pensou. A melhor maneira de trabalharmos juntos é nos lembrando das diferenças. Assim não teremos nenhuma surpresa quando o velho Magneto se voltar contra nós. De novo.

– Como uma força independente do Capitão América e de Reed Richards, há muito que podemos conseguir juntos – Xavier finalizou.

– Interessante – Magneto disse. – Janet e eu estávamos discutindo exatamente isso. "Massacre seus inimigos e todos os seus desejos serão realizados", foi o que Beyonder prometeu, e, tendo visto seus poderes, acho que todos podemos acreditar em sua habilidade de cumprir a promessa. Entretanto, devemos lutar contra Destino e seus lacaios. Se Destino vencer, Beyonder vai realizar seus desejos sociopatas... mas nós temos o poder de realizar uma nova Era de Ouro, aqui e por todo o universo. Humanos e Mutantes em paz, Charles. É o que você quer, não é? O custo não é alto, considerando os benefícios a receber.

Ele se voltou para Vespa.

– Uma luta até a morte, minha cara. Conforme concordamos, certo?

– Você sabe o que é certo, Mag? – ela retrucou. – O fato de você ser um maníaco pomposo e egoísta, apesar de ser uma graça.

SUPER-HERÓIS MARVEL
GUERRAS SECRETAS

SUPER-HERÓIS GUERRAS SECRETAS

UMA HISTÓRIA DO UNIVERSO MARVEL
ALEX IRVINE

ADAPTADO DA GRAPHIC NOVEL DE JIM SHOOTER, MIKE ZECK & BOB LAYTON

MARVEL
marvel.com
© 2016 MARVEL

São Paulo, 2016

Marvel Super Heroes – Secret Wars
Published by Marvel Worldwide, Inc., a subsidiary of Marvel Entertainment, LLC.

MARVEL
marvel.com
© 2016 MARVEL

8ª reimpressão – agosto/2021

TRADUÇÃO
Paulo Ferro Junior

PREPARAÇÃO
Elisabete Franczak Branco

P. GRÁFICO E DIAGRAMAÇÃO
Vitor Donofrio

REVISÃO
Gabriel Patez Silva

CAPA
Vitor Donofrio

ILUSTRAÇÃO DE CAPA
Will Conrad

Equipe Marvel Worldwide, Inc.

VP, PRODUÇÃO & PROJETOS ESPECIAIS
Jeff Youngquist

EDITORA-ASSOCIADA
Sarah Brunstad

GERENTE, PUBLICAÇÕES LICENCIADAS
Jeff Reingold

SVP PRINT, VENDAS & MARKETING
David Gabriel

EDITOR-CHEFE
Axel Alonso

EDITOR
Dan Buckley

DIRETOR DE ARTE
Joe Quesada

PRODUTOR EXECUTIVO
Alan Fine

Texto de acordo com as normas do Novo Acordo Ortográfico da Língua Portuguesa (1990), em vigor desde 1º de janeiro de 2009.

Dados Internacionais de Catalogação na Publicação (CIP)
(Câmara Brasileira do Livro, SP, Brasil)

Irvine, Alex
Super-heróis Marvel: Guerras Secretas
Alex Irvine; [tradução Paulo Ferro Junior].
Barueri, SP: Novo Século Editora, 2016. (Coleção Slim Edition)

Título original: Marvel Super Heroes: Secret Wars

1. Ficção norte-americana I. Título. II. Série

16-01582   CDD-813

Índice para catálogo sistemático:
1. Ficção: Literatura norte-americana 813

Nenhuma similaridade entre nomes, personagens, pessoas e/ou instituições presentes nesta publicação são intencionais. Qualquer similaridade que possa existir é mera coincidência.

ns
Uma marca do Grupo Novo Século

Alameda Araguaia, 2190 – Bloco A – 11º andar – Conjunto 1111
CEP 06455-000 – Alphaville Industrial, Barueri – SP – Brasil
Tel.: (11) 3699-7107 | Fax: (11) 3699-7323
www.gruponovoseculo.com.br |
atendimento@gruponovoseculo.com.br

1

STEVE ROGERS sabia que estava em algum tipo de espaçonave. Estava parado em meio a uma enorme área aberta sob um domo transparente, através do qual podia ver um campo de estrelas. Ele ainda usava seu uniforme de Capitão América e segurava com firmeza o escudo ao lado do corpo.

Mas o sentimento de familiaridade terminava ali. Um momento antes, Steve estava conduzindo um exercício de treinamento para novos recrutas da S.H.I.E.L.D. em uma das instalações de admissão comandadas por Nick Fury em Long Island. Um lampejo forte o cegara e ele se encolheu, pensando que algo havia dado errado com o equipamento de treino.

Então, subitamente, ele não estava mais em Long Island.

Steve deu uma volta completa, observando e analisando o que havia ao seu redor. A nave era enorme, do mesmo tamanho de um aeroporta-aviões da S.H.I.E.L.D., no mínimo. A área aberta onde Steve havia aparecido era cercada por uma parafernália de monitores e consoles, e nenhum deles se parecia com nada que a atual tecnologia da S.H.I.E.L.D. ou Stark era capaz de produzir. Steve olhou para cima e através do domo mais uma vez, e viu os traços de uma enorme liberação de energia celestial se dissipando, multicolorida e avassaladora. Ele piscou com força.

As estrelas acima não lhe eram familiares, e ele não via nenhum planeta próximo. Pelo que parecia, estava no meio do nada em um espaço galáctico.

E não estava sozinho. Outros heróis haviam aparecido ao seu redor, e, pelas suas expressões, estavam tão confusos quanto ele.

Automaticamente, Steve executou uma avaliação mental e atualizou sua estimativa de ameaças. Três integrantes do Quarteto Fantástico estavam presentes: Senhor Fantástico, Tocha Humana e Coisa. Onde estaria a Mulher Invisível? Steve fez uma nota mental para lembrar-se de perguntar isso depois. O Homem-Aranha olhava ao redor cautelosamente – sua figura magra e uniformizada agachada ao lado da forma enorme e alaranjada de Coisa. Muitos dos companheiros Vingadores de Steve também estavam lá: Gavião Arqueiro, Mulher-Hulk, Homem de Ferro, Thor, Vespa, Hulk e Espectro. Isso era uma boa notícia. Ele conhecia seu pessoal, e sabia que podia contar com eles.

Dos X-Men, ali estavam Noturno, Colossus, Lockheed (o dragão de estimação de Kitty Pryde), Wolverine, Vampira, Ciclope, Tempestade e Charles Xavier. Outra anotação foi feita no arquivo mental de Steve: Depois de avaliar o nível de ameaça, perguntar a Xavier o que ele sabia a respeito daquilo. Além de ser um telepata, Xavier geralmente tinha conhecimento das ameaças globais antes que qualquer um da S.H.I.E.L.D. tivesse a menor pista do que poderia estar acontecendo.

Quando Steve terminou a volta notou alguém parado ali, destacando-se imponentemente: Magneto, o adversário mortal dos X-Men, também completamente uniformizado. Pela força do hábito, Steve quase atacou Magneto com o escudo, mas não era de sua natureza agredir um homem sem ser provocado.

Magneto era o único inimigo ali, e ele parecia tão estupefato e confuso quanto os outros. Steve não lhe deu importância e começou a procurar algum ponto dentro de seu campo de visão de onde pudesse surgir um ataque. Havia muitos meios de sair daquela sala, portanto havia muitas maneiras de os inimigos entrarem, mas ele não percebeu nenhuma ameaça iminente.

Nos primeiros segundos, quando todos faziam mais ou menos a mesma coisa que Steve, as perguntas começaram a surgir.

– Como foi que nós...?

– Onde estamos?

– Ahh, entendi! – Homem-Aranha disse, erguendo a mão. – Estamos em algum tipo de nave gigante no espaço sideral.

Ele disparou uma teia, que se prendeu a uma viga no alto, e tomou impulso para alcançar o domo transparente, fixando-se nele. *Será que ele não pode simplesmente caminhar por aí, como um cara normal?*, Steve pensou. Mas deveria relevar isso, já que o Homem-Aranha era o mais jovem de todos ali, ou pelo menos é dessa maneira que ele agia, sempre insolente e exibicionista.

O Senhor Fantástico – Reed Richards – parecia estar avaliando a situação, como se fosse um quebra-cabeça criado exclusivamente para ele. Era assim que ele encarava tudo, Steve se deu conta. As têmporas grisalhas e a abordagem pensativa, sem mencionar o vocabulário carregado de palavras que antigamente eram chamadas de "pomposas", quase tornavam Richards o estereótipo do Professor Aloprado. Com exceção, é claro, de seus poderes, que agora estava exibindo. Ele esticou a cabeça e o braço até o painel de instrumentos mais próximo e o examinou. O restante do corpo – e de seu uniforme, com o logotipo do número "4" circundado por um círculo branco – não se moveu. Pela milionésima vez, Steve se perguntou como o tecido azul do traje do Senhor Fantástico resistia a toda aquela elasticidade. Reed poderia receber uma bolada se patenteasse aquilo.

– Nenhuma origem identificável – ele disse. – Esses aparelhos parecem ser krees, shi'ars... Vou ter que dar uma olhada nisso logo.

– Vamos reunir os cientistas – Steve disse. – Xavier? Banner? Alguma ideia de como foi que chegamos aqui?

Ele estava olhando para o Hulk quando terminou de fazer a pergunta. Era difícil para Steve conciliar a mente de Banner presa em um corpo tomado pela raiva primitiva do Hulk. Em todo caso, Reed foi o primeiro a tentar responder.

– Teleporte, algum tipo de fenda dimensional... difícil dizer – considerou Reed.

– Isso é óbvio, Richards – retrucou Hulk.

Notando a impaciência na voz de Banner, Steve olhou para o Homem de Ferro em seguida.

– Tony?

– Hum, não faço ideia – Homem de Ferro disse, passando o peso do corpo para a outra perna enquanto desviava o olhar. – Reed é o perito aqui.

Steve ergueu uma das sobrancelhas. Não era normal Tony Stark admitir que alguém soubesse mais do que ele sobre alguma coisa.

– Vamos montar alguns grupos e começar a explorar – sugeriu ele. – Se isso é uma nave, é melhor descobrirmos como funciona. Vamos delimitar territórios para cada equipe.

– Espere aí – disse Homem-Aranha. – Nós não estávamos juntos na Terra, então por que estamos todos no mesmo lugar agora? Nós fomos escolhidos para algum tipo de jogo de "queimada" galáctico? Quero dizer, eu estava terminando de fazer um sanduíche.

– Nós estávamos todos no Edifício Baxter – explicou Reed, e então olhou ao redor. – Onde está a Susan?

Steve tomou nota: nem mesmo Reed sabia por que sua esposa – Sue Richards, a Mulher Invisível – não estava lá.

– Típico do Reed... Só agora reparou que minha irmã não está aqui – reclamou Johnny Storm, o Tocha Humana.

– Estamos todos sentindo falta de alguns membros – comentou Ciclope. – Nem todos os X-Men estão aqui... e nem todos os Vingadores.

– Pois é – disse Homem-Aranha. – Alguns de nós não fazem parte de suas equipes sofisticadas.

– Não tem nada de sofisticado nos X-Men, cara – Wolverine disse.

Ele e o resto dos mutantes também estavam uniformizados, como se estivessem prontos para uma luta. Ciclope sempre usava um visor de quartzo-rubi para controlar seus raios ópticos, mas alguns dos outros X-Men podiam ser facilmente confundidos com pessoas normais. Colossus, quando não estava na forma de aço orgânico, aparentava ser apenas o garoto fazendeiro russo e grandalhão que ele era. Tempestade podia facilmente ser confundida com uma musicista ou artista alternativa, com suas roupas de couro e seu cabelo moicano. Wolverine tinha toda uma pinta de andarilho, exceto quando mostrava as garras.

E havia o Noturno. É muito difícil alguém não se destacar na multidão quando tem a pele azul, três dedos preênseis em cada pé, o mesmo número em cada mão, e uma cauda pontuda. E o que o dragão roxo – Lockheed – estava fazendo ali? Ele é o leal companheiro de Kitty Pryde, que não estava por perto.

– Estamos aqui – Wolverine disse. – Vamos decidir. O que eu quero saber é: o que *ele* está fazendo aqui? – perguntou, apontando para Magneto.

Steve deu um passo na direção de Wolverine, no caso de ter que impedir uma luta, e então um movimento lá fora, contra o campo de estrelas distantes, chamou sua atenção.

– Atenção – Steve disse. – Outra nave. Às quatro horas.

Xavier franziu o cenho e disse:

– Sinto que há outros humanos lá... nossos inimigos.

– Quem? – Steve perguntou, olhando para a outra nave que se aproximava. Ela também tinha um domo de vidro, mas Steve não conseguia identificar as figuras lá dentro.

– Kang, o Conquistador. Gangue da Demolição. Homem Absorvente. Doutor Octopus. Homem Molecular. O Lagarto. Doutor Destino – Xavier ia relacionando lentamente, enquanto concentrava seus poderes telepáticos. – Talvez... mais alguns. Alguma coisa... outra mente... os está protegendo de minha investigação psiônica.

– Bem aleatório – Homem-Aranha comentou. – Assim como nós. Só que malvados e feios. Ei, Espectro, talvez você possa fazer seu lance de velocidade da luz... quem sabe dar um pulinho lá e voltar antes que eles notem a sua presença.

– Espere aí – Steve disse. – Melhor não nos apressarmos. Não vamos começar uma luta antes de entender o que está acontecendo.

– E por falar em lutas – o Coisa disse. – Concordo com Wolverine. O que este traste está fazendo aqui em vez de estar com nossos camaradas do outro lado? – Ele apontou para Magneto, que estava afastado do restante dos heróis. O formato pedregoso de Ben Grimm se posicionou para a luta, e Steve viu que até mesmo Magneto teria problemas se enfrentasse o Coisa.

– Eu também estou me perguntando por que fui jogado no meio de tipos como vocês – Magneto retrucou.

– Pessoal, temos um problema bem maior. Literalmente – Homem-Aranha disse. – Estão vendo?

Ele apontou, e agora todos estavam perto o bastante para ver que a espaçonave lá fora não trazia apenas uma bela variedade dos seus inimigos humanos.

Galactus estava entre eles, pairando sobre o resto das formas na nave. Aquela era uma nova categoria de perigo. Galactus era tão velho quanto o universo, e tão poderoso quanto um deus imaginado por qualquer civilização antiga. Ele vagava pelo universo em busca de planetas que pudesse consumir, sempre procurando uma maneira de saciar sua fome incontrolável. Ninguém naquele grupo de heróis era páreo para esse tipo de poder. Se eles tivessem que lutar contra os ocupantes da outra nave, e Galactus ficasse do lado dos oponentes, seria uma luta muito curta.

– Um problema maior – disse Ben. – Hahaha.

CHARLES XAVIER

Sua mente alcançou outra. Não era a de algum de seus aliados nem de algum de seus inimigos. Uma consciência ambiente, um campo de pensamento e desejo, infundindo o espaço ao redor da ciência de sua presença. Xavier nunca havia sentido nada parecido com aquilo. Arrancado de casa em Westchester e jogado em uma nave estranha no espaço sideral, mesmo assim ele não sentiu medo. Em vez disso, teve a sensação do destino como uma pressão física, um peso em sua mente e alma. Os X-Men estavam ali por uma razão. E iriam descobrir qual era na hora certa.

Ele estendeu sua consciência e acessou, muito sutilmente, algumas das outras mentes ao redor. Elas também o sentiam, embora ele percebesse que estavam se esforçando para compreendê-lo. Nem todas estavam conscientes do que estava acontecendo.

Xavier estava. Sentia-se ilimitado, como se o próprio ar que respirava fosse uma mensagem dizendo: *Sim. Sim. Sim.* Ele estava consciente da *possibilidade*, de que as coisas eram possíveis ali de uma maneira que nenhum deles jamais teria sonhado que poderiam ser na Terra. Não era apenas uma sugestão hipnótica da consciência que ele havia tocado. Xavier estava em total posse de suas faculdades mentais.

Era um cumprimento.

Ele se deu conta de que poderia ser algo novo ali. Algo mais do que o instrutor, preso como estava à sua cadeira de rodas.

Ele poderia agir. Ali as regras eram diferentes. Todas elas. Ele não tinha ideia de como seriam diferentes, ou de quem havia feito com que fossem assim, mas aquela diferença era parte e parcela do modo como sua mente vivenciava a realidade daquele lugar.

Coisas que não seriam possíveis antes pareciam absolutamente possíveis ali. Aquilo que havia sido tomado dele poderia lhe ser oferecido novamente.

E se não pudesse, o que ele perderia tentando?

Ao seu redor, os X-Men conversavam. Os Vingadores conversavam. Três membros do Quarteto Fantástico conversavam. Todos eles falavam sem parar, e Xavier mergulhava cada vez mais profundamente em si mesmo, até alcançar um ponto no qual ele soube que tudo o que efetivamente desejasse seria alcançado.

Xavier cedeu ao seu desejo mais apaixonado.

Ele se levantou.

2

— O PROBLEMA MAIOR — Magneto disse — é entender como e por que nós fomos divididos.

— E por que um assassino é membro do nosso grupo — Espectro complementou.

— Assassino? Eu já matei, mas nunca assassinei. Ao contrário de alguns de vocês... — Ao dizer isso, Magneto olhou diretamente nos olhos de Wolverine.

SNIKT! Wolverine estendeu as garras.

— Calma, Logan — Tempestade tentou apaziguar os ânimos. Encarando Magneto por sobre as cabeças dos X-Men, ela ergueu a mão com a palma voltada para o resto do grupo, como sinal para que mantivessem a calma. Lockheed pairava sobre eles, com as narinas fumegantes. Scott Summers, o Ciclope, podia ouvir o ruído dos repulsores do Homem de Ferro se energizando.

— Então — Magneto disse. — Vocês trouxeram seu ódio com vocês. Talvez eu deva me assegurar de que o meu próprio suprimento seja adequado.

— Acho que ódio é algo que nunca te falta — Tempestade disse. — E você está errado em presumir que alguém poderia trazer consigo tanto ódio quanto você.

— Está me dando um sermão, Ororo Munroe? — Magneto perguntou. — Quando você tiver visto o que eu já vi, poderemos conversar sobre ódio.

— Todos os X-Men já foram odiados, Magneto — Scott finalmente se pronunciou. — Somos mutantes, assim como você. E não vamos ficar discutindo isso enquanto estamos em uma nave de origem desconhecida no meio do espaço interestelar, sem a menor ideia de como chegamos aqui. Contenha-se.

Scott sentiu a estranha sensação de submissão que sempre surgia nele segundos antes de Magneto liberar seus poderes, como se a própria realidade se dobrasse com o poder do magnetismo se concentrando. *Isso é suicídio*, Scott pensou. *Estamos no espaço, e ele está prestes a implodir a nave ao nosso redor!?*

– Não faça isso, Magneto! – ele advertiu, com a mão no visor que continha a força destrutiva de seus raios ópticos.

– E por que não? – Magneto retrucou. – Devo esperar até que todos vocês se voltem contra mim? Prefere assim, Scott Summers? Eu não sou tolo.

– Epa, calma lá – interferiu o Homem-Aranha. – O que está acontecendo aqui?

– *Unglaublich* – Noturno disse. – Professor...

Todos se viraram para olhar a quem ele se referia, inclusive Magneto. Scott estava mais próximo do Professor X, então podia ver melhor. Seu primeiro pensamento foi simplesmente:

Uau.

Nada mais eficaz para interromper uma potencial luta do que ver um paraplégico se levantando da cadeira de rodas. Todos pararam. Scott afastou a mão do botão lateral de seu visor.

– Professor?

– Assustador, não é? – Xavier disse. – Eu mesmo não sei o que pensar disso.

– Como é que você...? – Colossus estava estático; bem como todos os outros. Wolverine, como sempre, foi o que se recuperou mais rápido.

– Chuck – ele disse. – Como é que você teve a ideia de se levantar?

Xavier olhou para Wolverine um pouco mais demoradamente, tempo suficiente para Scott se dar conta de que: primeiro, Xavier tinha uma resposta; segundo, ele não estava disposto a dividi-la com Logan; e terceiro, ele também não queria que os outros soubessem.

No mínimo, Scott não gostava daquilo. Não mesmo. Nem um pouquinho.

Aquele tipo de segredo não fortalecia uma equipe, ao contrário, era capaz de dividi-la. Ele e Xavier já haviam tido muitas discussões a respeito de liderança no passado, mas era crucial que, nas atuais circunstâncias, todos ficassem no mesmo patamar. Não podiam se dar ao luxo de guardar segredos.

Homem-Aranha era o único que não estava olhando fixamente para Xavier.

– Caras – ele disse. – Sei que ver Xavier andando é muito legal e tudo o mais, mas... poderiam dar uma olhadinha lá fora e me dizer se estão vendo o que estou vendo?

Todos voltaram suas atenções para o domo transparente da nave. E se ter visto Xavier andando foi uma surpresa, o que viram lá fora os deixou estáticos.

As estrelas estavam se apagando. O brilho delas foi diminuindo gradativamente, até se tornarem um borrão indistinto contra a escuridão do espaço, e então sumiram, uma após a outra, em grupos e aglomerados ao longo do campo de visão de 180º da redoma. Os heróis, estarrecidos, deixaram a briga com Magneto esquecida por enquanto.

Apenas Scott não estava paralisado. Ele desviou o olhar da incrível visão de Xavier, que se encontrava em pé ao lado do restante deles. Aquela visão deixava Scott nervoso por razões que ele não conseguia identificar, e uma pergunta pairou em sua mente: *Xavier está controlando as estrelas?*

Aquilo não era possível, e ele sabia disso, mas a coincidência, tão evidente naquela situação bizarra, fazia sua mente trabalhar incansavelmente em busca de padrões e ligações que o grupo pudesse compreender.

3

OWEN REECE, conhecido tanto pelos amigos quanto pelos inimigos como Homem Molecular, assistia a uma galáxia inteira – milhões de estrelas! – sendo lentamente aniquilada por uma onda de total escuridão, deixando apenas um único ponto de luz do lado de fora do hangar cercado pelo domo da nave e por dúzias de pequenos corpos celestiais – fragmentos, talvez, de planetas destruídos.

Maravilhoso, ele pensou. *Esse tipo de poder... eu não poderia fazer isso. Eu tenho poder sobre a estrutura atômica da matéria, até o último próton e elétron, mas manejá-la nessa escala...*

Mas ele podia imaginar como seria.

A nave subitamente acelerou, mas eles não tiveram nenhuma sensação de movimento. Owen só sabia que estavam se movendo porque o único ponto de luz distante começou a aumentar rapidamente. A outra nave perto deles mantinha o mesmo ritmo, atravessando o espaço vazio no que devia ser a velocidade da luz. Em questão de segundos, o ponto de luz estava tão perto, que ele podia vê-lo como uma estrela solitária, a única sobrevivente de uma galáxia destruída. Ao redor dela, planetoides giravam, mas não em órbitas estáveis. Eles se aproximavam uns dos outros em movimentos incertos e violentos, rápidos e diretos demais para serem produtos da gravidade.

Alguma força invisível os juntava, formando uma colcha de retalhos de planetas, composta de dúzias de pedaços de crosta e superfície do tamanho de continentes.

– Parece um quebra-cabeça – comentou Destruidor, e o restante dos brutamontes da Gangue da Demolição, Maça, Bate-Estaca e Aríete, grunhiram em concordância. – Mas quem está juntando as peças?

– O poder... – Doutor Destino disse. – Incalculável... inconcebível.

Owen assentiu. Se Victor von Doom, uma das mais brilhantes mentes do mundo, achava que um evento era inconcebível, então ele estava testemunhando algo realmente extraordinário.

Eles também estavam, pensou, completamente à mercê de quem – ou do quê – estivesse criando esse novo planeta.

A nave em que estavam, junto da nave próxima, diminuiu a velocidade, até entrar numa órbita estável ao redor do novo planeta, banhado pela familiar luz amarela do único sol remanescente. Eles se juntaram para ver a estrela sobrevivente e verificar se poderiam descobrir alguma coisa a respeito da outra nave e de seus ocupantes. A asgardiana, Encantor, dissera a eles que havia sentido a presença de Thor junto a alguns outros heróis ali, mas ela não pareceu interessada em listar todos os passageiros.

– Preste atenção no que está fazendo, Creel – Owen escutou Doutor Octopus dizer. Ele olhou para cima, a tempo de ver Homem Absorvente brandindo sua bola de demolição na direção do irritado Doutor Octopus.

– Que tal se eu enfiar você e seus tentáculos na câmara de ar e abrir a escotilha, só para tirá-lo do meu caminho? – Crusher Creel disse. – O que acha disso?

Owen deu um passo para trás. Ele não tinha nenhum interesse em ver uma briga de egos feridos. Não quando aparentemente uma galáxia inteira havia desaparecido e um novo planeta surgia, construído com destroços. Trazidos de anos-luz de distância e agrupados ali! Que tipo de poder era capaz daquilo?

Pare de pensar nisso, ele disse a si mesmo. Desistira de ser um vilão. Nem ao menos sabia por que estava ali, preso em uma nave espacial com os foras da lei mais perigosos da Terra. *Por que nós estamos aqui?*

Creel e Octavius, já se preparando para lutar, não pareciam estar considerando o problema. Então um raio de energia atingiu o chão entre eles, e os dois cambalearam para trás. Owen se virou para ver... Ultron! Owen já tinha ouvido falar do robô e de sua armadura de adamantium quase indestrutível. Mas ele – aquilo – havia sido destruído,

Owen tinha certeza disso. Ultron olhou para o grupo com seus olhos vermelhos e mecânicos e anunciou:

– Eu sou Ultron. Eu não compreendo os eventos que se sucedem ou como me tornei funcional novamente. E menos ainda como vim parar aqui com vocês. Mas isso é insignificante! Meu propósito é destruir a vida orgânica. Toda a vida atual. – Ele ergueu as mãos metálicas, cintilantes de energia mortífera.

Destino agarrou Owen e se aproximou, rosnando por entre os rebites de aço de sua máscara. Sua boca mal podia ser vista, e as pupilas brilhavam por trás das fendas retangulares da máscara.

– Você. Owen Reece. Você se denominou Homem Molecular no passado. Você não escapou da atenção de Destino. Você tem o poder de controlar Ultron.

– Não! – Owen disse. – Eu desisti de ser o Homem Molecular. Sou apenas Owen. Não faço ideia do que está acontecendo, e não sei como alguém pode destruir uma galáxia inteira desse jeito! Mas eu...

Ele parou, porque estava a ponto de dizer: "mas eu acho que posso aprender". Mas será mesmo que podia? Será que queria? *Não!* Ele não era esse tipo de monstro.

– Eu preciso do seu poder – Destino disse. – De todos os presentes nesta nave, apenas você e Galactus podem enfraquecer Ultron. Galactus provavelmente não se importaria, ao que parece, então você deve fazer isso.

– Não – Owen recusou-se novamente. – Meu terapeuta...

– Está em outra galáxia – Destino concluiu por ele, então se inclinou, aproximando-se um pouco, com o capuz verde-escuro caindo sobre a máscara. – E eu estou aqui.

– Tá certo, tá certo. Entendi – Owen disse.

Owen não queria fazer isso, mas deu um empurrão em Ultron. Foi bem simples, fácil como limpar a garganta. As moléculas o obedeceram. Adamantium era uma de suas ligas favoritas de brincar. Gostava do arranjo das partículas e dos padrões pelos quais elas eram interligadas. Ele lançou Ultron ao alcance da bota de Galactus.

– Idiota! – Ultron gritou. Ao esbarrar na perna de Galactus, lançou uma descarga de energia que lançou a Gangue da Demolição para o outro lado da câmara central. – Embora seja redundante usar a palavra idiota para se referir a seres orgânicos... O que é isso?

A voz de Ultron mudou quando Galactus começou a levitá-lo com o poder do pensamento. Ele foi erguido no ar, até ficar bem perto do rosto de Galactus. A plácida expressão do gigante nunca mudava, mas ele ergueu a enluvada mão roxa.

– Você, organismo! – Ultron disse. – Você vai morrer por último, e mais lentamente. Não pense que seu tamanho vai... *RAARRKK!*

Um lampejo de luz reluziu no interior da nave e Owen desviou o olhar, fechando os olhos para se proteger do clarão. O berro de Ultron ecoou em seus ouvidos, e seus olhos doeram com a claridade. Ele os abriu quando Ultron caiu no chão com um estalo metálico, permanecendo imóvel. Owen observou a cena, incrédulo.

– Meu santo...! – Bate-Estaca olhou para Ultron caído enquanto o restante da Gangue da Demolição se reagrupava. Doutor Octopus se aproximou de Ultron pelo outro lado, com o quarteto de tentáculos metálicos se estendendo para tocar o robô inerte e tentar virá-lo.

– Vocês viram aquilo? – Bate-Estaca perguntou. – Ele sugou a energia de Ultron. Como isso é possível, cara?

– Ultron é feito da energia latente de uma bomba de hidrogênio – Octavius explicou. – No mínimo. Ele pode ter sido derrotado por uma questão de magnitude.

– Fale a nossa língua – Destruidor ordenou.

– Claro – Octavius disse. – Ele equivale a dez bombas de hidrogênio.

A Gangue da Demolição deu um passo para trás. Um a um, olharam para cima, para a imponente figura de Galactus.

– Ele está olhando fixamente para o espaço, como se nada tivesse acontecido – Bate-Estaca comentou.

Maça ergueu sua bola de demolição e olhou em volta, como se esperasse que Ultron pudesse se levantar.

– Ele mal notou que Ultron o atingiu.

– Ele notou, sim – Aríete disse, olhando novamente para o derrotado Ultron.

– Espero que ele continue não notando a nossa presença – Owen disse.

Destino se inclinou para ele.

– Você viu o que fez – ele disse para Owen. – Seus poderes já estão sendo bem úteis. Imagine o que você poderia fazer se permitisse a si mesmo liberá-los completamente.

Owen se afastou de Destino.

– Não – ele continuou resoluto.

– Fraqueza não te fará bem aqui – Doutor Destino disse.

– Não venha me dizer o que devo fazer – Owen disse. Apesar da tentativa de soar confiante, sua voz tremeu. Ele viu que Kang os observava cuidadosamente do outro lado da sala. Todos tinham os olhos fixos em Owen e Destino. Por um instante, Owen considerou dominar todas as moléculas de Victor von Doom para então separar umas das outras simultaneamente, mas resolveu afastar esse pensamento. Desta vez, falou com mais firmeza:

– Ninguém me diz o que devo fazer.

– Isso é o que Ultron pensava – Destino disse, mas deu um passo para trás... e foi nesse momento que a fenda no espaço surgiu.

4

JÁ ESTAVAM PERTO O SUFICIENTE para que Reed pudesse reconhecer algumas das figuras que estavam na nave dos vilões. Ele havia visto o clarão brilhante na frente de Galactus, mas não conseguiria explicar o que havia acontecido. Depois que se recuperou da cegueira momentânea causada pelo brilho, Richards percebeu que a nave parecia intacta, e viu uma figura prateada caída de bruços em meio ao grupo de vilões.

Então, ele pensou. *Eles já começaram aquilo que tínhamos conseguido evitar aqui.* Era um bom presságio. Os que eram capazes de manter o sangue frio em situações difíceis tinham mais chances de sobreviver.

– Olhem! – Espectro chamou a atenção de todos. Ela estava em pé, com seu uniforme preto e branco, na borda do domo, observando a outra nave para tentar ver como era o novo planeta, agora que suas partes já haviam sido juntadas por seja lá qual força cósmica que havia acabado de extinguir toda uma galáxia.

Reed não quis nem pensar se estariam ou não na Via Láctea, porque então ele começaria a pensar na Terra, e em Nova York... e em seu filho, Franklin, e em Susan... Dos integrantes do Quarteto Fantástico, apenas ela não estava ali. *Por quê?*

Ao ouvir a exclamação de Espectro, ele olhou para além da outra nave, até uma pequena luz brilhante posicionada contra a vastidão do espaço. Era impossível calcular a distância das naves contra aquele fundo de mais perfeito vazio. Na verdade, Reed tinha a sensação de que aquela "distância" não teria nenhum contexto ali. A percepção de distância entre os objetos requer dois objetos para se medir a escala. O olho de Reed era um objeto, certamente, mas e a luz, o que era?

Aquilo parecia um ponto de pura luz se retorcendo, para o qual era impossível olhar diretamente através do material evidentemente polarizado do domo. Parecia estar se movendo, mas poderia ser uma ilusão de ótica, o olho se esforçando para dar sentido ao que estava vendo.

Reed observava, pensativo. Aquele pequeno ponto tinha de ser um pequeno rasgo no tecido do espaço-tempo, acima – de sua perspectiva – tanto do novo planeta quanto do sol preservado. Aquela era a única possibilidade. E, da existência do rasgo, Reed foi capaz de deduzir uma porção de coisas. Obviamente, a aniquilação da galáxia não havia sido um ato natural, mas Reed entendeu, também, que aquela destruição não havia sido o propósito principal. Seja lá o que tivesse destruído a galáxia, havia preservado deliberadamente aqueles fragmentos planetários e os adaptado a um novo propósito.

E então uma voz falou, embora não de modo audível. Reed não era alheio a contatos telepáticos, mas aquilo era algo mais. A mente que o alcançara era tão diferente de sua própria, que ele não tinha certeza de que aquilo *era mesmo* uma mente. Havia um sentimento de incrível vastidão, de antiguidade e poder que, entre eles, apenas Galactus poderia compreender.

Eu sou do além...

Imediatamente, a mente de Reed ficou repleta de perguntas. Então um único ser havia feito aquilo? Apagado uma galáxia inteira, com exceção de poucos fragmentos, para recombiná-los em uma massa planetária, e mantido uma única estrela para ancorar o planeta em uma órbita? *Além*. Além do quê? E esse ser disse "do" porque ele compreende as relações espaciais do mesmo modo que as mentes humanas o fazem, ou será que estaria traduzindo, diminuindo a complexidade de uma realidade diferentemente incompreensível para seu próprio benefício?

Esse tipo de análise instantânea era natural para Reed. Um tipo de processo que o relaxava. Ele, inclusive, se sentia desconfortável quando não havia um problema difícil com o qual pudesse exercitar a mente. Aquela situação deixava seu cérebro com as turbinas a mil, como diriam por aí. Entender a natureza do ser que enviava aquela mensagem poderia ser o primeiro passo para conseguirem voltar para casa. Ele tinha certeza disso.

E então a voz continuou, e os questionamentos de Reed tomaram um rumo diferente.

Destruam seus inimigos, e todos os seus desejos serão realizados...

Todos os que estavam na nave olharam ao redor. Reed notou que muitos do grupo imediatamente voltaram a atenção para Magneto, que parecia estar ouvindo e considerando a situação na mesma intensidade que Reed. *Destruam seus inimigos.* Parecia claro, mas, de fato, não tanto. Afinal, o que o termo "inimigos" poderia significar? Aqueles que eram considerados inimigos ou o verdadeiro inimigo de alguém, independentemente de ser conhecido como tal? Aquilo era crítico. Sentenças enunciadas como a que ouviam naquele momento dependiam de inescrutabilidade, por conta do expressivo impacto que poderiam causar. O grupo que entendesse o verdadeiro significado da mensagem teria uma chance maior de sair dali ileso, e evitar um banho de sangue desnecessário. *Todos os seus desejos.* Esse era, para Reed, o ponto em que toda a questão se tornava traiçoeira de múltiplas maneiras. Por que esse ser do além (Além?) precisava – ou queria – que eles se matassem? Como ele poderia oferecer a eles tudo o que quisessem se nunca tivera contato com nenhum deles? Como aquilo poderia saber o que eles queriam? Era uma reivindicação de incrível amplitude. E o fato de que havia sido comunicada diretamente em suas mentes, no rescaldo de uma aniquilação galáctica seletiva, sugeria um imenso poder. Por outro lado, Reed já ouvira aquele tipo de reivindicação antes. Era a mais antiga das seduções: *Faz o que desejo e serás recompensado.*

As próximas palavras que foram ditas – embora "ditas" não seja o termo correto – fizeram Reed ter a impressão de que o ser tinha ouvido seus pensamentos e se dirigia agora a eles.

Nenhum de seus sonhos é impossível para mim!

Isso seria verdade? Reed pensou. *Talvez.* Se a inteligência falante podia apagar toda uma galáxia e criar um novo planeta logo em seguida, aquela alegação também poderia ser verdadeira. Ele e os outros integrantes do Quarteto Fantástico já tinham se deparado com muitos seres cósmicos cuja existência era incompreensível e cujos poderes iam além da imaginação humana.

Ele ainda estava perdido nessas considerações quando Galactus – um dos outros seres cósmicos – subitamente irrompeu da outra nave, atravessando seu campo de proteção, e se afastou velozmente em direção ao rasgo brilhante no espaço-tempo, de onde a estranha e atraente mensagem parecia ter vindo.

5

VICTOR VON DOOM observava enquanto Galactus erguia sua suntuosa cabeça para fitar a distante fenda no espaço-tempo. Aquele era evidentemente o ponto de origem da mensagem que todos haviam ouvido.

– Aquela voz não está mentindo – alguém disse.

Destino não deu atenção a eles. Ele continuava ali, observando Galactus se erguer do chão da câmara da redoma e voar em direção à barreira invisível que selava o vácuo do espaço profundo.

– Você! Beyonder! – Galactus gritou... e Destino instintivamente soube que Galactus havia nomeado corretamente o emissor da mensagem. *O Beyonder, sim, aquele que está além, mas o que mais Galactus sabia?*

– Ouça, Galactus! Eu sinto que você é de além deste universo... além do multiverso, onde este universo não é nada além de uma faceta! Eu sinto a energia que você possui! – Galactus atravessou o campo de força que continha a atmosfera da nave, deixando uma onda e um rastro de energia prismática enquanto se afastava da nave para dentro do espaço.

Destino viu sua chance. Ele então resolveu também saltar para fora da nave espacial e seguir Galactus. A comunicação com Beyonder deixara um eco minguante na mente dos outros, mas na mente antiga de Galactus havia um único pensamento.

– Você pode extinguir minha fome – ele continuou. – Você pode extinguir minha fome incessante da essência viva dos mundos! Faça isso! Eu não vou esperar por esse jogo! Faça meu tormento acabar agora!

Destino atravessou rapidamente a brecha que Galactus havia aberto no campo de força, no último segundo antes de voltar a selar-se, preservando a atmosfera da nave e as vidas de todos os passageiros remanescentes. Ele seria protegido pelos sistemas de sua armadura e pelo campo de força que seriam projetados por ela a um comando seu. Aquela era sua chance. Galactus estava sendo a isca perfeita. Ele ousara jogar o jogo em sua essência: capturar o poder de Beyonder e colocá-lo à própria disposição.

Mas Destino pretendia fazer melhor, pois, se Galactus via apenas o fim de sua fome perpétua, Victor von Doom não tinha intenção de acabar com a sua. Ele queria o poder, o definitivo e secreto poder que possuíam os próprios arquitetos do universo. Então, enquanto Galactus se lançava em direção ao buraco no espaço-tempo, Destino ia no seu encalço.

Deixe que Galactus lute com Beyonder. Destino assistiria, analisaria e aprenderia. Ele entenderia os segredos do poder de Beyonder, e, uma vez que desvendasse tais segredos, nada no universo poderia impedi-lo de fazer uso deles.

Enquanto se aproximavam do brilhante rasgo entre uma realidade e outra, Destino sentiu a energia que vertia dele. Os instrumentos de sua armadura exibiam leituras que ele nunca havia visto antes, e não fazia ideia de como processá-las, mas elas estavam sendo gravadas e poderiam ser usadas mais tarde. Naquele momento, a sensação da energia quase o sobrepujou com a pressão em seu campo de força; até mesmo a escuridão do espaço parecia se modificar ao seu redor. Destino ouviu Beyonder alertando Galactus de que não se aproximasse, mas Galactus aumentou a velocidade. Destino o seguiu até que as energias dos ambientes nas bordas da fenda espaço-temporal ficassem intensas demais. Ele conseguia sentir a realidade se deformando ao seu redor e percebeu que não poderia mais prosseguir. Sua armadura não mais o protegeria daquela recriação do espaço-tempo.

Destino deixou de seguir Galactus, esperando que o Devorador de Mundos se chocasse contra... o quê? Outro universo? Outra dimensão? Outra realidade? Não havia palavras para aquilo. Contra qualquer lugar, ou não lugar, que o Beyonder habitava.

Se Galactus atravessasse, Destino voaria em seu rastro, penetrando as barreiras estilhaçadas antes que elas pudessem se reconstruir. E então ele saberia...

Uma descarga titânica de energia lançou Destino e Galactus para longe da fenda espaço-temporal. Atordoado, Destino caiu na direção do estranho planeta feito de fragmentos, incapaz de controlar sua descida ou parar de girar, o que fazia a fenda espaço-temporal entrar e sair consecutivamente de seu campo de visão, limitado pela máscara. Logo ela desapareceu, e ele caiu na escuridão.

Destino teve um breve momento para pensar que o fato de ter sido repelido do mesmo modo que Galactus dizia muito sobre ele. Um ser inferior teria sido aniquilado pelas defesas de Beyonder, mas Victor von Doom fora simplesmente arremessado, o mesmo destino que derrubou um semideus como Galactus.

Eu fiquei mais forte aqui, ele pensou. *Há algo neste lugar que foge à minha compreensão, mas uma coisa eu compreendo: a promessa de Beyonder não é vã.*

Um poder inimaginável estava ao alcance de Victor von Doom. E ele não o conteria. Nada seria capaz de detê-lo.

O planeta abaixo se aproximava numa velocidade incrível. Destino se preparou para o impacto.

6

— JÁ CHEGA DO SHOW DE LUZES — disse a Mulher-Hulk.

Ela e os outros observavam Galactus e — seria aquele o Doutor Destino? — se afastando às cambalhotas do brilhante ponto no universo. Eles desapareceram de vista enquanto a luz da fenda se apagava, e ela não conseguiu ver onde eles tinham ido parar. Se aquela fosse a última vez que veria o Doutor Destino, tudo bem para ela. O mesmo para Galactus.

— Esmagados como moscas — Capitão disse.

Xavier assentiu.

— Seja Beyonder quem for, até mesmo Galactus se assemelha a um inseto diante dele. Ou dessa coisa.

Jennifer queria perguntar a Xavier sobre a súbita habilidade de andar, e percebia que todos da equipe — eram uma equipe, certo? — queriam perguntar a mesma coisa. Mas eles tinham preocupações mais imediatas em mente: as duas espaçonaves — a deles e a dos vilões — estavam descendo na direção da superfície do planeta recém-criado.

E de repente já não estavam mais descendo, e eles não mais estavam em uma nave. Estavam parados na superfície do planeta. Sem solavancos, sem a sensação de que alguém tivesse pisado no freio. Simplesmente estavam ali, como se subitamente tivessem estado juntos na nave espacial. Horas antes, Jennifer estava em casa se preparando para um dia de depoimentos em seu trabalho como advogada, e subitamente surgiu ali com os outros. Teve sorte de aparecer ali trajando seu uniforme de Mulher-Hulk, pois aquele planeta não parecia um bom lugar para se andar de salto alto. Diferentemente de seu primo, Bruce, ela era capaz de controlar suas transformações, que não a afetavam intelectualmente.

O terreno ao redor deles era distorcido, como algo saído de um velho filme. Estranhos afloramentos de rochas pontuavam a paisagem. Uma fileira de vulcões fumegantes a distância, criando uma atmosfera que diminuía a luz do sol. *Nossa*, ela pensou. *Onde é que estamos agora?*

– Estejam preparados para qualquer coisa – disse o Capitão, fazendo do conhecimento tático sua prioridade, como sempre. – Formem um círculo. Estou às doze horas. Vingadores às duas, quatro, seis, oito, dez. Homem de Ferro, mantenha seu radar funcionando! O que nós vemos?

Pelo que Jennifer entendera, os X-Men ignoraram as ordens de Steve, mas o Quarteto Fantástico e os Vingadores formaram um círculo, todos de frente para o lado externo, vigiando os bizarros arredores. Reed Richards se esticou, e aqueles do grupo capazes de voar se ergueram do solo, ampliando seu campo de visão.

– Nenhum sinal da presença de inimigos – Reed disse.

– Do que você está falando? – ironizou Gavião Arqueiro, apontando para Magneto. – Tem um bem ali!

Vespa estava parada ao lado dele.

– Clint está certo – ela disse. – Magneto se encaixa na categoria. Mas, apesar de ser um vilão, pelo menos com ele dá pra conversar. E eu adoro seu bom gosto para cores. Todos nós já tivemos nossos momentos de *bad-boy* ou *bad-girl*.

Magneto parecia tão surpreso quanto os outros com aquele quase flerte de Vespa, embora nem um pouco descontente. Jennifer podia jurar ter visto Janet piscando para ele. Jennifer revirou os olhos. Ela amava Janet como uma irmã, mas admitia que ela tinha um péssimo gosto para homens.

– Momento *bad-boy* é outra coisa. Nós não precisamos de assassinos em nosso time – Gavião Arqueiro disse.

– Você se atreve a julgar – Magneto se defendeu. – Eu já matei, e matarei novamente, em defesa da raça mutante. Mas não sou um assassino. Já disse isso antes, e direi novamente, embora você esteja muito preso em seus pequenos preconceitos para me ouvir.

Extremismo em defesa das vidas de uma espécie não é maldade. Você faria o mesmo.

Hulk e Thor não pareciam convencidos, Jennifer notou. E ela não tinha certeza se também estava. Já ouvira muitos megalomaníacos se justificando em termos similares.

Mas as palavras seguintes de Xavier apaziguaram o ânimo de todos.

– Não é hora nem lugar para julgamentos – ele disse. – Se Magneto foi colocado aqui entre nós, deve haver uma razão para isso. Vamos descobrir qual é.

– Conhecemos Magneto melhor do que o resto de vocês – Ciclope acrescentou. – Sou o primeiro a dizer que não concordo com os métodos dele, mas nós não vamos...

Gavião Arqueiro encarou Ciclope, sua máscara a poucos centímetros do visor do mutante.

– Ficar do lado dele não vai ser muito bom para a sua imagem. Pense no que Magneto já fez no passado.

– Afaste-se, cara – Wolverine disse, estendendo as garras.

– Posso cuidar disso, Logan – Ciclope disse.

– Eu também posso – disse Johnny Storm, aproximando-se rapidamente. – Escutem. Todos nós sabemos que Magneto não é um bom rapaz. Que tal eu me livrar logo dele e termos um problema a menos com o qual nos preocupar? Em chamas! – Ele se ergueu no ar, com fogo brotando em volta de seu corpo, enquanto se transformava no Tocha Humana.

– Como você ousa...?! – Magneto fez um gesto brusco e o Tocha Humana foi arremessado contra o chão. Sua forma incandescente se apagou e Johnny ficou ali caído, atordoado.

– Eu sou um Homo superior! – Magneto gritou furioso. – Estou acima de todos vocês. Posso controlar o ferro no sangue de vocês com um mero pensamento. E mesmo assim ousam me julgar?

Homem de Ferro e Espectro eram os outros dois heróis mais próximos dele. Girando o pulso, ele ergueu um enorme pedaço de metal bruto arrancado da crosta do planeta e, com um golpe, lançou os dois para longe. Eles caíram no chão poeirento, e com esforço se colocaram em pé novamente. Espectro se recompôs e levantou voo, e Magneto subitamente se viu cercado por Hulk e Tocha Humana, com as chamas renascidas.

Mas três X-Men entrepuseram-se.

– Parem! – Ciclope ordenou. – Vocês ouviram Xavier! Não é hora nem lugar! Neste momento, ele é um aliado.

– Dane-se – Espectro disse. – Ele já está mostrando quem é... e você também, defendendo-o.

– Estou inclinado a concordar – disse Hulk.

– Então você vai ter que passar por mim para chegar nele, verdinho – Wolverine desafiou. – Banner pode dividir a mente com você, mas não foi capaz de deixá-lo muito inteligente.

– Chega! Não quero ver sangue mutante derramado por minha causa – Magneto disse. Ele se ergueu no ar usando o campo magnético do planeta. – Eu os abandono. Todos vocês. Não me sigam. E não vão dizer que Magneto criou um abismo entre vocês. Parece que são perfeitamente capazes de fazer isso por vocês mesmos.

– Que figura – Hulk comentou, enquanto Magneto desaparecia atrás de uma fileira de pequenas colinas, na direção oposta dos enormes vulcões. – Ele pode se integrar ao campo magnético deste lugar. Se pensarmos bem, é incrível que este planeta tenha um campo magnético utilizável. Afinal, quantos fragmentos diferentes de planetas foram usados para compô-lo? Quantos campos magnéticos diferentes esses planetas tinham? Ou este novo planeta é incrivelmente coeso, ou os poderes de Magneto foram de alguma forma melhorados por este lugar.

Jennifer ainda não havia conseguido se acostumar com Hulk falando como quando ele era seu primo Bruce. Ela sabia que sempre era Bruce, pelo menos em parte, mas era estranho ver aquele gigante verde falando como o introvertido cientista.

– Olha, precisamos parar de discutir – ela disse. – E, sim, antes que alguém diga, eu sei que é engraçado uma advogada sugerir que não haja discussões. Mas é sério. Precisamos nos organizar. Precisamos de um líder.

– Reed? – Xavier sugeriu.

Richards balançou a cabeça.

– Não – ele recusou-se. – Não quero liderar este grupo. Eu... eu não estou na melhor forma. A todo o momento me pergunto onde está Susan, onde está Franklin. Vocês precisam de alguém mais focado. A Vespa está liderando os Vingadores no momento, não está?

– Estou – ela disse. – Mas muitos de vocês não me conhecem, e aposto que muitos pensam que sou apenas uma estilista que por acaso tem a habilidade de encolher. Não vou me colocar numa posição em que todos poderão questionar minhas decisões. Pessoas podem morrer por causa disso.

– Você pode, Professor – sugeriu Capitão América.

– Talvez eu possa – Xavier disse. – Mas prefiro pensar que essa tarefa é mais apropriada a você. Talvez eu me enquadre melhor em um papel de conselheiro, tal como normalmente faço com os X-Men. Liderança no campo de batalha é uma qualidade completamente diferente, e que você certamente possui.

– Sei não – Wolverine disse. – Vocês viram o que acabou de acontecer. Capitão pode lutar, mas ele é certinho demais para o meu gosto. É um homem do governo, e, da última vez que verifiquei, o governo não era muito fã dos X-Men. Não precisamos do garotão da S.H.I.E.L.D. fingindo que se importa e nos liderando por aí.

– Ele pode me liderar por aí, como você disse – Thor se pronunciou, dando um passo para ficar no meio do grupo. Pelo que Jennifer se lembrava, aquelas eram as primeiras palavras que o asgardiano girador de martelo havia dito desde que apareceram na nave. – Já lutei ao lado de Steve Rogers por muitas nações e mundos, e confio na liderança dele, muito mais do que na de qualquer outro mortal.

Wolverine deu de ombros e cuspiu no chão.

– Não acho que importe o que o resto de nós vai pensar se os Vingadores decidirem o que é melhor. Eu não ligo. Capitão, é com você. Mas é melhor ficar sabendo que, na hora em que a coisa esquentar, eu vou fazer o que é melhor para os X-Men.

– Você me conhece bem, Logan – disse Capitão América. – Vou fazer o que é melhor para todos. Incluindo os X-Men.

Wolverine não parecia convencido, mas, por enquanto, o assunto estava encerrado.

7

CRUSHER CREEL achava que toda aquela conversa sobre o que deveriam fazer em seguida era besteira. *O Beyonder havia sido bem claro, não havia? Mate seus inimigos, consiga o que você quer. Simples. Por que ainda estamos falando sobre isso?*

Os vilões estavam em uma fortaleza construída ao lado de uma colina, não muito longe de onde todos haviam sido subitamente materializados na superfície do planeta. Doutor Octopus estava andando pela base, mexendo com os brinquedos tecnológicos como se fossem as coisas mais importantes no mundo, mas tudo que Creel queria era sair dali, encontrar os outros caras e derrubá-los de uma vez. Ele era o Homem Absorvente! Com apenas um toque, ele pode tomar as características de qualquer objeto. Com sua bola de demolição, era basicamente invencível. *Eu deveria ser o astro desse show*, ele pensou. *Só assim conseguiríamos vencer.*

Homem Absorvente estava prestes a estapear alguém ao redor para ganhar a discussão, mas eis que surge o Doutor Destino. Ele parecia muito bem para um cara que havia acabado de cair do espaço. Destruidor tropeçou e até derrubou o pé-de-cabra, na pressa de ficar ao lado de Destino.

– Tínhamos esperança de que você ainda estivesse vivo! – ele disse. – Você parece saber o que está acontecendo. Alguém tem de assumir o comando aqui, e achamos que você é o cara certo.

Nem todos nós, Creel pensou.

– Teremos de trabalhar juntos para ganhar o prêmio de Beyonder – disse Destruidor, curvando o enorme corpo como se fosse um mordomo servindo um chá. Aquilo causou certa aversão em Creel. – Então vamos lá.

– O prêmio? – Destino repetiu. – É só nisso que vocês conseguem pensar? Nós testemunhamos um poder capaz de destruir universos... e vocês chafurdando em seus próprios desejos? Ouçam! Não devemos lutar entre nós. Isso deve ficar claro. A tarefa que temos é a de vencer... mas há um prêmio ainda maior. Há mais em jogo do que saber se o belo sonho de alguém vai se tornar realidade. Primeiramente, devemos compreender a natureza do...

– Ah, corta essa! – disse o Homem Molecular.

Creel nunca gostou daquele cara. Magrelo, um vagabundinho com a cara cheia de cicatrizes que nunca perdia a chance de dizer o quão poderoso ele era. E sobre o que ele falou quando a situação exigia que fizesse algo? Sobre seu terapeuta.

Mas o Homem Molecular continuou falando.

– Com certeza é melhor que lutemos. Todos nós. É por isso que estamos aqui! Eu quero uma vida. Uma casa, amigos, e sabem o que mais? Quero uma mulher que goste de mim. Não por causa do que eu posso fazer, mas por mim, vocês sabem...

Destino desferiu um golpe com as costas da mão no rosto de Homem Molecular. *Ai!*, Creel pensou. *Talvez eu goste desse cara mais do que poderia imaginar.*

– Ignorem seus sonhos insignificantes! – Destino disse. – Lutar é provar que somos como Beyonder nos vê: micróbios sob um microscópio. Devemos transcender a nós mesmos. Temos a chance de ter acesso a um ser para quem até os deuses são como insetos. A chave para a imortalidade está ao nosso alcance... se agirmos com cautela.

– Cautela? – Creel disse. Ele caminhou até onde estava Destino. Bate-Estaca estava ao seu lado; Doutor Octopus encontrava-se bem atrás dele. – Cautela? Você por acaso está com medo?

– Com certeza está – Bate-Estaca disse, flexionando os músculos. – Ele viu Galactus sendo arremessado para longe, e agora não está mais encontrando os culhões. Achei que você era o cara certo para assumir o comando, Destino, mas talvez eu deva repensar isso.

– Quando você pensar, será a primeira vez. Você tem se comportado como uma bactéria – Destino disse, colocando-se na defensiva.
– Você deseja entrar no joguinho de Beyonder?
– Se isso significa lutar, ah, sim, eu quero – Creel disse.
– Bah – fez Destino com ar de desprezo.
Creel percebeu que as coisas estavam prestes a se tornar físicas. Ele estava pronto. Sua bola e sua corrente estavam coçando em sua mão, prontas para causar alguns estragos na máscara de Destino.
Mas ele não teria essa oportunidade.
Se Destino tivesse partido diretamente para cima dele, as coisas poderiam ter sido diferentes. Creel teria absorvido qualquer coisa que Destino tivesse atirado nele, e então devolvido com um tempero a mais. Porém, Destino era mais esperto do que isso. Ele estendeu os braços, apontando suas manoplas, e destruiu as vigas que sustentavam a área frontal da fortaleza. O golpe estonteou a todos que estavam no recinto, e em seguida todos tiveram de correr para não ser atingidos por destroços, pois uma enorme parte da fortaleza despencava sobre eles com um estrondo ensurdecedor.
Creel quase conseguiu fugir, mas foi parcialmente atingido, e ficou com um dos pés preso sob os destroços. Ele viu Destino se afastando, gritando além do barulho da demolição.
– Eu já deveria saber que vocês nunca seriam capazes de entender! Em todo o universo, talvez só haja uma pessoa que possa compreender!
É claro, Creel pensou. *Os crânios sempre ficam juntos quando não conseguem que nós, os comuns, façamos o que eles querem.*
Creel sabia de quem Destino estava falando: o velho colega de faculdade de Destino, Reed Richards. Supostamente, eles eram inimigos... mas, quando a situação complicava, os cientistas sempre ficavam juntos. Creel observava, através da porta destruída, Destino seguir para uma nave que havia avistado, um tipo de jato brilhante, estacionado no terreno aberto em frente à fortaleza.
Vai você na frente, Creel pensou. *Vai correndo para Reed Richards. Tudo bem. Nós estaremos prontos quando você voltar.*

Mas acabou não sendo desse modo. Porque, de onde Creel jazia, preso no meio dos destroços, ele pôde ver outro cara que não era um grande fã de Victor von Bocagrande. Kang. Ele podia ser um bizarro de cara roxa, mas também era um supergênio viajante do tempo que não tinha nenhuma paciência em receber ordens de Destino, e de nenhum outro. Para não restar qualquer dúvida quanto a isso, ele empunhava uma enorme arma; quando Destino entrou no jato e fez algum truque que botou a coisa em funcionamento, Kang estava pronto.

Creel observou enquanto Kang rastreava a nave de Destino do banco de controle da torre, bem acima da parte destruída do piso inferior. E assim que a nave de Destino se afastou da fortaleza, Kang explodiu a coisa no ar.

Os destroços demoraram um bom tempo para cair no chão, e Creel adorou cada segundo daquilo.

8

MAGNETO NÃO FEZ NENHUMA QUESTÃO de medir a distância que tinha voado, salvo quando passou sobre um dos lugares onde duas seções diferentes de crosta terrestre se juntavam. Ali, os campos magnéticos eram confusos e imprevisíveis. Ele teve que navegar cuidadosamente até o próximo campo para não perder o controle de seu voo e acabar se chocando contra a montanha. A variedade do terreno desse novo planeta era assustadora. Infinitas extensões de lama e pântano jaziam ao lado de formações rochosas de centenas de metros de altura; rios de lava convergiam para rios de água, resultando em estrondosas explosões de vapor que chegavam a quilômetros de altura. Vulcões expeliam as energias tectônicas reunidas durante a criação deste...

Mundo de Batalha.

Era isso o que deveria ser? Apenas isso? Um lugar formado para desafiá-los a uma batalha da qual apenas alguns, talvez apenas um, emergiriam para reivindicar a recompensa?

Eis o perigo: o vencedor poderia ser um sociopata que adoraria ver o universo destruído apenas para seu enaltecimento pessoal. Magneto sabia que outros acreditavam que ele era assim, mas suas intenções não tinham nada a ver com vaidade ou poder. Ele queria que a raça mutante alcançasse seu destino, livre de perseguição. Se isso o tornasse um vilão aos olhos de alguns, que assim fosse. Ele havia sido expulso da "facção heroica", e sabia que, por ter sido colocado inicialmente entre eles, qualquer chance que tinha de construir uma aliança com os vilões havia sido arruinada – vilões dos quais, notou com interesse, nenhum era mutante. Ele tinha uma posição singular entre aqueles que haviam sido levados para aquele Mundo de Batalha.

E isso era um enigma, mas talvez fosse também o primeiro cintilar de uma ideia que o levaria ao conhecimento de como proceder.

A primeira coisa que deveria fazer, ele soube, era encontrar sua própria base de operações. Ele já havia sobrevoado diversos pedaços de vilarejos, cidades e outras instalações de propósitos desconhecidos, magníficos em suas ruínas. E agora ele vislumbrava uma opção que lhe parecia completa: uma imensa estrutura de algo parecido com aço, em forma de U, com dois braços paralelos erguendo-se do chão. Ela jazia em um pilar central construído a partir da curva do U e cercado por quilômetros de uma espécie de vegetação parecida com vinhas que se ondulavam entre e sobre umas às outras, aparentemente buscando sua energia de buracos no chão, amplamente espaçados uns dos outros, dos quais saía uma estranha fumaça sinuosa. Magneto não tinha o menor interesse na ecologia dessa interação. O que o interessava era o prédio em si, e o que poderia haver dentro dele.

Depois que pousou, ele encontrou a entrada sem dificuldade, e começou a explorar. As acomodações eram luxuosas, com salas de estar e quartos de repouso nada parecidos com qualquer coisa que ele havia visto na Terra. O nível tecnológico da maquinaria e instrumentação era avançado, mas não a ponto de ele não compreender que não poderia colocar as características da construção em uso. Para seu refúgio, ele escolheu um espaço perto da ponta de um dos braços, abaixo de um par de enormes canhões. As paredes exteriores eram transparentes, oferecendo uma bela vista da área ao redor. Parecia quase ter sido feito sob medida para ele... Pensar sobre isso o paralisou. Beyonder teria o guiado até ali? Magneto sabia que devia ficar atento às sutis manipulações das quais um ser como Beyonder certamente era capaz. Refletindo sobre isso, ele olhou para as vinhas e considerou as próximas ações.

Estariam os outros avaliando seus papéis dentro dos grupos maiores? Certamente que sim. Xavier e seus X-Men podiam ter suas falhas, mas eram extremamente conscientes do bem-estar coletivo – conforme seus pontos de vista. Magneto os considerava inocentes quase a ponto de serem estúpidos, mas ninguém poderia acusá-los de egoísmo.

E assim também era com os Vingadores e com o Quarteto Fantástico – e, de certa forma, com Homem-Aranha, que parecia estar metido nisso por mero acaso.

Estranho, Magneto pensou. *Na Terra, eu não me deixaria levar pela sensação de que meus processos mentais têm alguma coisa em comum com os dos Homo sapiens normais... ou mesmo com os de outros mutantes que escolheram a bandeira de Xavier em detrimento da minha*. Mesmo assim, na estranheza secreta do Mundo de Batalha, Magneto tinha a sensação de que todos alguma vez já se surpreenderam pela constatação de que tinham linhas de pensamento similares.

Também ficou imaginando se eles também compartilhavam a mesma noção de destino. Aquele lugar, sua mera existência, parecia indicar a Magneto que ele estava ali por um propósito extremamente poderoso.

Como cumprir esse destino? Essa era a questão. Ele pensou por um tempo, e um plano começou a tomar forma em sua mente.

9

TODOS OUVIRAM A EXPLOSÃO, mas Capitão América foi o primeiro a localizar a fonte.

– Era uma nave – ele disse, olhando para o borrão de fumaça no céu e seu rastro até o ponto no solo onde tinha caído. – Parece que foi abatida.

Reed já estava se esticando o mais alto que podia, sem perder o equilíbrio. Ele avistou o local de impacto, a base de uma colina arborizada que até pareceria terrestre se não fosse pela vegetação azulada e as flores de silicato que brotavam nas extremidades dos ramos facetados. Os destroços espalhados queimavam e fumegavam, mas Reed não conseguia ver corpos ou sobreviventes.

– Caiu ali – ele disse, apontando. – A apenas alguns quilômetros.

– Vamos verificar – propôs Homem de Ferro.

Eles foram em grupo. Thor voava sobre eles, puxado pelo seu martelo, enquanto Espectro e Tocha Humana voavam com seus próprios poderes. Hulk cobriu a distância com uma série de saltos de centenas de metros, carregando o Coisa em um dos braços. Homem-Aranha se pendurava em uma teia presa nas costas de Hulk, como se fosse um garoto de skate pegando carona no para-choque de um carro. Ele gritava de alegria, curtindo a viagem, mas Ben Grimm não estava na mesma animação.

– Que humilhante – o Coisa reclamou, segurando-se em Hulk com seus dedos grossos e alaranjados.

Tempestade trazia consigo Reed e a maior parte restante dos heróis, carregando-os em um bolsão de ventania que ela criou e controlava. Aqueles que ela não podia carregar viajavam em uma larga plataforma plana que Homem de Ferro carregava. Era uma solução improvisada, mas os levou até lá. Estavam preparados para uma luta, mas não havia mais ninguém para enfrentar quando pousaram. Doutor Destino arrastava-se para longe dos destroços com a capa em chamas e partes da armadura queimadas e faiscando.

– Preciso falar com Richards – ele murmurou. – Apenas ele compreenderá...

– Destino! – Ciclope exclamou. Ele e Capitão América foram os primeiros a chegar até Destino. Reed estava se aproximando, junto de Wolverine, Colossus e Johnny. – Como ele conseguiu sobreviver a isso? – Ciclope se perguntou em voz alta.

– Um poder tão grande... que nos deixa humildes – Destino delirava. – Nós somos bactérias... pó... um poder tão grande que nos deixa humildes...

Reed manteve-se afastado de seu velho inimigo. Destino sempre havia demonstrado sua loucura de várias maneiras, mas aquilo era diferente.

– Opa – Johnny disse. – Se Destino está falando em se tornar humilde, ele deve estar pior do que pensamos. Fique longe dele, Capitão.

– Não, ele está ferido. Muito, talvez – Capitão disse, aproximando-se de Destino, que não parecia estar muito ciente da presença deles.

– Melhor desarmá-lo primeiro – Johnny alertou. As chamas lambiam-lhe as mãos, prontas para incendiar Destino ao primeiro sinal de hostilidade.

– Deixe que eu cuide disso – Wolverine adiantou-se. – Vou cortar a armadura dele fora. E então veremos o quanto ele é durão.

– Afastem-se, vocês dois – ordenou Capitão. Reed ouviu Doutor Destino chamando seu nome novamente, e então abriu caminho, enquanto Capitão oferecia a mão a Destino. O vilão apenas o encarava.

– Destino não precisa da ajuda de ninguém – ele disse, esforçando-se para se levantar. – Isso que vejo em seus olhos é piedade, Capitão América? – E então se virou para Reed. – E nos seus, Richards?

Esse é o antigo Victor, pensou Reed. *Ele imagina algo pequeno, transforma isso em ofensa e deixa que a raiva se alimente, até se tornar ira.*

43

– Parece que você está precisando de um pouco de piedade – comentou Wolverine. – Seus amigos não o trataram muito bem, não é? Nós definitivamente não o queremos por perto, então, caia fora.

Reed hesitou, avaliando as variáveis da situação, enquanto Wolverine falava. Em seu estado de incoerência, Destino era imprevisível. Destino notou e interpretou mal a hesitação de Reed.

– Fui um tolo ao pensar que logo você conseguiria compreender o que apenas Destino consegue! – Doutor Destino rosnou. – E você, impostor na roupa do Homem de Ferro! – Ele apontou para o Homem de Ferro. – Eu havia pensado que, se Richards não entendesse, Stark entenderia – Destino disse. – Agora, entretanto, os instrumentos de minha armadura me dizem que não é Tony Stark que está usando o traje de Homem de Ferro. A biometria nunca mente.

Homem de Ferro abriu a placa facial de sua armadura. Destino estava certo, era James Rhodes lá dentro. *Eu deveria ter percebido*, Reed pensou. *Tony jamais conseguiria evitar manter uma atitude mandona.*

– James – Reed disse. – Quando você planejava nos contar?

– Estava esperando o momento certo – Rhodes justificou-se. – Eu estava executando alguns voos de teste para um novo protótipo de traje. O Beyonder não deve ter olhado bem de perto. Assim que viu a armadura, ele me agarrou, como fez com vocês.

Reed desejou ter percebido isso antes – francamente, ele preferiria o conhecimento de Tony –, mas aquele não era o melhor lugar para discutir isso. Destino estava esperando, ansioso para tirar vantagem da fraqueza deles.

– Esse engano prova que a cumplicidade de vocês não vale nada – Destino advertiu. – Vão lamentar este momento! Eu pensei que conseguiria o empenho e esforço de vocês para entender e dominar o poder de Beyonder, mas ninguém aqui merece minha atenção. Destino percorrerá esse caminho sozinho!

Ele disparou um raio nas rochas debaixo dos pés de Capitão América, e Wolverine e voou dali.

– Logan, qual escola de simpatia você frequentou, cara? – Johnny disse em tom irônico. – Talvez Destino só quisesse ficar com a gente.

— Cala a boca, palito de fósforo — Logan grunhiu. — Você sabe muito bem que não se deve confiar em Destino.

Reed estava evitando entrar na conversa. Mas agora ele via que tinha cometido um erro tático. Talvez devesse ter fingido que concordava, apaziguando o ego de Destino para obter informações. O outro teria reagido mais racionalmente se pensasse que estava falando com alguém de intelecto equivalente. Talvez até pudessem ter trabalhado juntos para resolver o enigma de Beyonder.

Mas o Doutor Destino definitivamente nunca quis parceiros. Ele encontraria um modo de justificar sua solitária busca por poder. Destino podia até se convencer de que fora enxotado, quando, na verdade, ele conseguira exatamente o que estava procurando.

Aquela análise psicológica ia muito além do que Reed estava acostumado, mas algo naquela situação a fazia parecer oportuna.

— Desde que o conheço, ou seja, desde a faculdade, Victor vive em uma eterna busca por ofensas que justifiquem seus piores comportamentos — Reed disse. — E agora não seria uma exceção. Às vezes, acho que seu desejo mais profundo na verdade não é o poder, e sim uma desculpa para poder agir da pior maneira possível.

— Tá falando como um psiquiatra — Ben disse.

— Apenas pensando alto, Ben — Reed riu. — Há algo neste planeta, ou talvez no poder de Beyonder, que nos induz a pensar naquilo que mais intensamente desejamos. Não acha?

— É, talvez... — Ben disse.

— Melhor deixarmos para nos preocupar com isso mais tarde — disse Rhodes. Ele baixou a placa facial e carregou os repulsores do traje. — Estou registrando a chegada de múltiplos corpos. Estamos sob ataque!

Reed se virou rápido. Certamente os outros vilões estavam aproveitando a oportunidade de atacar enquanto os heróis falavam com Victor. Eles executaram um ataque em massa, com Encantor na liderança.

Kang estava ao lado dela, já disparando. Espectro se transformou em pura luz e desviou do raio da arma de Kang. Atrás deles vinha a

Gangue da Demolição, Homem Molecular, Doutor Octopus e Lagarto. Dois membros da Gangue da Demolição – Aríete e Bate-Estaca – pilotavam dentro da torre de um canhão montado em um veículo de três pernas. Eles disparavam imprudentemente, e o fogo que saía do canhão mastigava enormes pedaços de chão, dispersando os heróis para todos os lados.

Enquanto se esticava e desviava do ataque, Reed se arrependia de ter ido ao local da explosão. Aquilo havia custado a eles um tempo precioso, que poderia ter sido usado para encontrar e explorar os recursos que Beyonder havia deixado ali no... *Mundo de Batalha*.

Sim, pensou Reed. *É precisamente onde estamos. Num Mundo de Batalha.*

Seria a voz de Beyonder dizendo isso? Ele não sabia. Tinha a impressão de que eram os seus próprios pensamentos, e isso era perigoso.

Mas, naquele momento, nada disso importava. Os outros heróis se uniam, enquanto Ciclope e Capitão América gritavam seus alertas. Wolverine projetou as garras e se colocou em posição de luta, agachado, à espera de que o primeiro alvo chegasse à distância de um salto.

– Avante, Vingadores! – Capitão gritou, liderando o ataque do grupo.

Vingadores? Nem todos nós somos Vingadores, Steve, Reed pensou. Mas aquilo haveria de ser uma das exigências do Mundo de Batalha. Não podiam se apegar aos velhos grupos. Teriam de lutar como um time se quisessem sobreviver. Reed não acreditou nem por um segundo que a proclamação de Beyonder seria a palavra final sobre o que estava acontecendo.

Os vilões, contudo, pareciam acreditar piamente.

– Lembrem-se do que Beyonder disse – Bate-Estaca gritou, do topo da arma móvel. – Vamos enfileirar sacos de cadáveres e conseguir o que desejamos!

– Quem precisa de desculpa para isso? – Aríete disse. Ele manejou uma das armas do veículo e disparou contra Thor, que segurou com mais força seu poderoso martelo, Mjolnir, enquanto pairava à frente do grupo de heróis. – Vamos simplesmente acabar com eles!

    Apenas Doutor Octopus parecia hesitar.

    – Esperem! Devemos atacar todos de uma vez!

    Mas nenhum dos outros vilões estava ouvindo. A batalha já estava em andamento, e todos eles tinham as palavras de Beyonder ecoando em suas mentes.

10

UM DISPARO DO CANHÃO NO TRIPÉ MECÂNICO explodiu um afloramento de rocha no qual os heróis haviam se reunido, catapultando-os pelo ar. Aqueles que podiam voar recuperaram o equilíbrio enquanto eram arremessados, mas os outros caíram estrondosamente no chão acidentado. Gavião Arqueiro teve sorte de cair em pé, e perto de seu arco. Ele o agarrou e sacou uma flecha, apontando para além da nuvem de poeira, à procura de alvos.

Capitão se afastou dos destroços, e o canhão continuava disparando.

– Hulk, precisamos de dois segundos para nos reagrupar!

Um dos disparos atingiu Hulk.

– Hunf! Essas coisas doem como o martelo do Thor – ele reclamou, cambaleando por um segundo.

Ciclope caiu depois de receber um golpe direto. O dragão Lockheed pairava ali perto, lançando fogo nos vilões que se aproximavam.

– Gavião Arqueiro, destrua aquela arma! – Capitão gritou. Tocha Humana atacou pelo alto. *Alvo na mira*, Clint pensou, atingindo em cheio um dos membros da Gangue da Demolição com uma violenta flechada. Ele não sabia exatamente qual deles tinha atingido. *Como saber quem é quem?*

Hulk pegou um imenso bloco de rocha para esmagar o canhão, mas Kang antecipou seu movimento.

– O Mundo de Batalha me impede de viajar no tempo, Hulk, ou eu já teria acabado com seu plano – ele disse. – Mesmo assim, tenho a tecnologia de um futuro distante, e você tem apenas pedras.

A pistola que Kang empunhava era pequena, mas gerou um impacto enorme. Um único tiro estilhaçou o rochedo nas mãos de Hulk. Mulher-Hulk e Homem-Aranha correram para se proteger dos fragmentos arremessados violentamente. Reed esticara-se para proteger alguns heróis da queda, inclusive Vampira, que havia caído no primeiro ataque do canhão.

Nós vamos precisar dela, pensou Gavião Arqueiro. Vampira tinha uma combinação de força e poder de absorção que seria realmente útil para enfrentar vilões em número superior – e muita vontade de matar.

Ciclope tentava se levantar no momento em que uma pilha de rochas voou em sua direção. Gavião Arqueiro conseguiu se desviar, mas uma das pedras o atingiu na cabeça, deixando-o momentaneamente aturdido.

Quando recobrou a clareza da visão, viu Thor e Capitão flanqueando os vilões, enquanto Homem de Ferro e Coisa haviam prendido os alvos numa verdadeira armadilha embaixo de um afloramento de rocha.

– Agora, Thor! – Capitão berrou, quando um disparo da arma de Kang atingiu seu escudo. Homem de Ferro tirou Ben Grimm do caminho, enquanto Thor atingia a formação rochosa com o Mjolnir. A rocha explodiu, caindo em uma avalanche que soterrou Kang, Maça, Destruidor e Lagarto.

Os vilões haviam avançado, procurando sobrepujar os Vingadores e os outros mocinhos. *Um lance idiota*, pensou Clint. Era difícil ser mais esperto do que o Capitão América em um campo de batalha. Eles já haviam sofrido muitas perdas, mas agora estavam virando o jogo.

Hulk aproximou-se do canhão, perto o bastante para conseguir agarrar uma de suas pernas mecânicas. Ele não sabia de qual liga o mecanismo havia sido feito, pois era muito resistente, então o segurou com as duas mãos e o torceu. A perna se partiu com um rangido, e o tripé caiu para um dos lados. Bate-Estaca e Aríete pularam para fora da torre, e Johnny Storm os manteve ocupados com sua brincadeira preferida: o pé-quente. Ciclope explodiu o que restara do tripé com um disparo de raio óptico.

— Muito bem — Hulk comentou. — Depois de eu ter feito a pior parte do trabalho.

Do outro lado das rochas fragmentadas, Reed se viu forçado a abandonar os que tinham sido abatidos e lutar por conta própria. A Mulher-Hulk emboscou Encantor antes que ela desferisse um golpe mortal em Vampira, que jazia desacordada.

— Uma mulher verde? — Encantor sorriu. — Não há limites para a variedade de mortais? Me solte! — Ela desferiu um tapa com as costas da mão em Mulher-Hulk, liberando uma descarga de energia arcana.

Clint atirou em Encantor, torcendo para que ela estivesse distraída e seus sentidos mágicos não detectassem a flecha. Mas não funcionou. Ela derrubou a flecha no ar, quando estava ainda a muitos metros de distância. Mas, naquele breve segundo, Mulher-Hulk se aproximou e lhe deu um golpe preciso de direita, lançando violentamente Encantor sobre os destroços da avalanche.

— Uau — Jennifer ficou impressionada. — Não é sempre que posso dar um golpe de verdade em alguém sólido o suficiente para recebê-lo.

Encantor, Clint notou, não respondeu. Na verdade, ela nem se moveu.

Os vilões já começavam a fugir, pelo menos os que ainda conseguiam correr. Doutor Octopus ia à frente, movendo os tentáculos com uma velocidade incrível. Clint começou a mirar nele, mas Capitão gritou para que cessassem fogo.

— Nós já temos prisioneiros, e precisamos consolidar nossa posição — ele disse. — Não vamos cometer o mesmo erro que eles nos estendendo demais na luta.

Então, tá, pensou Clint, um pouco irritado por ter sido interrompido daquela maneira, mas eram uma equipe. Permanecer em equipe era requisito para sobreviver àquela situação, e isso era mais importante do que sua dor de cotovelo por Thor e Hulk terem ficado com a maior parte da diversão.

— Tempestade, faça um rápido reconhecimento e veja se há por perto algum abrigo no qual possamos manter os prisioneiros — Cap ordenou. Ela assentiu e levantou voo. Clint retraiu o arco, guardou-o, e foi ajudar a conter os prisioneiros.

ORORO MUNROE
Era muito fácil voar naquele mundo.
Quase como se houvesse sido criado com seus desejos em mente. O ar a impulsionava para cima. As correntes de água, magnetismo e eletricidade, forças invisíveis que conspiravam para criar o clima, eram mais intensas ali.
Ela podia fazer qualquer coisa, contanto que desejasse.
Sobrevoava o terreno destruído do Mundo de Batalha, vendo onde alguns fragmentos de planetas terminavam e outros começavam. Ela viu lutas entre animais que haviam evoluído a bilhões de quilômetros de distância uns dos outros. Viu paisagens fantásticas que nunca teriam existido na Terra. Viu cidades destruídas pelo choque de sua elevação, pequenas vilas, ruínas de civilizações há muito desaparecidas, acidentalmente destruídas na criação daquele planeta.
Aquilo era um Mundo de Batalha para os sentidos: visão, audição e olfato.
Mas ela voava mais rápido do que jamais voara, e o clima a obedecia como nunca. Tudo que ela tanto se esforçou para dominar na Terra tornara-se mais fácil ali. O vasto mecanismo do clima parecia criado para ela – as nuvens esperando para se reunir ao seu comando, cada molécula de água suplicando para ser transformada em chuva, os poços de eletricidade sem fundo estalando e faiscando nas pontas de seus dedos e cabelos. Na Terra, Ororo podia controlar o clima. No Mundo de Batalha, o clima se submetia a ela.
E então ela entendeu o que Beyonder realmente oferecia. Seria extremamente difícil de resistir.

11

DOUTOR DESTINO pensou que seria uma vantagem deixar que Kang e os outros acreditassem que ele estava morto. Fingir a morte de alguém era uma excelente jogada, desde que executada com precisão. Ele havia tentado fazer com que todos entendessem que estavam lutando por metas muito mais elevadas do que a simples realização de seus desejos. Beyonder era um ser de habilidade transdimensional, que detinha um poder maior do que qualquer um deles – inclusive ele, tinha de admitir – compreendia. O Mundo de Batalha havia oferecido a eles a oportunidade de discernir sobre a natureza daquele poder.

E uma vez que a natureza de algo é compreendida, pode ser controlada.

Então deixe que os outros lutem por seus rancores mesquinhos. O Doutor Destino lutará pelos reais objetivos deste jogo: a habilidade de destravar os poderes de Beyonder – e de outros seres como ele, se é que existem.

Ele encontrou o lugar onde o poderoso Galactus havia caído após sua expulsão do portal de Beyonder. Estaria morto? Poderia um ser como Galactus morrer?

Não. Ele se movia. Não se apoiou nos pés para se levantar. Simplesmente se ergueu da posição horizontal para a vertical e pousou os pés no chão.

– Escute-me, Galactus! – Destino gritou para ele. – Ouça as palavras de Victor von Doom!

Ele não sabia se Galactus o tinha ouvido; ao menos não dera qualquer sinal. *Ele está me ignorando*, Destino pensou, *como se eu fosse um micróbio... assim como ele comparado a Beyonder.*

Talvez Galactus ainda estivesse fazendo o jogo de Beyonder. Destino se recusou a crer nisso. Ele faria as próprias regras, e os outros teriam que jogar conforme a sua escolha.

Deixando Galactus com seus planos tolos, Destino retornou à fortaleza que tinha sido abandonada, quando os outros seguiram para a batalha. Estava deserta e silenciosa, até que a presença de Destino despertou drones de defesa em estado latente, e que talvez tivessem sido ativados na ausência do enorme grupo. Destino imediatamente entendeu que eles estavam registrando sua presença desde o pavilhão frontal até a entrada da fortaleza. *Sim*, ele pensou. *Aqui também eu jogarei o jogo de minha escolha.*

Ele desviou-se dos disparos de energia dos drones e conseguiu chegar até a porta da frente. Parou por um milésimo de segundo, e, então, quando as armas dos drones foram descarregadas, deu um passo para o lado.

O ataque dos drones enfraqueceu a porta. Destino então a destruiu com alguns disparos de energia de suas manoplas. Ele poderia sozinho dar conta do resto da entrada. Terminou de abrir a porta e destruiu cada mecanismo de controle que viu perto da entrada. Um deles, pela lógica, desligaria os sistemas defensivos internos da fortaleza. E, uma vez desativados, o edifício inteiro estaria disponível para o uso que quisesse fazer dele.

Ele verificou os salões e salas, vendo muita coisa que não conseguia entender, mas que entenderia com o tempo. E então, num laboratório cinco vezes maior do que o mais amplo aposento do Castelo Destino, viu algo que instantaneamente soube como usar em benefício próprio.

Em uma maca cercada por diversos instrumentos e ferramentas jazia Ultron. Talvez Galactus tivesse neutralizado o poderoso autômato, mas Destino sabia que Ultron nunca estaria morto como poderia parecer. Talvez seu corpo de adamantium ainda pudesse ser reanimado – e controlado.

– Você será muito útil quando meus colegas retornarem de seu pequeno arranca-rabo – ele disse, e se pôs a trabalhar.

••••

Destino terminou bem a tempo. Após reconstruir alguns dos sistemas de vigilância, ele tomou conhecimento do retorno dos outros bem antes de eles chegarem. Podia até ouvi-los discutindo enquanto se aproximavam. Homem Molecular reclamava, nervoso, sobre uma possível perseguição; Octavius o incitava; Crusher Creel, com sua típica delicadeza, zombava e escarnecia de todos, querendo, sem dúvida nenhuma, provocar mais brigas. O Destruidor estava com eles, na vanguarda do grupo que retornava, argumentando que todos deveriam se acalmar.

– Ali está nosso pequeno lar longe de casa – ele disse. – Podemos nos reagrupar e decidir qual vai ser nosso próximo passo.

Destino notou com alguma satisfação que estavam em menor número. Haviam falhado sem ele, conforme tinha imaginado. Ele apareceu na porta e disse cordialmente:

– Saudações! Bem-vindos à Base Destino.

Todos ficaram estáticos.

– Achei que Kang o tivesse destruído – Octavius disse cautelosamente, com os braços metálicos tensos e posicionados para o ataque.

– Parece que ele não fez um trabalho muito bom – Destruidor comentou, apoiando o pé-de-cabra e olhando para os outros.

– Bem, isso pode ser resolvido – Creel disse. – Saia do caminho, Destino, ou vou arrancar essa máscara da sua cara.

– Acho que ele só está tentando dizer que estamos muito cansados, e que deveríamos entrar e descansar – disse o Homem Molecular, transparecendo na voz o esgotamento da luta. Destino o observou com desdém.

– Não, Creel está certo – Destruidor disse. – Ele disse o que todos estamos pensando.

– Agora, o Doutor Octopus reina aqui, Destino! – Octavius disse, com os tentáculos projetados, tentando atingir Destino, que não fez nenhum movimento para resistir. Ele havia antecipado que tal mudança de poder ocorreria em sua ausência... mas Destino sempre tinha um plano reserva.

KRAAAK! Uma explosão de energia vinda do alto da porta derrubou os quatro desafiantes no chão.

— Acho que não, Octavius — Destino disse enquanto os quatro recuperavam os sentidos e erguiam os olhares até a fonte da emboscada.

— Ultron! — Octavius gritou.

— Correto — Destino disse. — Ultron. Composto de um material que vocês não podem danificar, dotado de energias que nem mesmo você, Creel, pode ter a esperança de absorver, e nenhum de vocês é capaz de enfrentar. Eu o reconstruí. Ele agora serve a mim. Vocês querem tentar vencer esse desafio... ou devemos deixar esses pequenos contratempos para lá e continuar com meu plano de obter controle sobre os poderes de Beyonder?

Houve uma pausa. E então Destruidor deu de ombros.

— Tanto faz — ele disse. — Tô com fome. Se você quer ficar no comando, Destino, vá em frente. Vamos ver até quando isso dura.

— De fato, veremos — Destino disse. Ele deu um passo para trás e fez sinal para que entrassem. — Cavalheiros, seu quartel os espera.

Vendo que haviam sido abandonados, Creel e Octavius seguiram Destruidor e Homem Molecular base adentro. Destino parou ao lado de Owen Reece.

— Espero que não haja ressentimento entre nós pelo mal-entendido de antes — ele disse. Por mais desagradável que Reece fosse, Destino sabia que devia ter cautela ao lidar com ele. Em alguns momentos, ele deveria ser intimidado; em outros, encorajado. Talvez ele fosse o mais poderoso entre eles, por enquanto, além de ser alguém importante para o plano de Destino.

— Não. É que... eu só quero ficar fora disso, Destino. De tudo isso — Owen disse, sem demonstrar qualquer traço da confiança anterior. — Estou cansado.

— Naturalmente — Destino concordou, a fim de acalmá-lo. — Acredito que vai encontrar os aposentos bem a seu gosto.

Ali perto, ele ouviu Destruidor e Homem Absorvente resmungando.

– Qual é o joguinho de Destino? – Creel disse. – Por que ele está agradando o bebê chorão do Reece?

– Deixa que eu explico pra você, apenas feche a matraca e escute – Destruidor disse, bem baixo. – Reece apareceu aqui como o Imperador dos Covardes, mas aquele cara é provavelmente mais poderoso do que todos nós juntos... exceto quando evita usar seus poderes. É provável que Destino esteja se certificando de que ele vai ajudar quando for preciso.

Muito bom, pensou Destino. *Até mesmo um paspalhão como Destruidor entende.* Ele não prestou mais atenção nos dois, e também deixou que o Homem Molecular fosse embora. Ele e Octavius ficaram para trás.

– Parece que você estava com as cartas marcadas, Victor – Octavius comentou. – Qual é o seu plano? E o que aconteceu com Galactus?

– Observe – Destino disse, ligando uma tela de vídeo de dez metros de largura. Na imagem, Galactus, emoldurado por nuvens de energia, caminhava até o pico de uma montanha nevada. – Ele está parado ali, a uns duzentos e cinquenta quilômetros daqui. Ele não se move. Não sei exatamente o que está fazendo... mas tenho minhas suspeitas. Se seguirmos o plano, é certo dizer que as forças de Destino vão triunfar. Contanto que você esteja comigo, nada vai te incomodar. Descanse agora, Octavius. Logo teremos muito a fazer.

Ele ficou observando Octavius se afastar, a postura rígida pela dignidade ferida. Mais cedo ou mais tarde, haveria oposição da parte dele. O Doutor Octopus não era do tipo que aceitava de bom grado receber ordens caso houvesse uma maneira de ele mesmo emiti-las, como provara o seu comportamento durante a ausência de Destino.

Octavius era inteligente o bastante para manipular os outros, exatamente como Destino. Mas o comando de Destino servia a um objetivo maior do que meramente sobreviver ao jogo incompreensível de Beyonder.

Agora, Destino tinha um número menor de peças para sacrificar em nome do que ele desejava de Beyonder, e Octavius era uma delas. Então, deixaria o homem tramar à vontade. Não haveria segredos na Base Destino, ou em qualquer outro lugar, quando ele conseguisse assimilar os poderes de Beyonder.

12

BEN GRIMM sabia que era um cara tristonho por natureza, e aquele lugar, o Mundo de Batalha, não estava fazendo nenhum bem para o seu humor. Depois da luta, eles quase que magicamente encontraram uma base grande o suficiente para abrigar a todos, até mesmo os prisioneiros. Ben vagou pelo lugar enquanto todos os outros faziam... sabe-se lá o quê. Era tarde da noite, e a maioria provavelmente estava dormindo. Ben não conseguia pegar no sono, e não estava passando um jogo do Mets na TV para ele se distrair. No Mundo de Batalha sequer havia uma TV programada para receber o sinal das estações de Nova York.

A base era tão grande, que ele poderia vagar por semanas e não conseguiria conhecer nem a metade dela. Havia hangares, garagens, uma pequena fábrica e uma infinidade de mecanismos e peças mecânicas gigantes das mais diversas ordens enfiadas nos andares inferiores. Um pouco mais acima, estavam os laboratórios. Andares e mais andares de laboratórios. Aquela parte da base era como o refúgio nerd de Reed no Edifício Baxter, só que centenas de vezes maior, e com um tipo de tecnologia que nenhum deles jamais tinha visto. Mesmo assim, os cabeções do grupo já haviam começado a entendê-la. Os quartos ficavam nos andares superiores, com exceção de uma enorme área de reunião no topo, cujas paredes eram de vidro. Contudo, Ben pensou, até que aquele não seria um lugar ruim se estivessem na Terra em vez de ali, naquele fim de mundo.

Ele não sabia o que fazer com o que Beyonder havia dito. Sem chance de ele simplesmente sair matando um monte de gente, independentemente do que ganharia com isso. Seu desejo mais profundo – além do de não ser um enorme, feio e bizarro amontoado de pedras alaranjadas – era voltar para casa, para Alicia Masters. Ele amava verdadeiramente a escultora cega, mas achava que não a merecia. Percebeu que o que Alicia sentia mesmo era piedade dele, mas, na única vez que mencionara isso para Sue Richards, ela pareceu prestes a lhe dar um tapa.

– Você é que está com piedade de *si mesmo* – ela dissera. – Não ponha a culpa em Alicia.

Mais do que justo, Ben pensou. *Mais uma coisa que preciso entender*.

Ele dobrou um corredor e viu Reed e Ciclope conversando. Estavam em uma sacada, olhando a paisagem do planeta, forrada por árvores em formato de cogumelos adornadas por grãos pendentes de vinhas, como se a floresta estivesse usando chapéus de festa. Pequenas coisas parecidas com pássaros, ou talvez mais com insetos, voavam de um grão para outro. No chão, plantas serpenteavam como cobras, transformando-se em ninhos, onde as pequenas criaturas voadoras botavam seus ovos. E isso era apenas ali, bem na frente da sacada.

Ben não conhecia muito do Mundo de Batalha, mas o que ele havia visto era suficiente para convencê-lo de que a maioria dos mundos na galáxia tinha de ser muito, mas muito esquisita.

– Eu nem estava de uniforme – Ciclope estava dizendo. – Mas quando cheguei aqui... – Ele esticou os braços e olhou para si mesmo.

– Interessante. Xavier disse que ele não estava na cadeira de rodas no momento em que foi trazido para cá – Reed sorriu. – E simplesmente estava sentado nela quando surgiu na nave.

– Não por muito tempo – Ciclope disse.

– Se esse era o desejo mais profundo dele – Reed disse –, não precisaria matar nenhum inimigo, não é?

Ciclope olhou para ele.

– Você acha que foi isso o que aconteceu?

– O quê? Xavier desejar sair da cadeira de rodas? Eu não sei, Scott. O que você acha?

– Não sei ao certo.

– Pense comigo. Me parece que Beyonder nos modificou um pouco quando nos trouxe aqui. Removeu o que ele via como fraqueza, para que cada um desse o máximo de si quando nos enfrentássemos – Reed disse.

Eles ouviram Ben se aproximando, e se viraram na direção dele.

– Você deveria descansar um pouco, Ben – Reed disse.

– Fechar os olhos não está nos meus planos para esta noite – Ben disse. – E parece que também não está nos seus.

– Estamos tentando entender o que Beyonder quer, como todo mundo – Reed disse.

– É, mas você tem mais cérebro para tratar disso do que a maioria de nós, Reed – Ben já havia se cansado daquela conversa. – Faça um resumo para nós quando tiver terminado, para que possamos realizar nossos maiores desejos.

Ele acenou para os dois e deu-lhes as costas. Caminhando pelo corredor, foi pensando em seu maior desejo. Ainda era o mesmo desde o momento em que raios cósmicos haviam bagunçado seu genoma. Queria ser normal. Ser apenas o Ben Grimm da Rua Yancy. *Cuidado com o que deseja*, ele disse para si mesmo.

Mesmo assim, talvez sendo normal, o operário Ben Grimm seria mais merecedor de Alicia.

Homem-Aranha e Johnny Storm estavam dando um tempo em uma enorme sala, do lado de fora dos quartos. Aranha estava preocupado, como sempre. Aquilo era uma das coisas de que Ben mais gostava nele.

– E se nunca mais voltarmos? – Aranha estava dizendo. – Quero dizer...

– Corta essa – Johnny o interrompeu. – O Quarteto Fantástico já esteve em muitas situações cósmicas absurdas. Para começar, foi assim que nos tornamos o QF, lembra? Nós vamos dar um jeito, e vamos voltar. Não esquente. – Johnny recostou-se na poltrona e esticou-se preguiçosamente. Aquele garoto nunca se preocupava.

Você se esqueceu de uma coisa, Ben pensou. *Naquelas missões, Suzie estava conosco*. Ela era o elo que os unia. Além de ser bem útil na hora da luta. Sem ela, Ben não tinha certeza se a equipe poderia sair ilesa da primeira briga séria na qual entrasse. Já estiveram em missões com o Quarteto incompleto, mas aquilo era algo novo. Ben se sentiria muito melhor se Sue estivesse com eles.

Quando fez menção de participar da conversa, Homem-Aranha ergueu os olhos. Só que não estava olhando para Ben.

– Há algo errado – Homem-Aranha disse, apontando. – Bem ali.

Nos fundos da base, a mais de um quilômetro de onde estavam, uma luz emanou, revelando a silhueta de uma estrutura.

– Aquele é o gerador de energia da nossa base! – Johnny disse.

– Vou verificar! – gritou Homem-Aranha, colocando-se em movimento.

Johnny entrou em chamas e voou na direção da porta que dava para a parte externa, com a intenção de soar o alarme.

– Cuidado lá, amigão – ele gritou. – Isso tudo é um pouco maior do que as coisas com as quais você está acostumado.

– Posso lidar com isso, fodão – Homem-Aranha disse. – Mas, hã... apresse-se, tudo bem?

Ele se balançou até o local, mais rápido do que Ben podia acompanhar, mas o número 4 gigante que Johnny havia acendido no céu, do lado de fora da base, já estava sendo visto. Ben chegou à estação de força no mesmo momento em que a maior parte dos Vingadores. Homem-Aranha já estava lá dentro.

Quando a equipe irrompeu na sala de controle do reator, fragmentos flutuantes de metal se enrolavam ao redor do Aracnídeo, prendendo-o firmemente e em seguida jogando-o com força no chão. Era óbvio quem estava fazendo aquilo.

– Senhoras e senhores, eu lhes apresento Magneto, o Mestre do Magnetismo – gritou Homem-Aranha.

– Lá está ele! – Gavião Arqueiro disse, sacando e disparando uma flecha. Magneto a desviou com um movimento do dedo, fazendo-a ricochetear em um dos painéis do maquinário.

– Nenhum de vocês vai me tocar! – Magneto anunciou. Ele abriu amplamente os braços e então os uniu, arrancando enormes pedaços das paredes internas para que caíssem sobre os heróis que o atacavam.

– Homem de Ferro! Mulher-Hulk! – Capitão América gritou. – Coisa! Segurem as paredes!

Ben entrou debaixo de uma das partes da parede, com Homem de Ferro ao seu lado. Juntos, evitaram que o resto da equipe fosse esmagada, com Mulher-Hulk dando suporte do outro lado. Mas o acesso até Magneto estava bloqueado. Os alarmes soaram.

– O reator! – Reed gritou. Ele balançou os braços, mas suas últimas palavras se perderam em meio ao ruído dos alarmes.

Ben não era nenhum gênio, mas podia calcular dois mais dois. Magneto havia feito algo que iria explodir o reator. E isso mataria todos eles.

– Estou segurando deste lado – Rhodes disse. – Vá pegá-lo.

Ben ficou furioso. Talvez não da maneira que Hulk ficava – aliás, onde estava o grandão verde? –, mas bastante furioso. Atravessando os destroços, ele foi atrás de Magneto. Vespa sobrevoava ao redor dele. Ela havia se encolhido o suficiente para conseguir passar incólume e mais rápido pela barreira.

– Essa festa ainda não acabou, Mags! – Ben gritou. – Ainda não coloquei minhas delicadas mãos em você!

– Nem eu – Vespa disse. A energia bioelétrica estalava em suas mãos, prontas para ferroar.

Magneto apenas acenou e magneticamente arrancou pedaços maiores das paredes e do maquinário, transformando-os em uma esfera perfeita, que cercou e prendeu Vespa. Ele hesitou por um momento, e Ben se adiantou até ele. E então Magneto se virou e puxou a prisão de Vespa enquanto ia se afastando, mas isso o deixava mais lento.

Ben atravessou a sala. Com apenas alguns passos, aproximou-se o bastante para...

Foi nesse momento que realizou seu desejo mais profundo.

Sentiu a metamorfose começando por fora. Seu campo de visão mudou, pois as sobrancelhas de pedra retrocediam e se tornavam as sobrancelhas normais e humanas de Benjamim Grimm, o orgulho da Rua Yancy. Suas mãos, esticadas e prontas para agarrar Magneto, encolheram e se tornaram carne. Novamente ele tinha cinco dedos, e não mais quatro. Ele sentiu seu imenso poder abandonando-o, sendo substituído pela força comum de um cara que sempre se manteve em forma, mas que nunca fora um super-herói. Cabelos brotavam de sua cabeça, e ele voltou a ter sensações, sentindo o ar em sua pele. Ben caiu de joelhos, desacostumado em mover tão pouca massa com um centro de gravidade tão diferente. Ele olhou para Magneto se afastando, sem dar a mínima para o que acontecia ao redor, e Vespa vinha arrastada atrás dele, presa na bola de metal.

Então ele olhou para suas mãos. *Cara*, ele pensou. *Faz muito tempo que não as vejo. Mas por que agora?*

Ele caiu. Vespa havia desaparecido. Ele não havia detido Magneto. *Típico de Ben Grimm*, ele pensou. *Sempre chegando tarde.*

No entanto, no fundo de sua mente, um pensamento lhe ocorreu: *Se um dia voltarmos para a Terra, Alicia não terá mais pena de mim.*

· · · ·

Ele ainda estava sentado no chão quando o grupo atravessou a barreira de destroços.

– Ben! O que...

– Não adianta perguntar, Esticadinho – Ben disse. – Simplesmente aconteceu.

– Como quando Xavier começou a andar – disse Mulher-Hulk. – Os desejos estão se realizando.

– Falando em Xavier – Espectro anunciou, enquanto fazia uma volta e pousava ao lado da Mulher-Hulk. – Espero que todos tenham notado que nenhum dos X-Men apareceu para lutar com Magneto. Acho que isso define de qual lado eles estão.

– Não se apresse, Espectro – disse Capitão América, virando-se para Reed, que já estava examinando o reator. – Tudo sob controle? – perguntou.

Reed assentiu, apesar de parecer um pouco preocupado.

– Muito bom – disse Cap. – Agora podemos nos concentrar em resolver os problemas que temos, e não em criar outros. Precisamos encontrar Vespa.

– Magneto armou tudo isso apenas para capturá-la – disse Homem de Ferro. – Estou errado?

– Não, acho que você está certo – concordou Capitão América. – Ele não atacou nenhum de nós, apenas a capturou e foi embora enquanto tentávamos evitar que a estação de energia entrasse em curto-circuito e explodisse. Só não sabemos por quê.

– Então vamos atrás dele para descobrir – disse Gavião Arqueiro. – Não deve ser difícil rastreá-lo, né?

– Não saberemos até tentarmos – disse Capitão América. – Mas esse problema não é só nosso.

Seguiram Cap até o elevador e subiram até a sala de controle central, onde Hulk analisava gigantescas telas que exibiam em tempo real imagens de várias partes do Mundo de Batalha. Em uma delas, Ben viu Galactus no topo de uma montanha.

– Galactus está liberando um estranho campo de energia – Hulk disse. – Mas eu ainda não consigo identificá-lo.

A tela seguinte exibia o que parecia ser uma poderosa tempestade.

– A julgar pelo que Doutor Banner e eu descobrimos usando esses sensores – Capitão América disse –, vamos ficar bem ocupados por aqui... e muito em breve.

13

MAGNETO SABIA QUE DEVERIA LIBERTAR VESPA no momento em que retornasse à sua base. Ela o atacaria com toda a fúria do inseto que lhe denomina, e ele seria forçado a responder à altura. Não era exatamente como ele desejava que se desse a interação inicial entre os dois. Então, em vez disso, resolveu deixá-la segura e salva na esfera que ele havia criado, e ficou observando a tempestade.

Nunca havia visto nada como aquilo. Somente aquela chuva teria sido capaz de pulverizar muitas estruturas na Terra. Os ventos as teriam arrancado de suas fundações. Os raios eram uma maravilha à parte, certamente indo muito além de tudo o que Ororo Munroe já havia evocado.

Seria ela que estaria criando aquilo? Ou seria Thor? Magneto achou improvável. Thor apenas empregaria seus poderes em batalha, e mesmo que aquela tempestade fosse o maior desejo de Ororo, ela nunca colocaria seus companheiros em risco. Apesar de que... talvez ela estivesse vulnerável aos agrados de Beyonder.

Do mesmo modo que Magneto também esteve, é claro. Ele não dera conta de sua solidão. Havia iniciado uma briga com os heróis na tentativa de mantê-los fora de seu caminho, mas, em vez disso, o Mundo de Batalha o presenteara com uma oportunidade inesperada. Ele agora se dava conta de que sua súbita decisão de capturar Vespa havia sido mais para realizar sua própria vontade do que para pôr em prática um sequestro estratégico. Ele desejava companhia, e o Mundo de Batalha, conhecendo mais profundamente seus desejos do que ele próprio, havia lhe concedido a chance de ter uma. Ela havia lhe dado um sinal, ele estava certo disso. Quando os outros estavam se voltando contra ele, Janet van Dyne se interpôs e dissipou a tensão.

Talvez o Mundo de Batalha estivesse falando através dela, ou talvez ele tenha se sintonizado ao que ela estava falando.

Em todo caso, depois de ter observado a tempestade por algum tempo, supôs que seria melhor atendê-la.

Enquanto se preparava, Magneto devotou uma pequena porção de seus poderes para gentilmente levitar a esfera de metal até seus aposentos. Quando já estava perto o suficiente para que Janet van Dyne pudesse encontrar o caminho sem se perder, Magneto aumentou a força do pensamento e torceu ligeiramente a esfera. Houve um estalo e um tinir do metal, e a esfera se desfez em pedaços no corredor lá fora. Melhor dar à Vespa um segundo para se recompor do que despejá-la diretamente no chão do quarto.

Pouco tempo depois, a Srta. Van Dyne apareceu na porta, já em seu tamanho normal.

— Ah! Boa noite — ele cumprimentou. Tinha achado melhor recebê-la reclinado na cama, sem o capacete e com uma bebida nas mãos. O fato de estar sem o capacete, que o protegia de ataques telepáticos e psiônicos, era certamente um risco à sua segurança, mas não muito grande. Magneto havia notado a ausência dos X-Men em resposta à sua jogada. Disso, ele deduziu que estariam ocupados com seus próprios problemas.

Entretanto, não havia abdicado completamente de sua segurança, conforme informou à Srta. Van Dyne no momento em que ela entrou.

— Você prefere que eu a chame de Vespa? — ele perguntou. — Se sim, por favor, não tente me ferroar. Você descobrirá que minha pessoa está protegida magneticamente, e a energia de seu ferrão será dissipada sem fazer mal algum a nenhum de nós.

— Não faz diferença a maneira que você escolher me chamar — ela disse. — E se você acha que vou ferroá-lo se tiver a intenção de machucá-lo, então não prestou atenção.

Para enfatizar o que dizia, ela explodiu a bebida que estava em suas mãos.

– Posso derrubar este quarto inteiro em sua cabeça se eu quiser.

– Isso nos deixaria um tanto desconfortáveis, considerando a atual situação climática – Magneto disse. E, confirmando suas palavras, um raio da envergadura de um avião atingiu a área externa.

– Já que nenhum de nós pode sair daqui, sugiro uma trégua – ele propôs. – Eu gostaria de conversar. É por isso que a trouxe aqui.

– Ah, é? Você tem uma maneira bem agressiva de puxar conversa – Vespa disse. – Mas tudo bem. Estamos aqui, e você está certo. Não podemos ir a lugar algum. Fale.

Magneto assentiu.

– Primeiramente, quero me desculpar pela forma como foi trazida até aqui. Não era minha intenção feri-la, muito menos humilhá-la; se fiz qualquer uma dessas coisas, peço perdão. Obviamente, você é uma mulher inteligente e compreensiva, além de extremamente bela, e eu não sou o monstro que você deve pensar que sou. E é precisamente sobre isso que quero conversar.

– Sobre minha inteligência e beleza, ou sobre o fato de você não ser um assassino? – ela perguntou.

O tom agressivo dela era evidentemente genuíno, mas Magneto teve a impressão de também ter notado algo de ironia retórica.

Bom, ele pensou.

– Por que não sobre ambos?

Ela ergueu uma das sobrancelhas.

– Muitos homens, e também algumas mulheres, já deram em cima de mim, mas este é o primeiro encontro mais estranho que já tive. Sem mais comentários.

– Então você considera isto um primeiro encontro – ele disse, apontando para uma mesa na outra extremidade do quarto, onde estavam dispostas uma garrafa de vinho e uma taça vazia. Ela franziu o cenho. Mas, depois de um momento, deu de ombros e encheu a taça.

– Certo – ela disse. – Por que não? Você teve muito trabalho para me trazer aqui. O mínimo que posso fazer é tomar algo em sua companhia antes de inevitavelmente decepcioná-lo.

– Soberbo – Magneto disse. – Uma bebida, uma conversa. A inevitável decepção, entretanto, acho improvável. O Mundo de Batalha parece ser construído sobre linhas bem opostas.

Ele sorriu para Vespa, e ela sorriu em resposta. Por enquanto, aquilo era o suficiente.

14

DESTINO acertou as coordenadas no sistema de bordo da armadura e decolou. Ele já havia aprendido a voar pelas paisagens e assinaturas magnéticas da superfície do Mundo de Batalha. A tempestade prejudicava seu progresso naquele momento, mas seu desígnio estava a muitos quilômetros de distância. A tempestade não o afetaria lá. Em seu reconhecimento inicial do Mundo de Batalha, seguido pela tentativa falha de invadir a barreira de Beyonder, Destino havia observado algo interessante – e familiar –, e a estanha tecnologia da base confirmou suas suspeitas. Ele pousou em uma rua de edifícios de três e quatro andares e observou ao redor. Sua hipótese estava correta: cunhado na crosta do Mundo de Batalha, entre um pântano fedorento e um longo território vulcânico que se estendia por quilômetros através da superfície do planeta, havia um trecho consideravelmente grande de uma cidade da Terra.

Inicialmente, Destino não reconheceu completamente o lugar. Ele teve que comparar as imagens dos edifícios mais altos que via com registros dos bancos de dados que trazia no sistema de computadores de sua armadura. *Interessante*, ele pensou. Não era Londres, nem Tóquio, nem Lagos, Rio de Janeiro ou Nova York. Era Denver, capital do estado do Colorado.

Beyonder havia feito escolhas bastante incomuns.

· · · ·

Depois de alguns quarteirões, os pequenos prédios de apartamentos deram lugar a um estilo mais urbano, com estruturas altas e densamente ocupadas. Os cidadãos de Denver pareciam lidar muito bem com aquele deslocamento brusco, como se o entorno além da fronteira sempre tivesse feito parte da paisagem. Estavam preparando suas refeições em grelhas a gás, andavam tranquilamente pelas ruas e tentavam defender seu perímetro da fauna que habitava as paisagens no ponto em que terminavam as ruas de Denver e começava o caos multifacetado do Mundo de Batalha. Destino achou melhor alterar sua aparência temporariamente, e por isso usava um projetor holográfico na armadura, para que ninguém a visse quando olhasse para ele, além de ocultar a cicatriz em seu rosto. Ele odiava tais ilusões, mas seus objetivos seriam mais facilmente alcançados se pudesse fazer contato social sem que sua verdadeira identidade fosse revelada logo de cara.

Parte da missão de Destino ali era simples reconhecimento. Quanto mais ele entendesse como o Mundo de Batalha havia sido construído, mais compreenderia os métodos de Beyonder e, portanto, seus objetivos. Pela experiência de Destino, depois de saber o que alguém queria – e por que – tornava-se brincadeira de criança virar os planos contra seu mentor.

Mas ele estava ali por mais outra razão: procurava espécimes humanos, ou pelo menos humanoides, para fazerem parte de um projeto experimental. Ele havia encontrado uma enorme quantidade de equipamentos na instalação que tinha batizado de Base Destino. Alguns deles permaneciam incompreensíveis para ele, mas alguns já haviam revelado seus segredos. Um item em particular despertara seu interesse. Destino acreditava que poderia usá-lo para criar poderes em seres humanos selecionados que tinham pré-disposição. Através do, talvez, *desejo*. Por isso seu interesse na cidade com habitantes humanos, Denver.

Bem, o caso é que, ele pensou, *há umas quinhentas pessoas presentes nesta área. Talvez mais... Devo levar algumas à força?*

Aquilo parecia desnecessário. Seria mais adequado encontrar alguns prováveis candidatos e simplesmente conseguir que se oferecessem: *Faça como desejo, e terá um poder além de sua mais louca imaginação.*

Era o mesmo apelo que Beyonder havia feito para Destino e para os outros trazidos da Terra. A diferença era que Destino sabia exatamente como proceder. E quando o fizesse, estaria muito mais perto de conquistar um prêmio que Beyonder não sabia que tinha oferecido.

Ele sentiu ao redor a essência da mudança do Mundo de Batalha, e se tornou mais consciente da presença de algumas pessoas por perto, e menos consciente da de outras. Determinados rostos se destacavam, algumas vozes eram mais claras. Teve o impulso de seguir um curso específico por entre as áreas abertas sinalizadas como 16th Street Mall, uma famosa avenida de pedestres. Por trás de sua máscara, Destino sorriu. Era assim que Beyonder – ou talvez o próprio Mundo de Batalha – expressava aprovação. *Sim*. Destino não era um participante inconsciente; ele deixava que o Mundo de Batalha o conduzisse. Ele se dirigiria aos candidatos prováveis e deixaria que os desejos deles os guiassem na realização dos seus próprios.

Ele foi atraído até duas moças que transitavam em meio aos arranha-céus e ao caos. Enquanto não sabiam exatamente como sobreviver nessa nova terra, muitos cidadãos de Denver andavam armados, provavelmente contra a incursão de feras vindas do pântano ao lado. Outros haviam se organizado em grupos para ajudar na distribuição de recursos. Destino viu policiais, bombeiros e grupos menos formais, que presumiu serem milícias de cidadãos. O que ele não viu foi violência exagerada ou sinais de que ocorreram distúrbios em alta escala. As pessoas pareciam bastante pacíficas. Seria esse também um efeito do Mundo de Batalha? Um pregador de rua gritava alguns quarteirões mais à frente, ofertando suas peculiares observações a respeito da causa da situação na qual Denver se encontrava.

Destino pensou sobre o que ele dizia. Quem sabe aquele homem também não estivesse ciente da existência de Beyonder? Mas não se demorou nessas divagações.

Fosse como fosse, Destino tinha entendido tudo. Ele seguiria metodicamente seu plano.

E o próximo passo envolveria aquelas duas jovens.

– Garotas – ele as abordou. Elas levantaram o olhar enquanto ele se revelava, exibindo seu verdadeiro aspecto. – Permitam que eu me apresente. Sou Victor von Doom, soberano da Latvéria, cientista e... diplomata. Podemos conversar?

Naquele momento, ele estava testando o domínio do Mundo de Batalha. Pessoas mais comuns teriam tido um sobressalto e saído correndo aos gritos diante da visão do arqui-inimigo do Quarteto Fantástico. Aquelas duas, no entanto, o observavam com interesse, mas nem um pouco de medo.

Maravilha, pensou Destino. *Estou trabalhando com a consciência que dá vida ao Mundo de Batalha. Isso certamente significará meu sucesso.*

– Conversar sobre o quê? – uma delas perguntou. Era uma dupla bastante incomum. A que havia falado era alta, mas acima do peso, portanto bastante insegura. A outra era pequena e magra, e Destino imaginou que ela não fazia exercícios regularmente havia algum tempo.

– Você está ciente de que estamos... deslocados de nosso ambiente anterior? – Destino perguntou.

– Pode crer – a pequena loira disse. – Mas você não me parece muito preocupado com isso.

– É porque eu tenho um plano. E preciso de ajuda.

– Ah, é? – a morena musculosa se prontificou.

Destino assentiu.

– Eu prefiro não falar sobre isso aqui. Minha reputação não é das melhores, digamos assim. Devido à fraca e tendenciosa publicidade que a mídia dá à minha imagem.

– Eu imagino como deve ser isso – disse a loira, estendendo a mão. Destino a apertou, tomando cuidado para não acionar os servomotores da manopla e transformar a mão da garota em uma pasta.

– Mary MacPherran, mas pode me chamar de Skeeter. Você tem uma bela, hã... luva.

– É uma de minhas criações – Destino disse, fazendo uma reverência, e então se voltou para a outra mulher. – Victor von Doom – ele se apresentou, cumprimentando-a também.

– Marsha Rosenberg – ela disse.

Destino sorriu e apertou gentilmente a mão dela. Ele sabia que sua aparência geralmente causava certo nervosismo nas pessoas, como resultado de um medo natural da tecnologia avançada e do poder – e, talvez, daqueles que escondem o rosto –, mas as senhoritas MacPherran e Rosenberg não pareciam estar minimamente desconcertadas.

– Marsha, Skeeter... – ele disse. Tenho uma proposta para vocês. E envolve um pequeno risco... mas certamente um risco não muito maior do que aqueles que vocês já vivenciam neste lugar, cercadas pela grande variedade de organismos mortais que rondam este mundo.

– Conversa de vendedor – Skeeter disse, revirando os olhos.

– De fato – Destino disse. – Eu quero lhes fazer uma proposta. E, como em todos os bons negócios, ela beneficia os dois lados. Preciso de mais pessoas para executar um plano que nos levará de volta ao nosso mundo, deixando-nos numa posição melhor do que a que estávamos quando partimos.

Se aquilo era verdade, Destino não sabia, mas estava na expectativa de que Beyonder cumpriria sua promessa. Mas ele, Destino, não podia prever o rumo dos próprios caprichos quando obtivesse controle das habilidades de Beyonder e se tornasse onipotente. Mesmo assim, era uma proposta bastante persuasiva.

– Para vocês – ele continuou, vendo que havia fisgado a atenção delas – é uma oportunidade bem vantajosa. Gostariam de voltar para casa? Gostariam de fazer parte de uma grande missão fundamental para que realizemos isso? Eis aqui uma maneira de destrancar essa porta... que também nos levará a um destino que vocês nunca imaginaram.

No começo, elas se mostraram atônitas. Em seguida, céticas. E então começaram a ficar intrigadas, e Destino soube que as tinha na palma da mão.

15

DENTRO DO QUARTEL-GENERAL DOS HERÓIS Tempestade seguia para o centro de comando. Seu domo quase hemisférico permitia que ela observasse melhor a fúria da borrasca. Pela câmera, podia ver os destroços deixados após a luta com os vilões sendo levados pelas inundações que vinham do cume das colinas onde a batalha havia acontecido. Reed, Ben e Johnny observavam as inundações que atravessavam o vale. Alguns dos andares mais baixos do edifício estavam debaixo d'água, mas a integridade da estrutura não tinha sido abalada até aquele momento.

– Esses desconhecidos caras alienígenas sabem mesmo como construir um quartel-general gigante – disse Johnny Storm. – Temos de lhes dar os devidos créditos.

– Pois é – concordou Ben. – Quando menos esperarmos, isso aqui vai se transformar numa arca e nós vamos flutuando de volta para a Terra.

Os três se viraram quando ouviram Tempestade se aproximando. Ela os cumprimentou com um meneio de cabeça. Não era particularmente próxima de nenhum deles, mas os considerava aliados.

– Vim até aqui dar uma olhada no tempo – ela disse. – Talvez eu tenha aberto uma porta exterior, e não queria prejudicar mais ninguém.

– Hábitos – disse Ben Grimm. – Eles nunca morrem.

– Obrigada por entender, Ben – disse Tempestade. E só então ela se deu conta. – Você está...

– Sim... – ele disse. – Em carne e osso. Não sei como aconteceu. E também não sei se seria útil em alguma luta agora. É engraçado, quando a gente consegue o que quer, nem sempre é o que queríamos.

– Talvez seja uma lição do Mundo de Batalha – Tempestade sugeriu.

– Talvez outra lição do Mundo de Batalha seja que não se pode contar com os amigos quando estiver sendo atacado – Johnny disse.

Ororo se virou para encará-lo.

– Isso é uma acusação, Johnny? Magneto entrou nesta base da mesma maneira que saiu, quase imperceptivelmente. Estávamos reunidos em uma ala mais distante. Mas se você está decidido a atribuir certas motivações a nossos atos, essa explicação não o deixará satisfeito.

– Não, vou acreditar na sua palavra – Johnny disse. – Mas não posso falar por todos.

– E eu não pediria que fizesse isso. Aprecio sua franqueza, assim como sua confiança. – Ororo voltou a observar o clima e olhou de relance para a imagem de Galactus na tela, que continuava parado no topo da montanha. A tormenta não o fez se mover e, ao que parecia, sequer despertou seu interesse. Tempestade daria um bom dinheiro em troca de descobrir o que ele estava fazendo. E teria dado ainda mais para eliminar a desconfiança que já se instalava na relação entre os heróis.

– Oh-oh – Johnny resmungou. – Os hábitos podem não morrer, mas a gente pode.

Tempestade verificou o monitor e descobriu sobre o que ele estava falando. Muito acima de onde estavam, a tempestade havia arrancado o topo de uma montanha. A causa aparente parecia ser uma fissura antiga, ou talvez a montanha tivesse se enfraquecido ao ser levada até aquele novo planeta, disposta ao lado de centenas de outras montanhas de mundos diferentes. O pedaço arrancado, que era muito maior do que o Q.G, começou a deslizar pela lateral, até alcançar um ponto em que virou e se soltou.

– Está vindo na nossa direção – Ben disse, revelando pelo tom de voz o quanto estava alarmado. – Não temos nenhuma chance!

O topo da montanha descia perigosamente na direção deles.

Se eu já estivesse lá fora, Tempestade pensou, enquanto corria instintivamente para a saída mais próxima, *talvez pudesse fazer alguma coisa...*

Mas não conseguiria chegar a tempo.

Ela parou quando viu algo cruzar rapidamente o monitor. Era parecido com um relâmpago, mas se movia na direção contrária, em um ângulo que partia do chão. A coisa atingiu a imensa massa de rocha e a explodiu, causando um forte estrondo que se sobrepôs ao ruído da tempestade.

– Minha nossa...! – Impressionado, Ben olhava fixamente os pequenos fragmentos de montanha saltando e ricocheteando no escudo que protegia o complexo. Alguns o atravessaram, amassando o que atingiam e danificando maquinarias, mas não era nada comparado à devastação que o impacto do topo da montanha teria causado.

– O que foi que causou aquilo? – Johnny se perguntou em voz alta.

Tempestade olhou para Reed Richards, e o encontrou observando-a com um meio sorriso.

– Não é preciso ser um cientista para descobrir isso, não é, Reed?

– Se eu eliminar uma das hipóteses prováveis, Ororo, partindo do pressuposto de que você está bem aqui na nossa frente – ele disse – então na verdade só há mais uma possibilidade.

Tempestade riu.

– Vou até lá para ver se estamos certos – ela disse.

••••

Uma estrutura cilíndrica foi colocada nos fundos do Q.G., contra a encosta de outra montanha, a centenas de metros acima do domo principal e das estruturas externas. Tempestade se ergueu até a extremidade dela, desvencilhando-se das correntes elétricas e dominando o sempre presente formigamento causado pelos relâmpagos iminentes que ela mesma poderia causar. *Que tempestade!*

Em pé no alto da torre, com os braços erguidos e os cabelos ao vento, estava exatamente quem ela esperava ver: Thor. Ele baixou o martelo que apontava para o céu e o segurou firme enquanto ela pousava na plataforma de observação da torre ao lado dele.

– Uma ótima noite para aqueles que são como nós! – ele rosnou.
– E nem tanto para as pobres almas presas lá dentro.
– Verdade! E você parece fazer disso um esporte – ela disse, ironicamente, gritando para ser ouvida.
– Esporte? Você leu minha mente, Ororo Munroe. Sabe, estou competindo comigo mesmo para ver quantas rochas posso mandar de volta para o céu. Não é uma competição muito interessante, já que há apenas um jogador. Mas você seria uma ótima adversária.
– Eu não tenho um martelo! – ela justificou.
– Certamente alguém como você não precisa de tal ferramenta! – ele afirmou, com um sorriso largo. – Você nasceu com os poderes do clima a seu comando! Perdoe um deus por suas ferramentas simplórias.

Ela sorriu para ele.

– Tá certo, estamos quites. Vamos ver o que você tem.

A violência da tormenta, sem contar a dos raios, teria sido fatal para a maioria das pessoas em questão de minutos. Mas o deus do trovão e a mestra dos elementos tinham suas próprias maneiras de lidar com um evento meteorológico extremo. Thor lançava a cabeça para trás e rosnava, cumprimentando o violento temporal. Raios explodiam ao seu redor, como se o respondessem. Tempestade voava alto sobre o topo da torre e planava, criando um bolsão de ar calmo. A borrasca os fustigava com chuva intensa, que já inundava o vale ao redor do Q.G. Mais raios irrompiam ao redor de Tempestade, que triunfava em meio àquilo. O clima tempestuoso a atingia como nada que ela já tivesse sentido na Terra. Seu sangue relampejava, as batidas de seu coração trovejavam. Era aquilo o que ela sempre imaginava quando havia uma tormenta na Terra. Era grandioso, épico em magnitude e violência.

A sensação de Ororo era de que tinha sido feita para estar ali. Mesmo que não quisesse ficar, aquela era uma pequena parte de seu destino.

Estava tão envolvida com a experiência, que não ouviu as primeiras vezes que Thor a chamou. Quando finalmente olhou para cima, viu-o erguendo três dedos.

– Já! – ele gritou. – Você tem que me alcançar!

Tempestade riu alto. *Muito bem*, ela pensou. *O jogo começou.*

Ela canalizou um raio para destruir uma encosta íngreme e controlar o desmoronamento, para que assim os destroços rolassem para o solo do vale em vez de enterrar parte do Q.G. Ela abriu um novo canal, direcionando a água para longe dos andares mais baixos e vulneráveis.

Mas, na maior parte do tempo, ela explodiu rochas no céu, bem como Thor. A tormenta havia perdido a força e se dissipado nas montanhas ao redor deles. Tempestade e Thor estavam mais ou menos empatados. Ela estava certa em achar que o Mjolnir dava a seu adversário uma vantagem no jogo que ela não possuía; ele estava certo em achar que ela podia usar o vento, a temperatura e a chuva para obter efeitos vitais, mas não menos espetaculares. Foi o melhor jogo do qual ela já participara, disputando ponto a ponto com o deus do trovão. E então acabou, com as palavras de Xavier ressoando em sua mente:

Ororo. Devemos conversar. Imediatamente.

Ororo vacilou. Tinha a sensação de que já sabia o que Xavier iria dizer, mas precisava ir. Ser parte dos X-Men significava responder ao chamado, mesmo sabendo que podia receber más notícias.

– Eu desisto, Thor! – ela disse, deixando sua voz ressoar com a energia da tempestade. – Estou sendo convocada agora!

– Apressa-te, então – Thor disse, exibindo os dentes em um alegre rosnado, como se estivesse atirando o Mjolnir nos gigantes de gelo em vez de esmigalhar rochedos. – Juro por Gungnir que não vou zombar de ti da próxima vez que nos encontrarmos... e acho que posso acertar mais mil montanhas no céu quando você se for, e não vou incluí-las na contagem.

Tempestade assentiu formalmente. Thor a fizera sorrir. Seja lá o que ele fosse, um deus, alienígena ou algo entre os dois, o mundo precisava de mais gente assim.

Lá dentro, ela passou novamente pela área da central de comunicações. Ben e Johnny já não estavam mais ali; Hulk e Capitão América estavam agora com Reed. Tempestade pôde ver que discutiam calorosamente, e ela não quis interromper. Estava bem ciente da tensão entre os X-Men e os outros, e tinha seu próprio chamado para responder.

— Os instrumentos detectaram algum tipo de emanação de energia vindo da base do inimigo — ela ouviu Reed dizer enquanto passava. — É quase como se estivessem tentando estocar a energia da tempestade.

Não tire conclusões precipitadas, Reed, ela pensou. Ela nunca se sentira tão alegre na vida, e nem tão relutante em responder a uma convocação de Xavier.

16

HOMEM-ARANHA ESTAVA INVESTIGANDO os vastos espaços interiores do edifício. Pensou que seria prudente conhecer tudo o que havia por ali, já que provavelmente passaria o resto de sua vida naquele lugar. Estava pensando em sua casa, em Nova York e em Mary Jane. Sentia falta até mesmo de J. Jonah Jameson, seu chefe tirano. Estar em movimento constante o ajudava a não sentir tanta falta de casa.

Ele passou se balançando pelo grande salão que dava acesso ao centro de comando. Alguns estavam observando os relâmpagos, e Reed analisava uma série de imagens em telas holográficas, tão grandes que se sobrepunham a algumas janelas. Ele parecia ter descoberto sem muito esforço como usar os terminais e os vários instrumentos, quase como se tivessem sido desenvolvidos para o uso humano, por mais improvável que isso pudesse ser. Aquela sala não era muito diferente do que a ponte de comando de um aeroporta-aviões, com exceção de que não havia logotipos da S.H.I.E.L.D. em todos os lugares.

Tempestade passou por ali, vindo de... fora? Ela estava ensopada, e Aranha podia sentir o cheiro de ozônio a um quilômetro de distância. Ele continuou seu caminho, enquanto ela seguia o dela. Aquele lugar era enorme. Era como ter uma cidade inteira para conhecer. Ele se balançou até uma janela, de onde podia ver a tempestade e as inundações. Era uma cena magnífica. Mas só é possível observar uma tempestade – ou a Tempestade – por certo tempo, então Aranha lançou uma teia e tomou um impulso para longe dali. Quase sem se dar conta, começou a pensar no Beyonder.

Realizar meu maior desejo... O que meu coração mais desejaria?, o Aracnídeo pensou. *Eu quero que Gwen volte a viver. E o Tio Ben. Só isso.*

Nada de dominação mundial, nada de superpoderes além dos que já tenho, nada de riquezas...

Se bem que dispor de uma boa grana não seria tão ruim.

Mas, não, ele pensou. *Gwen e Ben, é o que eu gostaria.*

Enquanto Peter se balançava, com o pensamento disperso, Reed saiu do centro de comando. Ele caminhou de cabeça baixa na direção de seu aposento, como se carregasse nos ombros todo o peso do Mundo de Batalha. Aranha não podia culpá-lo. Reed devia estar com saudades de Sue e Franklin. Muitos ali tinham entes queridos que ficaram para trás. Aranha sentia muita falta de MJ. Mas Reed também tinha um papel de liderança ali, e era terrivelmente difícil ser um líder quando não se tem ideia de para onde se está levando as tropas, ou por qual motivo – desafiado a lutar pela sobrevivência do mais forte por um alienígena lunático espacial que destruíra a galáxia, para depois prometer que teriam tudo o que sempre quiseram, desde que fizessem o que ele lhes dissesse.

– Tá louco – ele disse a si mesmo enfaticamente, mas em tom brando, como se alguém pudesse ouvi-lo, apesar de Reed já ter ido embora. – Colocando desse jeito, parece loucura.

Ele olhou em volta, procurando um lugar apropriado onde pudesse prender a teia e ficar suspenso por um tempo, descansando, com a mente livre de pensamentos sobre as coisas que não podia controlar: Mundo de Batalha, Galactus e a classificação miserável do New York Mets naquela temporada. Foi quando notou uma aglomeração lá embaixo. *Humm*, ele pensou. *O que temos aqui?*

Era uma pequena reunião de mutantes. Tempestade estava chegando naquele momento. Xavier – *como é estranho vê-lo andando por aí* – era o ponto de concentração. Wolverine, Colossus, Vampira, Ciclope e Noturno já estavam lá.

Aranha sempre gostou de Noturno. Ele tinha certa simpatia por aquele X-Man, apesar da pele azul, aparência demoníaca e dos poderes de teleporte.

– Eu não gosto disso – Noturno estava dizendo. – Além de agora termos que ficar separados... será que esse é o melhor caminho?

– Devemos ter mais autonomia para resolver os problemas. Não pertencemos a este lugar – Xavier disse com firmeza, como se já tivesse dito aquilo várias vezes.

– Eu que o diga – Vampira reclamou. – Já tive a oportunidade de passar um tempo com os Vingadores e acredito que eles ainda guardavam rancor, mesmo sabendo que eu tinha me regenerado havia muito tempo. Eles me tratavam como se eu sempre quisesse estar do lado errado da lei. De qualquer modo, parecem não gostar de me ver aqui com vocês, e acho que, por extensão, não gostam de ter nenhum de nós por perto. É como se fôssemos foras da lei.

– Como eu já disse, se for analisar bem, eles são todos patetas do governo. Deixe que eles comecem alguma coisa... – Wolverine disse.

– Controle-se, Logan – Xavier advertiu, aproveitando que ainda podia lidar com o cabeça-quente. – A última coisa de que precisamos antes de partir é um incidente... E nós devemos partir. Capitão América e Vespa são figuras de autoridade. E os X-Men não agem bem quando aliados a autoridades. Devemos ter nossas próprias leis, assim como é na Terra. Faremos o que é correto, mas não vamos agir de acordo com o que nos mandam. O único modo de garantir nossa autonomia é nos separarmos dos Vingadores e de seus seguidores.

Colossus e Tempestade concordaram. Ciclope ainda não havia dito nada, o que Aranha achou estranho, pois normalmente era muito difícil fazer aquele cara calar a boca e parar de ser mandão.

– Vai ser sempre assim? – Colossus quis saber. – Até mesmo os que são diferentes entre os humanos nos temem e nos odeiam porque nós, como mutantes, devemos às vezes agir fora da lei?

– É isso que está acontecendo? – Noturno perguntou. – Eu não percebo isso. Todos nós estamos com medo uns dos outros, *nicht wahr*? Estamos longe de casa, e nos mandaram matar nossos inimigos. Eles também vão tentar nos matar. Por que não deveríamos estar com medo?

– Kurt querido – Tempestade disse. – Seria maravilhoso se esse fosse nosso único problema. Mas se você não percebe a maneira como eles olham para nós, é porque não está prestando atenção.

– Ninguém gosta disso – Ciclope disse. – Eu falo com Reed a cada duas horas. Ele não quer ninguém do nosso grupo ferido, mas, quando a barra pesar, os Vingadores e o Quarteto Fantástico vão se unir e nos chutar para escanteio.

– Não se já tivermos formado uma nova aliança com Magneto, que com certeza vai nos proteger – Tempestade disse. – Não gosto disso, mas acho que Xavier está certo. É a única maneira.

– E quanto ao Homem-Aranha? – Vampira perguntou. – Ele não é um Vingador.

– Homem-Aranha... – Xavier disse, pensativo. E então ergueu a cabeça. – Homem-Aranha! Ele está nos ouvindo neste momento!

Ah, não, pensou o Aracnídeo.

Talvez a janela fosse mais fraca do que ele havia suposto, ou talvez tivesse se soltado com o impacto dos destroços que caíram. Independentemente da causa, a janela veio abaixo quando Aranha tentou fugir. E ele caiu bem no meio da confabulação dos X-Men.

– Ei, pessoal! Eu ouvi o que vocês estavam conversando, e devo dizer que não gostei muito! Agora vou ter que dedurá-los. Espero que não se importem.

Ele afastou Xavier para abrir caminho, sem intenção de machucá-lo, mas em Ciclope ele deu um empurrão. Ao ser cercado pelos X-Men, Homem-Aranha lançava teias em qualquer um que se aproximasse demais, tentando ganhar tempo para descobrir como sairia daquela sala.

– Calma aí, garoto – Wolverine rosnou. – Acalme-se e ouça.

Aranha atirou uma mordaça de teia em Wolverine. Não gostava quando o chamavam de garoto. Fazia aquilo desde os 15 anos, ou seja, há mais tempo do que qualquer um dos outros heróis ali.

– Nós podemos explicar – Colossus protestou.

– Diga isso aos fuzileiros, fortão – disse Homem-Aranha. – Eu ouvi o suficiente, principalmente a parte em que vocês mencionam a intenção de fazer uma nova aliança com Magneto. No caso de terem se esquecido, ele acabou de sequestrar Vespa!

Aranha prendeu Vampira em uma teia e quase conseguiu apanhar Noturno também, mas o pequeno azulado desapareceu, reaparecendo novamente na frente dele.

– Belo truque – Aranha elogiou. Mas seu sentido aracnídeo estava a mil, e ele pressentira que Noturno faria algo do tipo, por isso já descarregava seu fluido de teia antes que Noturno reaparecesse. Pego de surpresa, Noturno foi envolvido pelas teias, e Aranha o prendeu numa espécie de ventilador de teto.

Cara, se eu fosse capaz de lutar assim o tempo todo... não, Aranha disse para si mesmo. *Isso significaria ter de ficar no Mundo de Batalha, quando o objetivo é voltar para casa.* Mas primeiro ele tinha de escapar dos X-Men. Já podia ver Vampira rasgando as teias com sua força sobre-humana, um dos muitos poderes que ela acidentalmente – assim ela dizia – roubou de Carol Danvers. Se Aranha a deixasse chegar muito perto, ela roubaria seus poderes também, e a última coisa que queria naquele momento era enfrentar uma Vampira-Aranha.

Deu a volta, ainda se balançando nas teias, e acabou ficando de frente para Ciclope, Colossus, Wolverine e Tempestade.

– Ah, olá, aí estão vocês! – ele gracejou, girando no ar para dar um golpe de calcanhar no rosto de Wolverine. – Você não pode me pegar de surpresa, barbichinha! Não conhece meu sentido aranha?

– Homem-Aranha! – Ciclope gritou. – Não é o que você está pensando! Pare!

Ele liberou uma rajada de raio óptico, abrindo um buraco na parede, logo acima de onde estava Homem-Aranha.

– Parar? Depois desse comitê de más-vindas? Sem chance. Até mais! – Aranha cantarolou, projetando-se sobre um dos zilhões de canos e dutos que passavam pelo teto do Q.G. A uma boa distância entre eles, os X-Men já não podiam mais capturá-lo.

Tinha de encontrar Reed. Ou deveria ir até o Capitão primeiro? *Hum... não*. Reed. Sabia onde encontrar o Senhor Fantástico, e o cientista era o mais sensato de todos. Sim, Reed saberia o que fazer. Aranha refez seus passos, ou melhor, suas balançadas, disparando na direção que Reed havia tomado antes. Seu quarto era por ali, em algum lugar...

E lá estava ele, ainda caminhando sozinho, curvado e exausto. Aranha gritou seu nome, e Reed se virou.

– Homem-Aranha? O que aconteceu, filho?

– Escute! – o Aracnídeo estava ofegante quando pousou. – Nós temos que... – e então ele parou. *Por que eu estava com tanta pressa?* Ele refez mentalmente seus passos, lembrando-se de como havia visto Tempestade sorrindo como um relâmpago, e então imaginou...

Seja lá o que fosse, havia desaparecido.

– ... que, hum... Eu esqueci.

Reed olhava para ele com expressão preocupada.

– Não se preocupe, amigão – Aranha disse. – Perdi o fio de pensamento, só isso. Estou cansado. Você sabe como é. Bem, se cuide.

E se afastou, pendurando-se numa teia. Por alguma razão, ele finalmente se sentiu calmo. Se tivesse sorte, seria até capaz de dormir bem naquela noite.

••••

Xavier esfregou as têmporas. Ele odiava ter de usar seus poderes psiônicos para manipular à força a mente de alguém, mas havia muito em risco desta vez. Ciclope foi até mesmo conversar com Reed para se certificar de que ele não estivesse desconfiado. E então eles voltariam a se reunir e fariam o acordo. Não havia como voltar atrás.

Xavier se concentrou para acessar a mente de Ciclope, e assim verificou que a conversa com Reed ia bem. *Volte, Scott*, ele disse.

Os X-Men se encontraram em um hangar localizado na lateral do Q.G. A inundação corria a poucos metros da área de pouso.

– Eu já aprendi a pilotar esta nave – Xavier disse a eles. – Ela responde a comandos telepáticos poderosos, os quais, felizmente, eu possuo. – Ele não mencionou aquela estranha conveniência... já tinham preocupações demais. – Apesar do temporal, vamos partir imediatamente, X-Men. Saibam que não concordo completamente com isso, no entanto, é uma providência necessária se quisermos sobreviver.

17

DESTINO estava cercado por telas holográficas três vezes maiores do que ele, que cobriam uma distância de centenas de quilômetros, cada uma delas exibindo imagens do terreno ao redor. Ele viu Magneto saindo da base dos heróis, voltando, e então saindo novamente, desta vez com uma pequena bola de aço a reboque. Como ele, Magneto havia evitado fazer parte de um grupo. Por razões diferentes, podia suspeitar, mas talvez esse pequeno algo em comum pudesse ser transformado em alguma coisa mais substancial.

Destino entrava em contato com Magneto enquanto Skeeter e Marsha se preparavam para suas respectivas tarefas. O maquinário de vigilância da Base Destino localizou o refúgio de Magneto e se conectou sem nenhuma instrução além do comando verbal.

– Victor – Magneto saudou quando ele apareceu na tela. Não estava usando capacete, Destino notou e arquivou. Ao que parecia, algo deixava Magneto bastante confortável, já que não estava preocupado com a intrusão telepática de Xavier.

– Magneto, serei breve: você abandonou o grupo para o qual Beyonder originalmente o designou. Deduzo então que você está aberto para debater uma nova aliança. A Base Destino o consideraria um aliado muito útil.

– Aliado? – Magneto ecoou. – Ou subordinado?

– A situação atual o colocaria sob minha liderança – Destino explicou. – Com isso, você se juntaria ao restante do grupo. Todos nós concordamos que sou o mais apto a liderar e assegurar que derrotaremos sua equipe anterior e, o mais importante, que vamos descobrir a fonte do poder de Beyonder, para tomá-lo.

Magneto sorriu com escárnio.

– Vi onde terminaram seus esforços iniciais para isso, Victor. Se aquilo foi seu teste para se tornar líder, não posso dizer que causou boa impressão.

– Alguém tinha de tentar – Destino disse, ignorando o insulto de Magneto. Deixaria que ele demonstrasse seu orgulho. Destino tinha um objetivo maior em mente, e Magneto seria um recurso muito útil para ele.

– Vou poupá-lo dessa polidez torturante – Magneto disse. – Não estou interessado em uma aliança.

– Não perguntarei de novo – Destino advertiu.

– Permita-me repetir: não estou interessado em uma aliança.

– Muito bem – disse Destino. – Mas esteja avisado. Se você não me serve, eu o considero um inimigo.

– Não sirvo a ninguém, Destino. Faço as coisas do meu jeito – Magneto disse, como Destino previra. O orgulho era a única característica de Magneto que fazia Destino considerar o mutante como um igual.

– Que seja! Saiba que sua escolha é irrevogável, e que viverá para se arrepender dela.

Destino interrompeu a ligação e considerou suas opções. A recusa de Magneto não era completamente inesperada, mas mesmo assim era problemática. Se Beyonder havia decidido colocá-los uns contra os outros, cedo ou tarde Magneto se tornaria um inimigo. Destino preferia subornar inimigos em potencial e então debilitá-los no momento de sua escolha. Uma tática geralmente mais fácil e efetiva do que uma oposição aberta.

Entretanto, Magneto estava determinado a seguir por um caminho diferente, como era seu direito. Todas as pessoas tinham o direito de agir como idiotas. E iria, como Destino o advertira, viver para se arrepender disso.

Mas não viveria mais do que isso.

Os idiotas cabeças-duras. Aqueles sob comando de Destino já haviam sofrido perdas em sua primeira batalha, e Magneto teria sido uma adição útil a seus recursos, mas Destino iria diminuir suas expectativas dali por diante, pelo menos em parte. E, assim que cumprisse seus objetivos, Reed Richards e Capitão América receberiam uma visita sua. Mas uma coisa de cada vez. Deixando o console de comunicações, ele caminhou a passos largos pela Base Destino, evitando os outros e entrando em uma câmara que ele havia decretado como fora dos limites de todos, menos de si mesmo. Era ali que ele havia começado os experimentos com a tecnologia da base e concebido o plano de aumentar o nível do grupo.

Em duas plataformas, construídas dentro de estruturas tubulares que se estendiam até o teto, estavam Marsha Rosenberg e Skeeter MacPherran.

– Perdoem meu atraso – Destino desculpou-se. – Estava preso a outros assuntos. Vocês estão preparadas?

Essa última pergunta foi um tanto retórica. Ele não tinha nenhuma intenção de deixá-las voltar para a parte destruída de Denver naquela altura do plano.

As duas se encaixavam perfeitamente em suas necessidades científicas, e conheciam bastante o interior da Base Destino, portanto não poderiam simplesmente ir embora.

– Estou pronta – Marsha disse.

– Skeeter?

– Quando quiser.

Destino assentiu.

– Então, comecemos.

Inicializando a série de processos do terminal de comando central, Destino observou as paredes transparentes fecharem as plataformas onde as duas estavam.

– Este é o momento perfeito para empreender esta operação – ele disse. – Esta tecnologia alienígena é bastante sutil e poderosa, mas necessita de uma quantidade enorme de energia para executar sua função. E a tempestade que cai violentamente lá fora fornece uma fonte perfeita de tal energia. Em outras palavras, senhoras... vocês estão aqui no mais perfeito e exato momento.

– Fico feliz de ouvir isso – Skeeter disse, mas seu tom de voz sugeria que ela estaria mais feliz vendo reprises na TV. Era uma típica humana, interessada em poder, mas não em como ele funciona.

– Vocês ousam apostar no poder – Destino disse. – Poucos têm a coragem de fazer tal escolha. Eu as saúdo, mas vocês devem almejá-lo! Devem agarrar o poder que logo infundirei em seus corpos!

Ele puxou uma alavanca, e tubos que desciam do teto para dentro dos pilares começaram a brilhar. Quando a alavanca desceu até o limite, e a energia estava completamente liberada, Destino iniciou a análise de DNA. Ele já tinha feito uma análise preliminar, em busca de imperfeições úteis nos genomas das mulheres e para verificar a melhor maneira de imbuir cada uma com seus novos poderes. Desta vez, a análise seria mais minuciosa, pois captaria quais partes dos genomas de cada uma responderiam ao aumento de energia. Os instrumentos fariam o resto. Destino havia programado certos parâmetros de suas potenciais transformações e consultou cada mulher a respeito de qual seria o melhor resultado.

Agora restava ver se os instrumentos agiriam conforme o esperado.

– Deem as boas-vindas a ele! – ele teve que gritar para ser ouvido acima do zumbido e dos estalos da energia. – Mantenham-se receptivas, apesar da dor!

O interior das cápsulas brilhava, mostrando a silhueta de Marsha e Skeeter.

– Aceitem-no – Destino gritou. – Se não o fizerem, ele as destruirá!

Ele estava testando os limites da quantidade de poder que um humano normal podia suportar. Não sabia se sua primeira tentativa seria bem-sucedida. Se não fosse, planejaria uma segunda viagem até Denver. No contorno mais raso das silhuetas, uma faísca vermelha surgiu, fluindo em círculos caóticos e brilhando em intensidade gradativa, enquanto Destino apertava o último botão que direcionaria toda a energia da tempestade para dentro das cápsulas.

Nenhuma das duas emitiu qualquer som ou se moveu. O zumbido da energia na sala era quase tectônico, ressoando nos ossos de

Destino e dentro de sua armadura. Observando os monitores, ele viu que a análise dos genomas estava completa. A infusão de energia havia chegado ao seu estado ideal. Mais do que aquilo e começaria a causar danos, se já não tivesse causado.

Ele interrompeu a energia.

Os estalos dentro das cápsulas se dissiparam, vazando para o nada como os últimos raios de eletricidade em um gerador Van de Graaff quando a energia se esvai. Por um momento, houve o mais total silêncio.

Destino abriu as cápsulas.

Skeeter MacPherran emergiu primeiro. Ela estava meio metro mais alta, e seu corpo, extremamente musculoso. Uma amazona apta para as Olimpíadas, ou para um trabalho mais importante: esmagar os inimigos de Destino. A análise de genoma havia revelado um potencial latente para o aumento de força. A julgar pela nova aparência de Skeeter, Destino suspeitou de que o potencial fosse maior do que ele havia imaginado. Melhor assim. Ela olhou para si mesma, maravilhada.

– Nunca mais quero voltar ao que era – foi a primeira coisa que disse. – Isso é que é ser forte. Posso até mesmo sentir. – Ela fechou os punhos. – A vida toda sonhei com isso!

Ah, Destino pensou. Exatamente como Beyonder disse, e como Destino havia dito a ela.

Skeeter olhou para Destino.

– Onde estão as roupas que projetei?

Ele estava feliz demais para não obedecê-la.

– Aqui estão, Senhorita MacPherran.

– Não – ela disse. – Não sou mais Skeeter MacPherran. Quero outro nome. Algo bem impactante. Algo que me destaque um pouco. Nunca ninguém se impressionou comigo, e isso vai mudar.

– A escolha de nomes pode esperar – Destino disse. – Primeiramente, vamos ver sua amiga.

Marsha Rosenberg emergiu de sua cápsula completamente transformada. Sua silhueta era negra, e chamas ardentes formavam um halo ao redor de seu corpo.

– Você estava certo, Doutor! Eu consegui! – ela exultou. – Sinto aquele poder em mim... é tão estranho. – Fez uma pausa. – Posso voltar a ser o que era, não posso? Você disse que eu poderia, se quisesse!

– E você pode – Destino disse. Ele acreditava que estava falando a verdade com base no perfil gerado pela análise genômica executada durante a transformação, mas Marsha teria de descobrir isso por si própria. – Se eu não conseguir que reassuma sua forma humana normal, você será incapaz de comer ou dormir. Sua vida útil seria bem curta.

A não ser – ele se divertiu com a ideia – que fosse capaz de criar um novo Homem Molecular, mas esse seria um experimento para outra ocasião. Tinha diante de si dois resultados muito interessantes, e era hora de investigá-los.

– Seu corpo é composto de um plasma ionizado, como o núcleo de uma estrela – ele explicou. – Você pode irradiar energia termal da pele e direcioná-la para onde desejar. Faça isso! Agora!

Emitindo essa ordem, Destino apontou para um pequeno reboque que ele havia usado para transportar o equipamento até aquela sala. Marsha apontou ambas as mãos na direção do veículo, que então brilhou e começou a se tornar ferro derretido. As partes que não eram metálicas queimaram instantaneamente, formando uma erupção de fumaça acre.

– Posso sentir – ela disse, assim como dissera Skeeter. – Posso sentir o calor dentro de mim. Tanto calor... é difícil de acreditar que posso manter isso em mim.

Ela se virou para olhar Destino nos olhos.

– Eu também quero outro nome. Algo que soe poderoso, e cujo significado remeta a algo quente.

Uma ideia então lhe ocorreu. Ela sorriu, e o efeito era um tanto estranho em um rosto composto por plasma ionizado a milhões de graus.

– Quero ser chamada de Vulcana – ela anunciou.

– Então esse será o seu nome – Destino disse.

– E pode me chamar de Titânia – anunciou a voz da antigamente denominada Skeeter MacPherran. Destino virou-se para ela. Titânia tinha vestido seu uniforme vermelho e as botas de cano longo, cujo estilo foi desenhado exclusivamente para acentuar o poder de sua forma. – Deixe-me limpar esse ferro derretido para você, Destino – ela disse.

Ele a advertiu de que ainda estava quente, mas ela ergueu a massa disforme por sobre a cabeça e riu.

– Sinto como se nada pudesse me machucar agora! – ela disse, e atirou as toneladas de ferro derretido pela janela, fazendo um estrondo. O vapor liberado pelo ferro produziu um estalo, e assim que ficou exposto à furiosa tempestade, um raio o atingiu.

– Você está saboreando sua nova força. É assim que deve ser – disse Destino. – Mas, preste atenção. Logo vocês serão testadas em combate, e encontrarão oponentes tão poderosos quanto vocês. Podem se machucar... embora não muito facilmente.

Destino as levou para apresentá-las aos outros. O procedimento havia sido um completo sucesso. Richards ficaria surpreso da próxima vez que se encontrassem.

Primeiramente, no entanto, Destino apresentou os novos membros de sua aliança.

– Convoquei-os aqui para apresentá-los às nossas novas recrutas: Titânia e Vulcana! – ele anunciou quando todos estavam reunidos em uma estufa protegida do vento na Base Destino. – Senhoras, vocês saberão mais sobre seus colegas no devido tempo, mas vou fazer uma breve introdução. – Apontando para cada um, ele disse: – O robô Ultron. Indestrutível, imensamente poderoso... e meu guarda-costas. Os outros, na ordem: Destruidor. Doutor Octopus. Homem Absorvente. Homem Molecular.

– De onde elas vieram? – Destruidor gritou. – Achei que éramos os únicos nesse planeta, com exceção dos Vingadores e de seus companheiros.

– Destino provavelmente as criou do nada – rugiu Creel.

Titânia caminhou até onde o Homem Absorvente estava, reclinado em um sofá.

Destino observou-os com interesse. Era sempre curioso ver como os humanos comuns estabeleciam sua hierarquia.

– Eu vim de Denver, parceiro – ela disse. – Você acha que é o mais forte aqui? Levante-se!

Enquanto falava, ela destruiu uma imensa estátua de pedra com uma simples pancadinha.

Sem se impressionar, e nem ao menos se virar para olhar na direção dela, Creel disse:

– O que tem em mente?

– Qualquer coisa que eu quiser – Titânia disse. – Pela primeira vez na vida, não sou o lado mais fraco. Levante-se.

– Não estou a fim – Creel disse.

– Vai recuar? Tem medo de me enfrentar?

– Garota, se você tem algo para provar, faça isso amanhã contra os Vingadores. Eu não vou me levantar daqui – Homem Absorvente sorriu para ela. – A não ser que você me inspire de alguma forma.

Furiosa e frustrada, Titânia deu meia-volta e deixou um rastro de destroços quando saiu da sala. Destino ficou impressionado com a força física dela, mas não muito com seu autocontrole.

– Octopus! Ultron! – ordenou. – Vão até o hangar e preparem os veículos de ataque. A tempestade vai cessar pela manhã. E, quando isso acontecer, nós atacaremos!

Enquanto se afastava, Destino notou Vulcana e Homem Molecular conversando. *Vale a pena ficar para observar isso*, pensou. Owen Reece seria provavelmente a chave para o que aconteceria quando Destino e Beyonder se encontrassem. Destino pretendia saber tudo o que fosse possível sobre ele, antes que tivesse de depender dele.

– Eu odeio toda essa destruição – Reece estava dizendo. – Essas tentativas de arranjar briga. Tudo isso. Não aguento.

– Sério? – Vulcana parecia impressionada. – Você? O infame Homem Molecular? Sempre quis conhecê-lo, sabia? Você é diferente do que eu imaginava.

– É, eu sei. Sou mais baixo do que você pensava, né? – ele brincou.

– Não – ela disse, saindo de seu estado em plasma e adquirindo a antiga forma de Marsha Rosenberg.

Interessante, Destino pensou. Aparentemente, ela conseguiu executar a transformação bem facilmente.

– Mais... sensível – ela finalizou.

Para Destino, aquela palavra era como uma lousa sendo arranhada, mas Homem Molecular agiu como se ela lhe tivesse feito um grande elogio.

– Você realmente pensa isso? – perguntou. – É o que meu terapeuta também diz. Estou fazendo terapia depois de quase ter destruído a Terra.

Os dois olharam para fora por uma das grandes janelas da estufa, observando a fúria da tempestade.

– É lindo, não é? – Vulcana comentou.

Destino podia notar o interesse de Marsha pelo Homem Molecular, suas tentativas patéticas de manter a conversa em curso. *Sentimentalismo barato*, ele pensou. Esperava mais de Vulcana.

Homem Molecular deu de ombros.

– São apenas moléculas. Eu poderia acabar com elas se quisesse. Mas meu terapeuta diz que devo permitir que as coisas sigam seu curso, então... você sabe. A não ser que Destino me peça. Ele sim é um cara impressionante.

– Eu sei – ela disse. – Tem um carisma incrível.

– Eu não gosto do que ele está fazendo, então nem penso – Homem Molecular disse. – Não posso deixar de acreditar nele, mas não confio nos Vingadores. Eles não vão tentar nos levar de volta para a Terra. Destino tem seus grandes planos. Sabe o que está fazendo. Não gosto de receber ordens, mas vou fazer o que for preciso para nos levar pra casa. Mesmo que eu tenha de destruir este planeta.

Bom saber, pensou Destino. Ele continuou seu caminho. Tinha ainda muito a fazer com as preparações para o dia seguinte.

BRUCE BANNER

Ele estava enlouquecendo.

Não de uma vez. Mas aos poucos, gradativamente, pensamento a pensamento. Coisas que ele era capaz de fazer até mesmo dormindo quando tinha 14 anos agora eram tão difíceis, que ele perdia o sono. Equações flutuavam por seu cérebro e lhe escapavam. Era atormentado por ideias que não se estabeleciam.

Mas, acima de tudo, tinha medo de contar aos outros. Ele não suportava a ideia de se transformar novamente numa fera furiosa e estúpida – perder sua habilidade de falar, raciocinar, deixar de ser humano –, mesmo tendo mais de dois metros de altura, pesar meia tonelada e ser capaz de erguer um Boeing 747 sem resmungar. Por anos, Banner e Hulk estiveram em guerra. Agora, a guerra havia acabado.

Pelo menos era assim que ele pensava. Havia acreditado que o cérebro de Banner podia existir no corpo do Hulk. Mas agora, nas profundezas de uma galáxia aniquilada, a mente de Banner estava em decomposição. E o pior, não sabia se aquilo era obra de Beyonder ou algo inevitável desde sempre.

Se o Mundo de Batalha era um lugar onde os mais profundos desejos de alguém se realizariam, certamente não funcionava assim com Bruce Banner. Ele estava sentado e imóvel, passando tempo demais (no melhor estilo rato de laboratório) no interior de sua mente.

Lá fora, a tempestade começava a passar. Lá dentro, Bruce estava certo de que o pior ainda estava por vir.

Ele mergulhou nos problemas que vinha tentando resolver havia horas, e não prestou atenção em mais nada até que o sol já estivesse bem alto.

18

NAS PROFUNDEZAS DA NOITE, enquanto a tempestade explodia, Thor tomou uma decisão. Ele não contou a ninguém. Tomar decisões era sua prerrogativa, afinal, ele era Filho de Odin.

Havia testemunhado o poder de Beyonder, e sabia que ele excedia qualquer coisa que ele – ou qualquer um, imortal ou não – podia entender. Teriam de considerar cuidadosamente suas alianças e deixar de lado as velhas rivalidades, velhas mágoas, se quisessem sobreviver ao que estava por vir.

Thor Odinson se encontrava agora em um dos andares inferiores do Q.G., onde eram mantidos os prisioneiros. Bate-Estaca, Maça, Aríete e Kang estavam em câmaras de estase, e ali perto se encontrava Amora, a Encantor, mantida em uma cápsula regeneradora separada. A Mulher-Hulk havia lhe dado uma severa surra e Reed Richards tomara a decisão de curá-la, apesar de ter quase certeza de que ela se voltaria contra eles no momento em que recobrasse as forças. Uma certeza que Thor reconsiderou, hesitando por um momento antes de colocar a mão na cápsula.

– Desperte, feiticeira – Thor disse, pressionando um botão que desativava o campo de estase que a prendia. – Precisamos conversar.

Os olhos verdes de Amora se abriram. Lentamente, ela se reclinou, com os longos cabelos loiros se descortinando pelas costas. Thor tentou ignorar sua beleza.

– Thor! – ela exclamou. – Você veio zombar de minha humilhação? Eu, uma deusa, transformada em poeira por uma mortal de pele verde?

– Não – ele disse. – Você e eu somos os únicos imortais neste mundo... ou, pelo menos, os únicos asgardianos. Há assuntos que podem ser tratados apenas entre nós.

– Está bem – ela disse, com um sorriso sedutor. – Mas que seja em um lugar de minha escolha. Não suporto mais este calabouço.

– Sim... mas, independentemente se aqui ou em outro lugar, você ainda é minha prisioneira – Thor avisou.

Amora o amava havia milênios. Thor sabia disso, bem como ela sabia que ele não sentia o mesmo. Ela o seduziria em segundos se ele não permanecesse alerta.

O sorriso dela abriu-se um pouco mais.

– Talvez. Venha, deus do trovão.

Ela abriu um portal circundado por uma luz estranha e o guiou através dele.

••••

Thor não conhecia o lugar para onde Encantor o tinha levado. Era bastante agradável, ainda que incomum. Algumas plantas tinham flores que exalavam perfumes estranhos, e os insetos que sobrevoavam ao redor delas tinham um número assimétrico de pernas e asas. Thor abstraiu tudo aquilo. Havia um assunto urgente que só poderia ser resolvido em uma conversa com outro asgardiano.

– Qual recompensa você pediria a Beyonder, Amora? Você, que já é uma deusa? O que ele poderia oferecer para obrigá-la a entrar em combate?

– Seu amor, Filho de Odin – ela respondeu. – Há quantas centenas de anos anseio por ele? Quantas conspirações arquitetei, quantas vidas já destruí, tudo por você?

– O amor não é algo que possa ser tomado – Thor disse. – Apenas dado.

– E algum dia tu me darás o seu?

– Eu... nada sei – Thor limitou-se a responder.

– Não sou bonita?

– Sim, exteriormente. Mas aprendi muito durante minha estadia em Midgard. O garoto que um dia fui responderia simplesmente "sim". Mas a verdadeira beleza reside no espírito e nas ações, na combinação da perfeição física com os atos divinos.

– Beije-me, Thor... e tentarei.

Ele poderia tê-la beijado ali. Já tinha imaginado isso muitas vezes antes, e jamais se sentira tão tentado. A beleza de Amora era incomparável nos Nove Reinos, e ela era asgardiana. Certamente, havia em algum lugar dentro dela uma centelha de nobreza. E a história entre eles era antiga e forte, remontando aos tempos anteriores à jornada de Thor por Midgard. Mas, naquele momento, a terra tremeu, e Thor soube que havia cometido um grave erro. Estava longe de seus amigos, e eles estavam sob ataque.

– Nós nos demoramos muito aqui, Amora. Leve-nos de volta!

19

O ATAQUE aconteceu ao amanhecer.

Uma única nave, em velocidade de colisão, estava a menos de um quilômetro do ponto de impacto quando sua chegada foi detectada. Steve acordou com o som dos alarmes e correu de seu alojamento para o observatório principal.

— Hulk?! — ele gritou, avistando o gigante verde debruçado sobre uma mesa. Era Hulk que estava de sentinela, então deveria ter visto a nave se aproximando, e Steve soube que aquele erro se mostraria fatal.

— Está amanhecendo... o que você está fazendo? Acorde os outros!

Hulk lançou um olhar assassino para Cap, e então correu para encontrar os outros.

Sinto muito se você não está acostumado que falem assim com você, amigão, mas quase deixou que todos morressem aqui, Steve pensou. *Ainda bem que sempre acordo ao amanhecer.*

A nave inimiga cobriu o último quilômetro no tempo em que Steve levou para encontrar as botas e apanhar o escudo. Acompanhando a linha das montanhas mais próximas, ela se lançou contra a base e colidiu com o domo central, amassando e destruindo grande parte dele. A pilha de destroços caiu ruidosamente no centro do complexo.

As coisas haviam começado mal, e se tornado piores. Pelos comunicadores chegavam relatos de que a equipe inimiga havia se dividido em grupos menores. Alguns deles tinham a missão de libertar os prisioneiros enquanto outros estavam em modo de busca e destruição. Cap gritava ordens e corria enlouquecido. Ele ouviu algum tipo de batalha acontecendo perto dos alojamentos do Quarteto Fantástico, e alarmes começaram a soar na ala em que ficava o quarto da Mulher-Hulk. Os alarmes de incêndio disparavam furiosamente. E então outros relatos começaram a chegar: Espectro tinha caído em uma emboscada e sido capturada pelo Doutor Octopus. Gavião Arqueiro contra-atacava, afastando o Doutor. Homem de Ferro e Homem-Aranha, tentando impedir que os prisioneiros escapassem, foram atacados por Ultron e quase não sobreviveram.

Steve e Hulk alcançaram Destino e Homem Molecular ainda perto da nave, e Hulk se precipitou furiosamente contra os inimigos. Steve nunca teria acreditado se não tivesse visto com os próprios olhos: Homem Molecular deixou Hulk estendido de costas no chão depois de uma sequência de golpes com enormes pedras. Como se não fosse nada. E então deteve Steve com uma barreira invisível, prendendo-o contra uma parede. Hulk se levantou e atirou um pedaço de rocha contra Homem Molecular, que a transformou em pó num gesto rápido e preciso. Em seguida, ele sorriu e disse:

– Vocês dois ficam aqui.

E a mesma barreira invisível que conteve Steve forçou Hulk a recuar. Os dois então se viram presos juntos.

– Continuem lutando e eu os esmagarei até que não possam mais respirar – ameaçou Molecular.

Então tudo o que puderam fazer foi observar a equipe de Destino retornando com seus companheiros resgatados.

– Não consegui encontrar Encantor – reclamou Destruidor. – Mas capturamos um bom número de heróis. Que tal acabarmos com eles?

– Temos outros propósitos. De volta à nave – Destino disse. Ele olhou para trás, fitou Steve e acrescentou: – Capitão América, você jamais venceria esta batalha. Mesmo assim, não esperava vê-lo falhar de modo tão ignóbil.

A rampa foi erguida, instalando-se na parte inferior da fuselagem da nave de Destino. Enquanto ela se erguia pela abertura no domo, a barreira que segurava Steve e Hulk desapareceu. Hulk berrou furiosamente e lançou uma rocha do tamanho de um pequeno carro na direção da nave, atingindo os motores. A nave mergulhou e perdeu estabilidade, mas em seguida continuou.

– É tudo culpa minha – Hulk lamentou-se.

Pode crer que é, Steve Rogers pensou. Mas não fazia sentido dizer aquilo. E Steve sabia que, como estava no comando, a responsabilidade devia ser dele. Se fosse culpar Hulk por ter caído no sono enquanto estava de vigia, então tinha de culpar também a si mesmo.

Destino havia planejado um ataque surpresa para libertar os prisioneiros. Ou os X-Men não estavam ali, ou nada fizeram para ajudar. Ele não sabia onde poderiam estar muitos membros de sua equipe. Tinham de se reagrupar urgentemente. Fazer um cálculo mental, avaliar os danos.

Ben Grimm irrompeu na sala.

– Johnny está muito machucado – ele disse. – Reed saiu por um minuto, mas está chegando. Como eles conseguiram nos atacar desse jeito?

– Não importa, Ben – Steve disse. – Onde estão a Mulher-Hulk e Espectro? E onde estão os X-Men?

– E Thor – completou Hulk. – Não parece um pouco estranho que tanto ele quanto Encantor tenham desaparecido?

Parece, pensou Steve. Muita coisa havia acontecido enquanto ele estava dormindo, e nenhuma delas era boa.

E agora ele tinha a sensação de que a situação estava prestes a piorar. A nave de Destino fazia uma longa e lenta curva na entrada do vale, como se estivesse voltando para fazer outra visita.

– Precisamos reagir – Steve disse. – Rápido.

20

FOI FÁCIL. Sempre era fácil. Para Owen Reece, despedaçar um planeta seria como desembrulhar um doce. Bem, talvez não *tão* fácil, mas ele era capaz de fazer. E certamente faria. E se podia fazer isso, seria incrivelmente simples fazer qualquer outra coisa muito menor.

Digamos, destruir completamente uma base inimiga que foi atacada e teve todos os prisioneiros resgatados.

Só que eles não haviam encontrado Amora. E Thor também não estava lá, Owen acabara de se dar conta.

Nenhum asgardiano. Nenhum X-Man. O pessoal estava abandonando os Vingadores.

Seria uma boa oportunidade de mostrar meus poderes, ele pensou.

– Destino?

– Pode continuar – Destino disse. Eles haviam saído da nave e estavam parados em um cume, observando a extensão do vale. Ao fundo, a base dos Vingadores, construída no pé das montanhas. Owen poderia fazer o que estava planejando de dentro da nave, mas ele queria que todos assistissem. Dali onde estavam, todos poderiam prestar total atenção a seus poderes.

Mas ele queria, principalmente, a total atenção de Vulcana. Ela estava ao seu lado, com a silhueta escultural de seu corpo florescendo com a chama que reluzia e queimava na parte de trás dos cabelos. Ela estava divina, e observava Owen com uma singularidade na expressão que o fazia ter certeza de que era amor.

Imagine! Uma mulher como essa!

Ele destruiu a base dos Vingadores com o coração transbordante de amor. Foi simples. Procurou determinadas moléculas e as afastou violentamente, e então a energia produzida gerou calor. Multiplicando isso por muitos milhões, o resultado foi uma série de explosões titânicas, com torres inteiras tombando umas sobre as outras e se desintegrando no ar. As paredes da base implodiram com uma onda de choque que pôde ser vista do vale, avançando e arrancando árvores enquanto se alastrava. As nuvens acima foram afastadas pela mesma onda de choque, enviada para o céu em questão de segundos. Pedaços da base do tamanho da nave de Destino caíram a centenas de quilômetros, explodindo com o impacto da queda. Em menos de um minuto, o vale se tornou uma terra devastada e em chamas.

– Isso foi realmente inacreditável, Homem Molecular – elogiou Vulcana um tempo depois, enquanto sobrevoavam os destroços, não vendo nada além de devastação. – Apenas um gesto de sua mão, e todo o lugar desmoronou. Incrível.

Pousaram sobre um cume de frente para a base destruída, apenas para dar uma olhada de perto na obra que tinham realizado. *Bem*, Owen pensou, *que eu realizei*. Incontáveis pontos de fumaça se erguiam dos destroços em chamas por todo o vale. Os restos do Q.G. jaziam destruídos na base das montanhas. *Tantas moléculas*, Owen pensou. *Todas ao meu comando*.

– É fácil quando se sabe como – Owen disse. – E, por favor, me chame de Owen.

– Owen... – ela repetiu. – Que nome lindo.

Foi quando Octavius avistou os heróis e deu a Owen a oportunidade de se superar. Estavam correndo ao longo dos desníveis e irregularidades do chão destruído.

– Estão fora do alcance de nossas armas – Octavius disse.

Titânia atirou um pedregulho na direção deles, atingindo o solo bem atrás dos heróis. *Que mulher magnífica*, Owen pensou. Ela era incrivelmente forte, talvez até mais forte do que o Hulk, mas atirar pedaços gigantes de cascalho por quilômetros deserto adentro não era um método de ataque muito eficiente.

– Vamos atrás deles – disse Homem Absorvente.

– Isso não será necessário – Owen disse. – Está vendo aquelas montanhas lá longe?

Todos olharam para as montanhas.

– Observem – Owen disse.

Ele arrancou as montanhas do Mundo de Batalha e as segurou no céu. E então as moveu lentamente sobre os heróis em fuga. E quando teve certeza de que estavam sob o centro exato da cadeia de montanhas, ele as deixou cair.

– Viram? – Owen disse. – Simples.

21

DESTINO SABOREAVA SUA VITÓRIA. Seus inimigos estavam enterrados sob uma montanha. A base deles, completamente destruída. E, o mais importante, ele havia conseguido – com uma ajuda inesperada da apaixonada Vulcana – remover as inibições de Homem Molecular. O único problema era a ausência de Encantor, que não havia sido encontrada em meio aos escombros. De acordo com Destruidor, ela não estava presa com o restante dos prisioneiros. Destino considerou isso uma vantagem, e não uma perda. Amora era bastante poderosa, de fato, mas era uma trapaceira inveterada, leal apenas a seus enigmáticos objetivos. Era possível que a equipe se tornasse mais forte com sua ausência, já que ela não estaria usando seus encantos para colocar uns contra os outros.

De qualquer maneira, aquela tinha sido uma manhã gloriosa. Mas ainda havia algo a fazer. Destino ergueu o braço para chamar a atenção do grupo. A encenação havia sido perfeita: todos ainda estavam reunidos nas ruínas da base dos heróis. Aquele seria o palco ideal para sua próxima ação.

Mas no instante em que o grupo se voltou para ele, Destino sentiu um distúrbio mágico nas redondezas, uma fisgada em determinada parte da mente, que ele havia treinado para protegê-lo dos poderes arcanos. A sensação foi parecida com aquilo que vulgarmente é denominado arrepio, só que na mente, não na pele. Um milésimo de segundo após a sensação, Thor e Encantor apareceram no meio de uma explosão de energia arcana.

Homem Absorvente riu.

– Thor e Encantor juntos, hein? Parece que estavam fazendo uma festinha enquanto a gente ficava com todo o trabalho.

– O que é isso? Nossa fortaleza está em ruínas? – Thor observava ao redor e então fixou o olhar em Destino. Apontando o Mjolnir na direção de Destino, disse: – Meus companheiros. Onde eles estão? O que fez com eles? Responda!

– Ora, eles estão mortos – Destino disse. – Nós os massacramos todos. Homem Molecular jogou uma montanha em cima deles. Simples e eficaz, não? E em breve você se juntará a eles. Pode lutar, se quiser, mas você está em menor número... Treze contra um. É melhor render-se, e seus últimos momentos serão misericordiosamente rápidos.

– O que me impediria de lutar até meu último suspiro? – Thor zombou. Olhou para Amora, que havia dado meio passo para trás enquanto olhava de Ultron para Homem Molecular e Thor. – E talvez...

Os olhos de Encantor estremeceram, como se ela tivesse acabado de calcular friamente a situação. Sem dúvida, estava considerando se faria uma nobre demonstração de lealdade ao companheiro asgardiano ou se salvaria a própria vida. No momento seguinte ela se virou, afastando-se do deus do trovão. Thor pareceu brevemente surpreso, antes que seus olhos se estreitassem e sua mandíbula se endurecesse.

– Que assim seja! – Thor disse.

– Chega de papo! – gritou Homem Absorvente. – Peguem ele!

Apenas Encantor se manteve afastada.

Os vilões convergiram para cima de Thor, que se manteve em posição como apenas um Filho de Odin faria. Segurando o Mjolnir com uma mão, Thor desviou um tiro da pistola de neutrinos de Kang. Com a outra mão golpeou uma rocha, transformando-a em cascalho, enquanto Doutor Octopus tentava atingi-lo com um golpe preciso do tentáculo, que parecia o ataque de uma cobra. Ultron atacou, e Thor lançou o Mjolnir para derrubar o poderoso robô. Destino observava, relutantemente impressionado com a indomável força de vontade e inacreditável resistência de Thor.

Titânia se apressou em agarrar Thor antes que o Mjolnir voltasse para a mão dele.

– A mulher que matou Thor – ela disse. – É assim que serei conhecida.

Com um movimento casual, Thor golpeou Titânia com as costas da mão, lançando-a para longe.

– É possível, mulher – ele respondeu. – Quando o reino de fogo de Surtur se tornar gelo!

Novamente empunhando Mjolnir, ele saltou para atacar Destruidor, Bate-Estaca e Maça, enquanto Homem Absorvente se preparava para o que ele imaginou, a julgar por sua expressão selvagem, ser um golpe assassino. Um dos tentáculos de Octavius se enrolou em volta da garganta de Thor, mas ele continuou lutando. Girou para bloquear a bola de demolição do Homem Absorvente e, com as duas mãos, ergueu Mjolnir acima da cabeça.

– Afastem-se, serviçais de Destino! – berrou Thor, ao mesmo tempo em que aplicava um poderoso golpe de Mjolnir no chão. – O toque de suas mãos me ofende!

Uma onda de choque formada pelo impacto jogou para trás todos ao seu redor. Caíram em cima dos destroços e ficaram um tempo ali, machucados e imóveis por conta do poderoso golpe de Thor.

– Que a fúria dos céus castigue meus inimigos!

Com uma série de estalos e poderosas trovoadas, todos que atacavam Thor foram atingidos por raios, mas Destino e Ultron não foram afetados. A descarga elétrica gerada pelo Mjolnir arqueou e acertou cada um deles, sem, contudo, feri-los de alguma forma.

– É hora de uma demonstração – Destino disse. – Quando reconstruí Ultron, incluí em seu arsenal uma nova arma que rompe os elos mantidos por partículas subatômicas. Ultron?

Sem uma palavra, o robô ergueu uma mão. Um raio rosa reluziu inaudível, e quando tocou Thor, o deus desapareceu em uma explosão de luz, restando apenas o elmo, que caiu retinindo sobre as pedras onde ele tinha estado.

O silêncio recaiu sobre as ruínas onde os subordinados de Destino se reerguiam com esforço.

– Apenas em combate se é capaz de avaliar com precisão a eficácia de uma arma recém-projetada – Destino comentou.

Aquela havia passado no primeiro teste.

Ele olhou para Amora, que se absteve de tomar parte na luta. Ela se manteve distante do grupo, lágrimas rolando pelo rosto. Com um olhar de reprovação, Destino a informou de que havia notado sua ausência no combate. Haveria consequências, mas ele lhe daria a oportunidade de rastejar antes de decidir quais seriam.

Homem Molecular e Vulcana também se mantiveram afastados da luta, entreolhando-se com desejo. Destino achava aquilo irritante, mas deixaria passar. Owen Reece era um integrante valioso para o grupo, e a luta poderia ser ganha, estando Reece envolvido ou não. Em um jogo de xadrez, não se pode ter pressa em depor a rainha do adversário. Chegaria o momento em que ele comandaria os atos de Reece, bem como os de Vulcana. Por enquanto, aquilo ainda não era necessário.

Destino voltou sua atenção para os restos de Thor, que eram poucos. Octavius segurava os vestígios da capa de Thor em um dos tentáculos.

– Thor finalmente se foi – Octopus disse. – Era o último deles. Isso significa que você ganhou!

– Os X-Men ainda não foram considerados, Octavius. Nem Magneto. E ainda falta o... desafio... de Galactus – Destino disse. Ele havia pensado muito naquele problema, e acreditava que já estava próximo de uma solução. – Vamos retornar à Base Destino e planejar o próximo ataque. Mas, primeiro, há mais um assunto que demanda nossa atenção.

Eles olharam para Destino. Naquele breve segundo, Destino percebeu que sua liderança era incontestável. Acreditavam nele agora, mas era imprescindível que também o temessem. E era hora de lidar com o assunto que estava contemplando quando Thor e Amora o interromperam.

– Um de vocês tentou me matar – ele disse, calmamente. – Na verdade, quase conseguiu.

O grupo havia se reunido, mas Destino observava com cruel deleite que começavam a se afastar de Kang, deixando-o sozinho para enfrentar Destino. E Ultron.

– Destino. Espere. As circunstâncias... – Kang começou a se justificar. – Você teria feito o mesmo.

– Ultron? – Destino disse, sem emoção, sem se virar para olhar o robô.

Ultron ergueu um braço.

– Destino, seu tolo, você vai precisar de mim mais tarde! Você não...!

Kang jamais terminaria a frase. Destino fez um movimento discreto com a cabeça, e Ultron desintegrou Kang instantaneamente.

Voltando-se para o grupo, Destino disse:

– Tenho certeza de que esta lição não passou despercebida por vocês... – Ele deitou os olhos em Amora, demorando-se por um instante, e então se afastou na direção da nave.

Sim, ele pensou. *Agora a manhã é quase um perfeito sucesso.*

22

OS X-MEN FICARAM EM SILÊNCIO durante a maior parte do tempo da viagem até a fortaleza de Magneto. A tempestade se acalmara logo após terem deixado a base, que a partir de então seria ocupada apenas pelos Vingadores, três integrantes do Quarteto Fantástico e o Homem-Aranha. Todos finalmente teriam um tempo para avaliar a situação. Wolverine estava inquieto e irritado. Circunspecto, ejetava e guardava as garras, até que Noturno finalmente reclamou:

– Por que esse abre e fecha de garras, Logan? Estamos todos prontos para uma briga, mas você parece pronto para matar.

– Kurt, eu passei a vida me segurando – Logan disse. – Eu só consigo conter o animal que há em mim porque me esforço a cada segundo. Mas isto aqui é guerra. – *SNIKT*! – Talvez a última guerra para todos nós. – *SNIKT*! – Desta vez, não haverá prisioneiros. Não importa o que Xavier pense.

Na cabine do piloto, Tempestade apontou para algo.

– Ali – ela disse para Ciclope, sentado ao seu lado nos controles de navegação. Ele virou o manche e tocou um dos controles laterais, direcionando a nave rumo à estrutura que ela havia apontado.

– Se Magneto não estiver a fim de uma aliança – ele disse –, esta pode ser a luta de nossas vidas.

Você entendeu errado, magrelo, Logan pensou. *A luta de nossas vidas já está acontecendo, começou quando chegamos aqui, e não há como sair dela agora.*

SNIKT! Ele retraiu as garras enquanto Scott posicionava a nave, preparando-se para um pouso.

Os X-Men desembarcaram e entraram direto pela entrada frontal da fortaleza, que estava desprotegida e destrancada, seguindo o som da voz de Magneto. Logan ouviu uma voz feminina falando com Magneto. *Ora, ora*, Logan pensou. *Quem será?*

Quando entraram em uma grande sala com paredes de vidro, descobriram a resposta. Vespa estava sentada diante de Magneto, e ambos conversavam amigavelmente, como se estivessem numa cobertura contemplando o Central Park.

– Ei, camaradas – Wolverine chamou a atenção deles. – Tem uma cerveja por aí?

Surpreso, Magneto os fitou enquanto Vespa se colocou de pé num salto.

– Logan, por favor – Xavier disse.

Desculpe, Chuck, Logan pensou. *Eu sei que você tem um belo discurso planejado, mas acho que realmente não entendeu onde nos enfiou. Demos as costas para os Vingadores, tudo bem. Você quer dar um beijinho e fazer as pazes com Magneto, tudo bem. Mas nós devemos chegar demonstrando força, ou ele vai encontrar um jeito de nos detonar.*

Ele sentiu a reprovação de Xavier, mas não se importou.

– Bom dia, Erik – Xavier cumprimentou. – Janet, fico feliz em ver que você está bem.

Nem Magneto nem Vespa responderam. Vespa parecia tão sem graça que Logan quase deu uma gargalhada.

– Vim discutir a possibilidade de unirmos forças, Erik – Xavier prosseguiu. – Acredito que seria mutuamente vantajoso esquecermos nossas diferenças e trabalharmos juntos.

Errado novamente, Logan pensou. *A melhor maneira de trabalharmos juntos é nos lembrando das diferenças. Assim não teremos nenhuma surpresa quando o velho Magneto se voltar contra nós. De novo.*

– Como uma força independente do Capitão América e de Reed Richards, há muito que podemos conseguir juntos – Xavier finalizou.

– Interessante – Magneto disse. – Janet e eu estávamos discutindo exatamente isso. "Massacre seus inimigos e todos os seus desejos serão realizados", foi o que Beyonder prometeu, e, tendo visto seus poderes, acho que todos podemos acreditar em sua habilidade de cumprir a promessa. Entretanto, devemos lutar contra Destino e seus lacaios. Se Destino vencer, Beyonder vai realizar seus desejos sociopatas... mas nós temos o poder de realizar uma nova Era de Ouro, aqui e por todo o universo. Humanos e Mutantes em paz, Charles. É o que você quer, não é? O custo não é alto, considerando os benefícios a receber.

Ele se voltou para Vespa.

— Uma luta até a morte, minha cara. Conforme concordamos, certo?

— Você sabe o que é certo, Mag? — ela retrucou. — O fato de você ser um maníaco pomposo e egoísta, apesar de ser uma graça.

Nesse momento, Logan não riu. Ele pôde perceber o que estava por vir, ao contrário de Magneto. Aquele era o inconveniente de tentar dominar o mundo: ter que estar sempre vulnerável às pessoas que concordam e sorriem, para em seguida o apunhalarem pelas costas.

Vespa assumiu sua forma miniaturizada e alada e continuou:

— Você realmente pensou que eu estava concordando com você? — Ela balançou a cabeça tristemente. — Está tão desesperado assim? Eu fingi esse tempo todo, apenas para ver o que você estava planejando, Magneto. E, agora que já sei, os Vingadores vão impedi-lo. Temos de fazer isso.

Aproveitando o momento de surpresa, Vespa ferroou Magneto com um choque bioelétrico, deixando-o de joelhos. *Opa*, Logan pensou. *Ela está exagerando.*

— Calma aí, moça — Wolverine disse com um gesto, virando a palma da mão para Vespa. — Nós vamos precisar de Magneto. Se você quer ensiná-lo um pouco de humildade, por mim tudo bem, mas daí não vá voltar correndo pro seu clubinho sem conversar com a gente antes.

Os outros X-Men tentaram capturar Vespa, mas ela ziguezagueou por entre eles, escapando-lhes das mãos e aplicando-lhes ferroadas como um caminhão desgovernado. Conseguiu até mesmo atordoar Logan o suficiente para voar até a saída.

Magneto, cujo orgulho doía tanto quanto seu rosto no ponto em que ela o atingira, virou-se para a janela em uma fúria gélida.

— Tolinha — disse. — Ela não vai muito longe.

Logan viu Vespa fugindo em uma nave que surrupiara do hangar. Magneto ergueu uma das mãos para derrubá-la.

— Não posso permitir que faça isso, Erik! — Xavier impediu-o, segurando o braço de Magneto. A força magnética acumulada que Magneto estava prestes a liberar zumbiu nos ouvidos de Logan.

— Permitir? É muita pretensão sua, Charles!

— Escute! — Xavier tentou argumentar. Então — ou porque dera ouvidos à razão ou porque Xavier lhe dera uma ajudinha telepática, como fizera com Homem-Aranha, Logan nunca saberia —, Magneto se conteve por um momento. — Com apenas um pensamento eu poderia ter impedido a Vespa de fugir — Xavier disse. — Mas não o fiz. Na noite passada sucumbi ao risco da promessa de Beyonder, crendo que, se eu fosse vitorioso, eu — e apenas eu — saberia qual o melhor desejo a realizar. Naquele momento de fraqueza, não fui melhor do que Doutor Destino ou qualquer outro que compromete os próprios princípios em busca de resultados. Você não deve se tornar vítima do mesmo erro, Erik. Eu não permitirei isso.

Os dois velhos inimigos, que já foram amigos, se olharam com rancor.

— Chuck provavelmente está certo — Logan disse. — E, quer saber, Mag? Você não está usando seu capacete.

Magneto virou seu olhar furioso para Logan. Mas não derrubou a nave de Vespa.

Tá certo, então, Logan pensou. *Vamos elaborar um plano.*

23

HOMEM-ARANHA já tinha passado por muitos momentos difíceis na vida, mas Peter Parker não conseguia pensar em nenhuma situação pior do que a que estava vivendo naquele momento: enterrado sob uma cadeia de montanhas em um planeta distante, confinado num espaço minúsculo, quase sem ar, na companhia do Quarteto Fantástico e dos Vingadores, salvo da morte certa apenas pela força do Hulk. Banner se esforçava para segurar o peso das toneladas de rocha, erguendo-as apenas o suficiente para evitar que todos fossem esmagados e transformados em gosma. Respirar ali era o mesmo que estar com o rosto enfiado no fundo de uma cesta de lavanderia.

Espectro iluminou o espaço emitindo uma tênue luz de suas mãos, enquanto o grupo considerava as opções.

– Não há ar suficiente para que eu me incendeie e saia abrindo caminho – Johnny Storm disse. – E nem sei ao certo se conseguiria fazer isso. Acho que quebrei algumas costelas na luta. – Fez uma pausa para tomar fôlego. – Estou com alguns problemas aqui, caras.

– Eu poderia fazer alguma coisa, mas acho que ninguém quer que eu pare de suspender a montanha – disse Hulk. Ele baixou os olhos e olhou para a prima, que até poderia ajudá-lo se estivesse, bem, consciente.

Reed, que havia sido atingido na cabeça e estava recobrando os sentidos, disse:

– Que recursos nós temos? Rhodes, você deve ter alguma ferramenta na armadura. Quem mais tem alguma coisa mecânica? Homem-Aranha, me dê seus atiradores de teia. Gavião Arqueiro, as partes eletrônicas de suas flechas. Quero dar uma olhada nisso e ver o que posso fazer.

– Melhor se apressar – disse Aranha. – O Hulk parece estar chegando ao limite. Tá ficando fraquinho, verdão?

– Cale a boca – resmungou Hulk.

Homem-Aranha continuou, observando cuidadosamente o gigante verde.

– Estou só dizendo, você fala como se fosse a pessoa mais forte que já viveu... mas, cara, agora que realmente precisamos de você, sei lá... acho que vamos ser esmagados a qualquer segundo. Você precisa voltar para a academia, parceiro, e digo isso como amigo.

– O que há de errado com você? – Gavião Arqueiro perguntou.

– Errado comigo? – Aranha respondeu. – Eu estou inteirinho. Mas segurar montanhas não faz parte do meu currículo. Pegar bandidos, proteger os inocentes, esse é o meu negócio. Mas esse cara – Ele ergueu o dedão na direção do Hulk – supostamente deveria ser o fortão, e olhem só pra ele.

Reed percebeu o olhar de Aranha e assentiu sutilmente. *Está certo*, Aranha pensou. *Você sabe o que estou fazendo. Se não mantivermos o Hulk firme, não há jeito de sairmos daqui nos próximos minutos. E quanto mais raivoso ele fica...*

Enquanto inspecionava a armadura do Homem de Ferro, Reed começou a encenação.

– Este traje é mais tecnologicamente avançado do que eu suspeitava – ele disse. – É humilhante, sério. Eu me considero inteligente, como todos sabem, mas ver o trabalho que Tony Stark fez aqui me mostra o quão brilhante ele é.

– Cale a boca você também, Richards! – Hulk rosnou. – Estou cansado de ouvir como você é brilhante, e de como Stark também é! Está me ouvindo? Este é o estúpido do Hulk falando, aquele que está segurando uma montanha para que você e seu cérebro brilhante não sejam esmagados!

– Ah, pobrezinho – Reed lamuriou-se. – Tão enterrado em sua autopiedade, reclamando e chorando o tempo todo porque ninguém dá créditos à inteligência de Banner. Bem, odeio dizer isso, Hulk, mas não precisamos de sua inteligência. Precisamos dos seus músculos. Continue usando-os, e pare de perder o fôlego com reclamações.

– Seu maldito arrogante! – Hulk trovejou, alto o bastante para que pequenos fragmentos de rocha se soltassem e caíssem sobre eles. – Você sabe que estou perdendo minha inteligência, não sabe? E você acha que pode falar comigo como o monstro idiota que estou voltando a ser? Bem, é melhor você torcer para que seu brilhante plano falhe, porque eu vou rasgar você em pedacinhos se a gente sair daqui!

– É isso aí, Hulk amigão – Aranha disse. – Aproveite essa raiva toda. Mesmo que você não volte mais a ser esperto, vamos amá-lo mesmo assim.

– Assim que eu espalhar o sangue de Richards por essa montanha inteira, você vai ser o próximo – Hulk rosnou. – Você vai se arrepender.

– Tenho certeza disso – Reed disse. – Tá certo. Acho que já descobri aqui. Espectro, segure este relé. Ele vai alimentar seu poder através dos canais ligados à armadura do Homem de Ferro. Rhodes, quando eu der o sinal, dispare esses repulsores com toda a força.

– Hum, e o coice? – Gavião Arqueiro perguntou.

– Fiquem atrás das pernas de Hulk, quem conseguir – Capitão América disse. – Eu vou me abaixar na frente dele, e teremos de confiar no meu escudo.

– Minha armadura também vai absorver um pouco do choque – Rhodes disse. – Essa é nossa melhor alternativa.

– Cuidado – Hulk gritou, enquanto o restante da equipe se enfiava embaixo dele.

– Prontos? – Reed perguntou.

– Pronto – Rhodes assentiu.

– Espere um segundo – Aranha disse. Ele teve a impressão de ter ouvido um sutil estalo metálico. – É uma batida vindo lá de fora?

– Mire naquela direção, Rhodes – Reed disse. – E dispare quando estiver pronto.

O raio explodiu aos olhos do Aranha como uma bomba atômica, e seus ouvidos ficaram doendo com o estrondo. A luz do dia inundou o lugar pelo buraco que Rhodes havia aberto. Do outro lado, havia uma figura humana, inteiramente coberta do pó gerado pela explosão. *Quem...?* Aranha não acreditava no que estava vendo.

— Thor! — O Aracnídeo espantou-se.

— Eu sabia que vocês estavam aí — Thor disse. — Mesmo os poderosos golpes do Mjolnir *não conseguiriam abrir caminho por tantas rochas*.

Aranha se virou para Hulk, pedindo:

— Não me mate.

— Por que não? — Hulk perguntou, sem olhar para ele.

— Eu estava apenas, você sabe...

— É. Eu sei. — Você só estava tentando me deixar nervoso para que eu pudesse aguentar a montanha e manter vocês vivos. E então Richards entrou na jogada. Tudo bem. Funcionou. Não sou besta, sabia? — E então Hulk olhou para o Homem-Aranha. A tristeza que havia em seu rosto deixou Peter envergonhado. — Pelo menos, não ainda...

— Achamos que Encantor tivesse... você sabe, sumido com você — Cap estava dizendo para Thor.

— Eis uma história longa demais — Thor disse.

— E o que aconteceu com sua capa? — Peter perguntou.

— Outra história, felizmente mais curta. O autômato, Ultron, tem uma nova arma. Destino achou que ele a estava testando em mim, mas invoquei um raio para disfarçar minha fuga. A descarga da arma os cegou, e eu desviei do raio mortal de Ultron... no entanto, minha capa e meu elmo não tiveram tanta sorte. Há um armeiro e um alfaiate em Asgard que terão muito trabalho pela frente quando eu voltar para casa.

A atitude alegre de Thor, no meio de todo aquele caos e loucura, fez Homem-Aranha se sentir um pouco melhor a respeito de suas perspectivas.

Droga, alguém tem que vencer, ele pensou. *Por que não pode ser a gente?*

— O que faremos agora? — Rhodes perguntou.

— Precisamos de uma nova base de operações — Cap disse. — Espectro, você poderia...

Ela pareceu estremecer por um segundo, e então sorriu.

– Já está feito. Nossa base foi totalmente destruída, mas há um tipo de vilarejo alienígena a algumas milhas naquela direção. – Ela apontou. – Depois de chegarmos lá, descobrimos o que fazer em seguida. Precisamos arrumar um jeito de curar Johnny e a Mulher-Hulk.

– Isso me parece um plano – disse Johnny, tossindo com uma careta de dor. – Alguém pode me dar uma carona? Acho que não consigo andar.

24

O VILAREJO ALIENÍGENA que Espectro havia localizado tinha um problema. Galactus o estava observando, em pé sobre o topo de uma montanha próxima. Johnny não havia gostado da ideia de ter o Devorador de Mundos olhando para eles, mas, por outro lado, Galactus parecia não estar prestando muita atenção. Estava apenas olhando fixamente para o espaço, em algum tipo de vigília misteriosa. Era difícil dizer o que ele estava ou não fazendo. O importante era que Galactus não estava devorando o planeta onde estavam. Pelo menos, não naquele momento.

O ferimento de Johnny era pior do que ele havia relatado. A verdade era que ele podia sentir as costelas quebradas ao apalpar as laterais do corpo. Além de quase não conseguir respirar, seu braço provavelmente também estava quebrado. Se não encontrassem algum tipo de médico naquele vilarejo, Johnny não precisaria mais se preocupar com o problema de Beyonder por muito tempo, tampouco seria útil em uma luta.

Quando os heróis chegaram aos arredores do vilarejo, uma dúzia de alienígenas veio correndo ao encontro deles. Uma discussão feroz entre os residentes irrompeu imediatamente. Não era difícil adivinhar o assunto, mesmo com aquele linguajar estranho, que consistia em uivos e uma pronúncia pastosa de vogais e ditongos. *Serão perigosos? Vamos deixá-los entrar? Por que não? Diabos, claro que não!* A discussão continuou assim por um tempo, e os heróis se mantiveram num silêncio respeitoso, até que uma jovem alienígena deu um passo à frente e gesticulou, indicando que a seguissem até o centro do vilarejo.

Os alienígenas eram humanoides alaranjados, com cabelos brancos e pupilas em fenda. *Essas roupas mais parecem pijamas infantis roxos*, Johnny pensou, achando graça, mas a risada cessou repentinamente quando sentiu uma dor lancinante que fisgava em sua caixa torácica. Todas as construções eram brancas e circulares, com tetos em domo, como faróis de adobe com tigelas de ponta-cabeça sobre eles. Ele não conseguiria adivinhar o clima em que aquele estilo de construção havia se desenvolvido, e não se importava muito, na verdade. A dor o estava torturando.

A alienígena os conduziu até a praça central. Mancando, Johnny foi conduzido até uma espécie de maca branca e curvada. Hulk colocou a Mulher-Hulk, que ainda estava inconsciente, ao lado de Tocha Humana. E só então se deram conta de que aquilo era um tipo de hospital alienígena ou algo do gênero. Quando a guia colocou suas mãos sobre ele, Johnny teve certeza de que era mesmo. Ele sentiu uma energia quente e formigante se espalhando pelo torso, e as costelas se regenerando, voltando ao lugar instantaneamente. Parecia mágica, ou melhor, tecnologia de cura alienígena, que é o que devia ser. Outro toque das mãos da jovem curou seu braço.

A alienígena curandeira murmurou algo, e Johnny respondeu.

– Para você também, linda.

Ela tinha, só agora ele havia reparado, cabelos prateados e olhos de gato, como uma personagem saída de um sonho do Capitão Kirk.

– Acho que estou apaixonado – ele disse.

Rhodes bufou, e o som que vinha de dentro do capacete do Homem de Ferro era esquisito.

– Mantenha a classe, Tocha – ele repreendeu.

– Estou falando sério, cara – Johnny disse. Ele se sentou para observar melhor a moça alienígena caminhando até a Mulher-Hulk. Depois de também curá-la com o sutil toque de suas mãos, ela cuidou dos outros heróis feridos. A impressão de seu toque cálido permaneceu nos pensamentos de Johnny, como se ela tivesse feito algo também com sua mente.

Subitamente, a situação inteira: a viagem até outra galáxia, o estranho decreto de Beyonder, quase ter sido esmagado por uma montanha... tudo parecia ter valido a pena. Johnny tinha reputação de mulherengo, e sempre fez por merecê-la, mas aquilo era diferente. Não era casual. Seus sentimentos eram reais. Não estava acostumado a vivenciar emoções tão puras.

— Ei! — Johnny chamou a atenção dela, sem saber como estabelecer contato, já que não falavam a mesma língua, mas não pôde evitar. Ele tinha que falar com a curandeira. Precisava sentir o olhar dela fitando-o.

Ela se virou sorrindo, e Johnny sentiu como se tivesse doze anos novamente, quando foi capturado pela primeira e debilitante paixão.

E então Johnny ouviu Ben Grimm gritando. Ele se levantou de um pulo.

— Não saia daqui, linda — ele disse à curandeira, e em seguida correu em direção à voz de Ben. O dever o chamava.

A primeira coisa que ele notou foi o exterior alaranjado e rochoso de Ben. Ele havia se tornado novamente o Coisa.

— Filho da... o que diabos há de errado comigo? — Ben reclamava. — Eu me tornei humano no pior momento possível, para agora voltar a ser um monstro novamente? Por quê?

Ao lado dele, Reed parecia confuso. Ele esticou os longos braços ao redor dos largos ombros de Ben.

— Não sei ao certo, Ben — ele disse. — Mas vamos descobrir.

Ben afastou Reed e saiu andando com passadas firmes vilarejo adentro. Johnny o observou se afastando.

— Nossa, Reed — ele disse. — Que dureza. O que você acha que está acontecendo?

— Como eu disse, Johnny, não sei. Tenho de descobrir; e também investigar sobre tudo neste lugar. Ele vai ficar bem.

Parecia que Reed tinha mais a dizer, mas um movimento acima deles chamou a atenção de todos. Johnny olhou para cima. Ao seu lado, Reed disse:

— Ah, não.

No topo da montanha acima da vila, Galactus se movia. Ele ergueu a cabeça, levantando o gigantesco queixo enquanto analisava o céu sobre o Mundo de Batalha. Uma imensa nave espacial apareceu.

Apesar de estar muito longe, vinda pelo espaço distante, era tão gigantesca que podia ser vista a olho nu.

– O que é aquela coisa, Reed? – Cap perguntou.

– Eu deveria ter desconfiado – Reed disse.

– De quê?

– De que cedo ou tarde Galactus ficaria com fome.

Os aldeões observaram a nave, cujas dimensões iam ampliando-se assustadoramente conforme se aproximava do Mundo de Batalha, até que ela finalmente dominou toda a vastidão do céu. Não era possível abarcar com o olhar toda a sua extensão. A nave tinha o formato de um símbolo infinito, com curvas formadas por milhões de quilômetros de distância.

– É do tamanho de um sistema solar – disse Homem-Aranha.

Os aldeões discutiam e gritavam, apavorados. Eles olhavam para Reed e para os outros em busca de algum sinal, provavelmente pensando que os heróis tinham de alguma maneira causado o surgimento do ameaçador gigante no topo da montanha. A curandeira ficou sozinha num canto, completamente estarrecida, os olhos arregalados de terror. Johnny tentou lhe passar alguma segurança:

– Sei que você não entende o que estou dizendo, mas, não se preocupe, linda moça – ele tentou acalmá-la. – Vai ficar tudo bem.

Ela tomou-lhe as mãos, e um arrepio de euforia tomou conta de Johnny, como se uma barreira em sua mente estivesse sendo transposta.

– Jah-nee – ela anunciou em tom brando, e então pousou uma das mãos no próprio peito. – Zsaji – ela disse. – Oh-kay?

– Zah-shee – Johnny disse. Aquele era o nome dela. Haviam feito um tipo de conexão, compartilhado um momento de intimidade intangível que ele não conseguia descrever. – Sim, Zsaji. Vai ficar tudo bem. Vamos fazer com que fique.

– Nós vamos? – Gavião Arqueiro perguntou.

– E como exatamente planejamos fazer isso? – Reed interrompeu.

– Galactus pode ajudar nisso. Aquela nave é o lar dele. Não sabemos como ele a trouxe até aqui. Talvez a tenha chamado aqui para desafiar o Beyonder.

Se aquele fosse o caso, Johnny sentiu-se melhor a respeito de suas chances. Pelo menos agora eles sabiam que o restante do universo estava em algum lugar lá fora, já que a nave ainda existia. E se Galactus era capaz de conjurá-la, isso significava que seus poderes não haviam diminuído. Eles podiam não ser páreo para o Beyonder, mas há muito tempo o Quarteto Fantástico havia aprendido a nunca subestimar Galactus como inimigo. Talvez o Beyonder estivesse prestes a aprender a mesma lição.

Era o que Tocha Humana esperava.

25

XAVIER, MAGNETO E OS X-MEN observavam em silencioso assombro a nave espacial de Galactus surgindo no céu que cobria o Mundo de Batalha.

– Eu consegui acessar telepaticamente informações importantes da mente de Reed Richards – Xavier disse. – Esta nave é o lar de Galactus. Richards acredita que ela auxilia Galactus no consumo de energias planetárias, mas qualquer nave desse tamanho provavelmente pode executar múltiplas funções. Não temos como saber com certeza por que Galactus a trouxe para o Mundo de Batalha.

– Ora, tudo isso é muito bom e belo – Vampira disse –, mas o que vamos fazer?

– Você e Vampira pegarão uma nave com os outros e ficarão preparados para qualquer ação hostil de Galactus – Magneto ordenou. – Xavier e eu faremos uma aproximação mais sutil. Vocês me ouviram. Vão.

– E desde quando você dá as ordens por aqui? – Wolverine grunhiu, estendendo as garras, como se estivesse pronto para a batalha.

Tempestade e Ciclope ficaram ao lado de Logan. Os dois já haviam liderado os X-Men, e Tempestade ocupava o cargo de líder no momento em que subitamente foram transportados para o Mundo de Batalha. Sem dúvida, ambos se consideravam os mais aptos para liderar naquele momento.

– Me escutem – Xavier disse. – Até que o assunto de Beyonder seja resolvido, eu lidero os X-Men... aqui e no campo de batalha. Se vocês querem me desafiar, façam isso agora.

Ninguém o fez. Mas Xavier pôde sentir o descontentamento, temperado com um pouco de hostilidade, brilhando nos olhos de seus pupilos. *Nenhum deles entende a situação do mesmo modo que eu*, ele pensou. *Posso então guiá-los sozinho.*

– Por favor, façam como Magneto instruiu – ele disse. – Não há tempo para discussões.

Quando se foram, ele virou-se para Magneto e disse:

– Você deve ser cuidadoso. Os membros de minha equipe não são seus subordinados. Estão acostumados com certa medida de autonomia, e são dignos de respeito. Fazendo essa demonstração de imperiosidade, você planta as sementes da rebelião.

Magneto olhou fixamente para Xavier. Com o rosto obscurecido pelo capacete, sua expressão era indecifrável. Depois de um momento, ele disse apenas:

– Vamos logo com isso, Charles.

E assim, o Mestre do Magnetismo se afastou a passos firmes.

• • • •

Owen caminhava alegremente com seu novo amor, a sublime Vulcana, pelos jardins da Base Destino. O lugar era uma boa variação para o espaço predominantemente composto por vidro e aço em que estavam. As plantas e flores eram estranhas, sem dúvida replicadas de algum banco de dados da flora nativa do planeta de onde viera aquele pedaço do Mundo de Batalha.

Passaram um tempo compartilhando confidências e conhecendo-se melhor. Ele contou a ela sobre suas dificuldades na infância, quando era um menino franzino e vivia com o nariz enfiado nos livros. Ela entendeu, já que também havia passado despercebida pela maior parte de sua vida. Falou sobre sua nova descoberta da confiança e sobre se sentir poderosa, ajustar-se ao novo corpo, forte e alto, do barato que sentia por poder usar apenas um *collant* de ginasta sem ter que ficar se perguntando se a roupa lhe caía bem. O Homem Absorvente, bem como os integrantes da Gangue da Demolição, os membros mais grosseiros da equipe, observavam os dois e riam com escárnio.

– Mas que casal – Bate-Estaca zombou, vendo os pombinhos passarem. – O retardado e sua namorada, a desengonçada.

Owen se voltou para encarar Bate-Estaca.

– O que você disse?

– Ah, nada – Bate-Estaca disse. Os outros continuaram a sussurrar e rir.

– Mais uma palavra – Vulcana disse, e cerrou os punhos. – Só mais uma, e...

– Ah, sim, madame, Senhorita Nerd. Boa tarde, Senhor Nerd – Bate-Estaca disse jocosamente.

Aquela palavra.

Owen já a havia ouvido além da conta, a palavra que o perseguia desde criança. E então, depois do acidente, quando seus poderes se manifestaram, foi zombado por sua falta de habilidade em controlá-los. Bizarro. Idiota. Esquisitão. Ele tinha ouvido o mais diverso número de palavras, e havia aprendido a lidar com todas, exceto uma. *Nerd.*

– Quem disse isso? – Owen perguntou ameaçadoramente, olhando nos olhos de Bate-Estaca.

– Eu disse. Nerd. Você é o retardadinho do Destino, faz tudo o que ele quer, e é um nerd. Fica todo gamadinho e começa a ficar vermelho pela primeira garota que olha pra você. Que tal isso? – Bate-Estaca replicou, dando de ombros.

– Eu vou te mostrar "que tal"... – Vulcana interrompeu.

As coisas estavam começando a aquecer ali, inclusive literalmente. Owen temeu que Vulcana perdesse o controle, mas ela não perdeu. Em vez disso, deu um passo à frente e desferiu um tapa na cara de Bate-Estaca.

– É isso! – Bate-Estaca disse, levantando-se e erguendo os punhos. – Não tenho medo de bater numa garota se ela me provocar, e eu vou...

– Não, não vai – Owen intrometeu-se. Sentia seus poderes aumentando e fervilhando enquanto encarava Bate-Estaca e seus comparsas.

– Controlo moléculas. Logo, sou a pessoa mais poderosa do universo. E digo que você não vai.

– Ah, é? Vamos lá, caras, é a hora de a pessoa mais poderosa do universo ter as moléculas de seu rosto reorganizadas – Bate-Estaca sorriu, dando um passo à frente.

Mas, quando olhou para os amigos, viu que eles o estavam abandonando. Todos caminhavam na direção contrária, observando os detalhes das plantas e da organização do jardim. Owen optou por humilhar Bate-Estaca em vez de machucá-lo. Com um mero pensamento, transformou as moléculas do uniforme, da máscara e das botas de Bate-Estaca, para que ficassem duros e inflexíveis.

– Que mer... não posso me mexer! – Bate-Estaca resmungou.

– Não – Owen disse, resoluto. – Não pode. – E o empurrão de algumas moléculas de ar fez Bate-Estaca girar no ar e cair de cara num canteiro de rosas vermelhas.

Vulcana riu e aproximou-se.

– É isso aí, Bate-Estaca. Coma um pouco de terra.

Ela pisou diversas vezes na nuca de Bate-Estaca, enterrando sua cara ainda mais fundo na terra do jardim. Seus protestos, embora abafados, eram bem enérgicos, Owen reparou, e sem dúvida estava dizendo alguns palavrões, só que não dava para entender.

– Mais alguém quer dizer alguma coisa? – ele perguntou para o restante do grupo. – Mais alguém quer me chamar de menino de recados do Destino ou... daquela outra palavra? Mais alguém está pensando em fazer muque pra mostrar o quanto é durão? Hein?

– Não – Destruidor disse.

Owen ergueu a mão, que pulsava de energia.

– Acho que você quis dizer "Não, senhor, Senhor Homem Molecular".

– Não, senhor – disse Homem Absorvente, os olhos arregalados de assombro. – Hum, Senhor Homem Molecular.

– Muito bem. Talvez vocês devam ajudar seu amigo – Owen disse. – Parece que ele caiu.

Owen e Vulcana foram se afastando. Owen sentiu certo prazer. Aqueles caras obviamente precisavam de uma lição de cortesia, e ele tinha seus poderes, então por que não usá-los? Especialmente quando, ao fazê-lo, Vulcana olhava para ele daquele jeito?

••••

Talvez o Homem Molecular esteja se excedendo muito com sua confiança recém-descoberta, Destino pensou. Ele observou pelas câmeras de vigilância a disputa que se desenrolou. Destino precisava que Reece confiasse nos próprios poderes, mas ele também queria um Homem Molecular complacente, mais subserviente do que convencido. Aquele seria um delicado esforço de gerenciamento. Vulcana havia sido uma benção mista. Ajudara o Homem Molecular a superar suas inibições autoimpostas, mas sua adoração também o encorajava a ser arrogante.

Destino precisava considerar e se dedicar a esse problema no momento propício. Enquanto isso, continuaria a observar a Gangue da Demolição e o Homem Absorvente. Eles zombavam da humilhação de Bate-Estaca enquanto ele vociferava e jurava vingança a Homem Molecular como o idiota impulsivo que era. E então Destino se voltou para os monitores que exibiam toda a extensão do Mundo de Batalha. O céu havia se tornado prateado, apagado pela enorme nave de Galactus. Destino sabia que, se Beyonder não tivesse aniquilado todo o universo além do Mundo de Batalha, a nave apareceria uma hora ou outra. A aparição da nave confirmara que ele não havia feito isso, e no processo reforçou uma parte essencial do plano de Destino. Teria de agir no momento certo. Os membros da equipe deveriam ser posicionados da maneira correta.

Ativou o sistema de comunicações da Base Destino e abriu o canal que lhe permitia se dirigir a todos que ali se encontravam.

– Preparem-se para a batalha, servidores de Destino! A partir de agora, vocês devem estar prontos para atacar a qualquer momento! Não falhem comigo... ou vocês terão o mesmo destino de Kang e Thor.

Desligou rapidamente o microfone quando Amora se aproximou. Ela inclinou o quadril e lançou um dos ombros para a frente.

— Destino. Uma palavrinha?

— Minhas ordens foram claras, Encantor — disse ele, com firmeza. — Obedeça-as.

— Você não pode me enganar. Sei que as chances estão contra nós... e estou com medo — ela disse, os olhos baixos, numa encenação de falsa humildade.

Destino não acreditou naquela cena nem durante o tempo que a encantadora boca coquete levou para pronunciar as palavras. Teve o impulso de interrompê-la, mas optou por ouvir o que ela tinha a dizer. Quanto mais ela falava, mais aparente sua verdadeira intenção se tornava.

— Sou uma deusa — ela disse, erguendo o olhar para encontrar o dele. — O que tenho a ganhar com esta guerra? Ainda assim, uma barreira me impede de voltar para o lugar de onde vim. — Ela se inclinou sobre a mesa e baixou a voz, até se tornar um rouco ronronado.

— Você... com seu grande talento, e com os poderes de sua mente... certamente poderia encontrar um modo de levar nós dois para longe deste lugar e deixar Beyonder fazer seu joguinho com os outros, mais aptos a essas brincadeiras.

Ah, a sedução, Destino pensou. *Tão previsível...*

— Não — disse ele, simplesmente.

— Você está me desprezando? Não liga para a minha beleza? Ora, então, considere-se só — ela arrulhou, esticando o braço para tocar a máscara de Destino. — Eu poderia curar essas cicatrizes, para você não ter mais que esconder o rosto.

— Deixe seus truques para os de mente fraca — Destino disse, afastando-a com um empurrão. — Eu posso imaginar o preço que você exigiria por tal presente. Agora, vá se preparar, como ordenei. Vou precisar de seus poderes na batalha que está por vir.

Ele se afastou.

– Por favor, sou uma asgardiana... uma deusa para aqueles como você! – Amora choramingou. – Pode imaginar como alguém como eu se sente diante da possibilidade de... morrer?

Destino ficou em silêncio durante um intervalo de tempo calculado, e então disse:

– Terminou?

– Vai se arrepender disso, mortal – ela ameaçou imperiosamente, levantando-se depois de uma pausa.

– Vá embora, Encantor.

– Muito bem, seu demente. Você fez sua escolha.

Encantor abriu os braços e murmurou um feitiço, desaparecendo em seguida em uma onda de energia mágica.

– Demente? É aí que você se engana – Destino disse em voz alta. – Não é demência um homem de minha genialidade ambicionar um objetivo aparentemente inalcançável. Ter ambição pelo que está eternamente fora do alcance me mantém ileso da demência.

Ele não se surpreenderia se visse Amora reaparecer para tentar um novo golpe, na tentativa de seduzi-lo, mas ela não fez isso. *Céus*, ele pensou. Ele não temia a morte. Muito menos os ardis de Encantor.

26

REED RICHARDS se encontrava na incomum posição de não se considerar capaz de inventar algo ou de pensar na saída para um problema. O Q.G. da equipe havia sido destruído, levando-os a buscar refúgio em um vilarejo habitado por alienígenas de uma civilização pré-industrial. E Galactus havia trazido sua nave para o Mundo de Batalha, provavelmente para preparar a destruição daquele planeta improvisado. Reed deu o máximo de si para resolver os muitos problemas que enfrentavam. E conversou com os outros a respeito do mais imediato: impedir que Galactus devorasse o Mundo de Batalha. Todas as suas ideias eram impraticáveis, ou quase insanas.

Ele se ateve ao óbvio.

– Certa vez eu salvei a vida de Galactus – Reed disse. – Talvez ele me ouça.

– Ouvir você? Planeja simplesmente ir até ele e conversar sobre o clima? – perguntou Capitão América.

– O problema é o tamanho. Mas eu posso me esticar até ele em vez de andar.

– Isso é... – A voz de Cap sumiu.

– Suicídio? – Reed concluiu. – Acho que não. Galactus não é violento deliberadamente. O mais provável é ele me ignorar completamente. Há uma pequena possibilidade de que ele se digne a conversar. Ou...

– De ele matá-lo antes de você terminar de dizer seu nome – Cap finalizou.

– Há uma pequena possibilidade de que ele me mate, sim. O que ele também fará enquanto estiver drenando as energias do Mundo de Batalha.

– Se for esse o plano dele – Johnny Storm disse. – Quer dizer, geralmente esse é o plano dele... mas nada aqui parece acontecer conforme o esperado, então, quem pode saber?

– Exatamente, Johnny – Reed disse. – Tentarei descobrir.

Alguns minutos depois, ele se esticou para cima, mais alto, alto e alto. Reed não tinha muita certeza do quanto conseguia se esticar sem perder a integridade. Ele sabia que era muito, mas já estava forçando seus limites quando seu rosto finalmente se nivelou com os olhos de Galactus. Ele começou a falar.

– Galactus, ouça – Reed disse. – Acho que sei o que você está planejando, e é loucura. Não vai funcionar, além de garantir a sua morte... e a de todos nós. Você precisa saber. Mas há outro jeito. Você é a nossa única esperança. Você e aquela nave podem se aproximar de Beyonder. Se pudermos fazer isso, se você puder fazer isso, talvez consigamos pôr um fim nessa insanidade.

Galactus não deu sinal de ter escutado Reed, mas algo aparentemente chamara sua atenção. Ele manteve momentaneamente o olhar distante, fixo em algo que estava muito longe para que Reed pudesse enxergar, e Reed sentiu o eco de um poderoso raio psiônico. Piscou ao sentir o impacto em sua mente, apenas o raspão de um poder que poderia tê-lo aniquilado caso ele fosse o alvo. *Uma reação*, ele pensou. *Uma reação hostil, mas direcionada a mim*. Ele se perguntou brevemente quem possuía tal poder. Só podia ser Xavier. Destino estava ocupado com outras coisas, e a reação psiônica de Galactus sugeria que a distração inicial havia sido de natureza telepática. Novamente, aquilo apontava para Xavier. Ele e Magneto deviam estar executando seu próprio modo de abordar Galactus.

Reed sabia que os X-Men eram capazes de tomar conta de si mesmos, e já haviam deixado isso bem claro, mas mesmo assim se preocupava com eles. A reação de Galactus foi potente, e Reed não fazia ideia da quantidade de tensão psiônica com que Xavier podia lidar. E, cedo ou tarde, os X-Men seriam necessários. Para sobreviver a Destino, desconsiderando Beyonder, eles tinham de ficar juntos. Aquela era também a mensagem que ele tinha de transmitir a Galactus... naquele momento, antes que ele ficasse completamente absorto em seu trabalho novamente. Talvez Reed pudesse fazer a intrusão de Xavier trabalhar em seu favor.

– Galactus! – gritou.

Galactus olhou bem nos olhos de Reed. Não havia ali nenhum sinal de reconhecimento ou de que o gigante o notara.

Um momento depois, um pulso telecinético o lançou violentamente contra a superfície.

Ele caiu pesadamente no centro do vilarejo, mas seu corpo elástico absorveu o impacto.

– Opa – disse Homem-Aranha. – O que aconteceu?

– Algo distante perturbou Galactus – disse Reed. – Quando ele respondeu a tal coisa, também me notou. Você viu o desfecho.

– Bem, pelo menos você tentou – Espectro disse. Ela, Homem de Ferro e Gavião Arqueiro estavam olhando para Galactus, que voltara a ficar imóvel. – Nenhum mal foi feito.

Reed rapidamente voltou à forma normal, sentindo os membros e o torso retornarem a seu estado natural. Mesmo depois de todos aqueles anos se esticando de todas as maneiras imagináveis, preferia sua forma regular de humano. Ele se levantou, sacudindo-se como um cachorro saindo da chuva.

– Você não entende. Agora ele sabe que estamos aqui. Ele nos vê como pestes na superfície de um planeta que provavelmente pretende consumir.

– E o que ele vai fazer? Colocar um gato para nos caçar? – Gavião Arqueiro brincou.

– Bem... – Reed começou a dizer, mas então um raio de luz lampejou da nave de Galactus e seguiu direto para o vilarejo, caindo com uma explosão exatamente no lugar onde Reed estivera um segundo antes.

A breve explosão durou apenas um segundo, e, quando desapareceu, um monstruoso robô estava em pé sobre o pavimento da praça central. Tinha quatro vezes o tamanho de um humano, três dedos em cada pé e usava uma armadura brilhante. A cabeça – se é que se pode chamá-la assim – estava coberta por um capacete oval com uma barbatana no topo.

O robô se agachou, suas mãos em forma de garras estendidas para trás, como se estivesse se preparando para atacar.

– Ali está o gato – apontou Hulk. – Ou qualquer que seja a criatura que Galactus usa para controlar as pragas.

– Não fique aí parado falando, Hulk, amigão – Coisa disse. – É hora da ação!

BRAAK! O robô atingiu Hulk antes que ele pudesse seguir a sugestão, lançando-o para o outro lado da praça.

– Acho que estamos com problemas – Gavião Arqueiro disse, disparando em seguida uma série de flechas. Entretanto, todas ricocheteavam na blindagem do robô.

A criatura afastou Homem de Ferro com um tapa e continuou esmurrando Hulk com o outro braço.

– Para trás – gritou Tocha Humana. – Me deem espaço para aplicar uma rajada nele!

– *ARRHHH!* – Mulher-Hulk gritou, lutando para se desvencilhar do robô, que a esmagava com a garra. Homem-Aranha se lançou em auxílio, pousando sobre o dedão do robô.

– Meu sentido aranha está indo à loucura, caras! – Homem-Aranha gritou.

Nesse momento, a boca do robô se abriu com um estalo e borrifou algo denso e pegajoso neles, cobrindo a maior parte da equipe. Todos caíram, aderidos temporariamente à substância. Apenas Capitão América, Coisa e Tocha Humana ainda estavam em pé.

O Coisa saltou atrás do robô e segurou um de seus braços, dando-lhe uma chave de braço.

– Espero que não tenham ensinado movimentos de luta livre na Academia de Robôs de Galactus – grunhiu Ben, torcendo um pouco mais.

Logo se ouviu um estalo e um guincho metálico.

Pelo outro lado, Capitão América viu a oportunidade e disparou seu escudo, que atingiu a criatura bem na cara, deixando um amassado no lado esquerdo da cabeça. Sua boca ficou parcialmente aberta, com gel paralisante vazando pelo queixo. O escudo do Capitão ficou preso no encaixe de um dos olhos do robô.

— Abram espaço — disse Johnny. Ele se aproximou voando, parou no ar e despejou toda a sua energia em uma flamejante rajada de plasma direcionada diretamente para a boca do robô. A explosão soltou o escudo do Capitão. E então outra explosão, desta vez mais intensa, soou dentro do torso do robô. Ele cambaleou para trás e caiu, quase esmagando o Coisa. Quando o robô atingiu o chão, não se levantou mais.

— Cuidado aí — advertiu Coisa.

Tocha Humana pousou ao lado dele.

— Aposto que Galactus não está acostumado com gente tratando seus brinquedinhos desse jeito — disse.

Capitão América olhou ao redor, e então ergueu os olhos até a nave de Galactus. Nenhum outro mensageiro parecia estar vindo naquela direção.

— Atualizando — ele disse. — Todo mundo está bem?

A gosma havia derretido, e a equipe já podia se mover novamente. Thor, Espectro e os outros foram se levantando um a um. Todos pareciam ter saído ilesos. Então Homem-Aranha inclinou a cabeça e disse:

— Caras? Meu sentido aranha ainda está formigando. Tem alguma coisa...

— Olhem! — Gavião Arqueiro apontou para a outra extremidade do vilarejo.

Correndo pelo caminho que levava até a vila de Zsaji vinham todas as forças de Destino. A maioria estava a pé, mas Doutor Octopus, Bate-Estaca e Aríete vinham sobre um canhão móvel que chegava a ser maior do que aquele que Hulk destruíra na primeira batalha. Uma enorme arma embutida na parte inferior do canhão permitia que os vilões fustigassem a área com disparos indiscriminados. Os aldeões fugiam desesperados enquanto os heróis buscavam abrigo, com exceção de Rhodes, protegido na armadura do Homem de Ferro, que avançou disparando os repulsores. Ele conseguiu retardar o avanço dos inimigos por apenas um curto espaço de tempo, para que os cansados heróis pudessem encontrar proteção.

– Retroceder! – Capitão América gritou. – Atrase-os!

Reed concordou. Se pudessem sobreviver à onda inicial, concluiu que a equipe de Destino faria o mesmo que fizeram da última vez – estenderiam a luta até o limite, deixando abertura para o contra-ataque.

Doutor Octopus saltou para a dianteira da equipe de Destino, apontando um de seus tentáculos para Capitão América.

– Acabem primeiro com o líder fantasiado de bandeira! – ele gritou.

Capitão América se escondeu atrás de uma rocha enquanto os vilões abriam fogo impiedosamente. As balas destruíam a pedra, e o restante da equipe se juntou ao Capitão.

Os raios de energia de Ultron se misturaram aos lampejos de plasma disparados por um novo membro da equipe, estilhaçando o esconderijo rochoso em uma única explosão. Reed não a reconheceu, mas Cap lhe dissera que havia duas novas mulheres entre as forças dos vilões. Reed não teve tempo de pensar em como elas haviam chegado ao Mundo de Batalha, ou em como seus poderes haviam se manifestado. *Como Destino estaria recrutando? Havia encontrado um modo de construir humanoides ou teria colocado a tecnologia alienígena do Mundo de Batalha para trabalhar de algum outro modo mais nefasto?*

Muito em breve, aquilo não importaria. Estavam cansados e expostos, e a equipe de Destino se aproximava com toda a força.

E então uma voz de comando soou atrás do exército de Destino.

– X-Men! Ataquem!

O reforço havia chegado! Os X-Men atacaram as forças de Destino pela retaguarda. *BAMF!* Noturno se teleportou para o meio do combate assim que Xavier emitiu sua ordem e arrancou Encantor do chão no momento em que ela lançava um feitiço. Wolverine golpeou Ultron. As garras de adamantium agrediam a armadura de adamantium, formando uma chuva de faíscas guinchantes. A outra adição às forças de Destino, uma escultural mulher vestida de vermelho, arremessou uma das cabanas da vila para o alto, tentando acertar Vampira, que a interceptou com um vigoroso soco voador. *KABUM!* Uma chuva de destroços caiu sobre o campo de batalha.

Reed avistou Colossus em toda a sua fúria, segurando Bate-Estaca no ar com uma mão enquanto entortava um dos tentáculos de Octavius com a outra. Colossus girou várias vezes o Doutor Octopus, atingindo Maça e Aríete.

– Vocês estão me impedindo de voltar para casa, para Katya! – ele berrou. – Chega!

Reed compreendia. Ele sentia falta de Sue e Franklin desesperadamente, assim como Colossus devia sentir falta de sua amada Kitty Pryde. Se Reed acreditasse que lutar como um maníaco pudesse levá-lo de volta para casa mais rapidamente, tomaria parte na batalha ao lado de Colossus. Mas Reed lutava de um modo diferente, sabendo que sua força física não era páreo para aqueles como Colossus ou Hulk.

Tempestade, pairando nos ventos bem acima do campo de batalha, reunia trovões e evocava raios para atingir as forças de Destino. Eles caíram, mas Colossus ainda estava entre eles. Destruidor se levantou atrás dele e aplicou-lhe um golpe com o pé-de-cabra nas costelas. Até mesmo a forma mutante de aço orgânico de Colossus não era imune àquele nível de força. Peter Rasputin gritou e caiu com um estrondo. Destruidor o acertou novamente, e mais uma vez, antes que Ciclope derrubasse a maior parte das forças de Destino com um disparo de raio óptico, forçando-os a recuar.

– Eles lutam como se estivessem possuídos – Encantor gritou, engolfando o grupo em uma barreira invisível. – O dia é deles!

As forças de Destino desapareceram com uma lufada de fumaça, levadas pela magia asgardiana de Encantor. A calmaria que se seguiu à desaparição dos inimigos foi curta. Reed viu Xavier e Magneto parados lado a lado. *Então*, ele pensou, *Magneto ficou do nosso lado... de certo modo*. Os exaustos heróis se reuniram, com exceção de Colossus, que jazia imóvel onde Destruidor o derrubara. Reed estava prestes a cumprimentar Xavier e agradecê-lo por sua oportuna intervenção, quando todos os X-Men voltaram para sua nave. Sem dizer nada ou olhar para trás; sequer levaram Colossus com eles. Um segundo depois, a nave se foi para além das montanhas. *Qual será o jogo de Xavier?* Reed se perguntou. Não havia como saber.

Homem-Aranha estava cambaleando, e só conseguia ficar em pé com a ajuda de Gavião Arqueiro. Os aldeões emergiram dos escombros de suas casas para ver a destruição. Zsaji correu para os braços de Johnny, mas Rhodes gritou para Tocha Humana:

— Ei, figurão. Traga sua namorada aqui para ajudar Colossus. Ele está muito mal, cara.

Colossus gemia, fazendo esforço para se levantar. Tinha voltado à forma humana e suas feridas profundas sangravam livremente pelas costas e lateral do corpo. Em alguns lugares, os ossos estavam aparentes. Zsaji foi até ele, mas Reed podia ver que Peter não estava em plena posse de suas faculdades mentais, pois tentou lutar quando Zsaji se ajoelhou junto a ele. Ela se afastou com medo.

— Calma, cara — Rhodes disse. — Ela está tentando ajudar.

Então Zsaji foi até o Homem-Aranha. A um toque seu, ele soltou um longo suspiro.

— Ahhh — ele disse. — Pode fazer isso para sempre. Acho que vou sair e me machucar de novo, só para que você me cure mais um pouco.

Rhodes ainda estava tentando acalmar Colossus.

— Lá vem ela de novo — disse, ao ver que Zsaji já havia terminado de cuidar de Homem-Aranha. — Ela só vai tocar em você. Você viu o quanto o Aranha gostou disso. Vai ficar tudo bem.

Zsaji se ajoelhou novamente ao lado de Colossus, e dessa vez ele não resistiu.

Reed estava parado ao lado de Capitão América, olhando para Galactus.

O que viam era perturbador. Galactus estava agora se movendo, construindo algo no topo da montanha com peças de maquinário que pareciam surgir do nada.

— Isso não é bom, Cap — comentou Reed. — Galactus vai demorar um pouco para montar aquela máquina, mas não dá para dizer o quanto.

— O que ele vai fazer quando estiver pronta? — Cap perguntou.

– Presumo que planeje consumir este planeta.
– E assim ganhar o jogo de Beyonder?
Reed tinha uma ideia um pouco diferente.
– Duvido até mesmo que ele tenha entrado no jogo de Beyonder, Steve. Galactus tem alguma outra coisa em mente. Se ele quisesse apenas nos destruir, poderia tê-lo feito em qualquer momento.
– Isso deveria fazer eu me sentir melhor? – Cap olhou ao redor. – E outra coisa. Onde está Destino? Ele enviou seu pequeno exército, mas não estava por perto para observar o espetáculo.
– Outra coisa que não sei – Reed disse. – Mas se você quer um palpite, eu diria que ele provavelmente também não entrou no jogo de Beyonder. Se tem uma coisa que sei sobre Victor von Doom, é que ele cria as próprias regras, e só entra em jogos de alto risco. – Reed olhou para o Capitão América por um segundo. – Talvez a gente dê sorte. Quem sabe Galactus e Destino derrotem o Beyonder, e destruam um ao outro enquanto fazem isso – Cap disse. – E então poderemos voltar para casa.
– Isso seria bem conveniente, não é? – Reed disse. – Mas não acho que vamos sair dessa tão facilmente.

••••

Destino esperou até que seu pequeno exército encontrasse os tais heróis na batalha. Permaneceu na nave, observando Galactus. *Ali.* Enquanto Tempestade reunia o poder dos elementos, aquele aumento de energia chamou a atenção de Galactus por um rápido segundo, mas aquilo era tudo de que Destino precisava. Ele pressionou um botão e, em menos de um segundo, sua nave cruzou velozmente os milhões de quilômetros que separavam o Mundo de Batalha do veículo de Galactus, energizada por um motor de tachion que deformou o espaço-tempo ali em volta. Em essência, ele a lançou até o casco externo da nave de Galactus. Havia descoberto aquela nave dentro da Base Destino, e foi preciso muito trabalho até entender seu funcionamento. E, uma vez que conseguiu, Destino soube que havia encontrado a ferramenta perfeita com a qual iniciaria a execução da fase final de seu plano.

E agora estava acontecendo. Ele estava dentro e não havia sido detectado, caso contrário Galactus simplesmente o teria apagado da existência se notasse sua infiltração. Destino saiu da nave e pisou num espaço cujas dimensões deixaram até mesmo sua mente avançada – tão fincada no inimaginável – completamente perdida. A nave tinha centenas de quilômetros de largura e centenas de quilômetros de altura, e de suas paredes brotavam milhões de máquinas e instrumentos cujas funções ele mal poderia supor. Um homem comum certamente ficaria louco ou, no mínimo, fugiria. No entanto, um homem comum jamais teria embarcado em uma busca tão grandiosa.

Mas Destino estava ali em busca de respostas. Ele, um pequeno grão de matéria orgânica dentro de uma imensidade mecânica que não se parecia com nada que qualquer humano já tivesse visto, iria dominar as ferramentas à mão. Ele entenderia o funcionamento daquelas máquinas e daquela nave, e transformaria essa compreensão em uma arma para confrontar e subjugar primeiramente Galactus e, em seguida, o próprio Beyonder. Os segredos deles seriam seus, bem como seus poderes.

E então Destino não precisaria mais de respostas, porque o próprio universo se curvaria ante sua vontade.

27

COLOSSUS JAZIA EM UMA MACA na cabana de Zsaji. Homem-Aranha, autodeclarando-se em boa forma, já havia se reunido à equipe. O russo já estava bem fisicamente, mas ainda não estava preparado para voltar aos... como deveria chamá-los? Não eram os X-Men, seus verdadeiros compatriotas. Fora abandonado no campo de batalha por aqueles em quem confiaria até o fim. Os outros o tinham ajudado, pedido a Zsaji que o curasse, e ficaram do lado dele. Tinham feito algo que Xavier e os X-Men não fizeram. Peter Rasputin sabia que devia haver uma boa razão para Xavier agir dessa maneira, mas o fato ainda o magoava. Ele não seria importante o suficiente, a ponto de a equipe se arriscar para mantê-lo em segurança? Mantê-lo vivo? Xavier poderia ter entrado em contato telepaticamente e explicado.

Rasputin sempre fora leal a eles. Era muito difícil constatar agora que sua lealdade não era recíproca. E ele também estava em conflito com algo mais íntimo. Desde que chegara ao Mundo de Batalha, Peter olhara para cada possível ação sua com uma única prioridade em mente: voltar para a Terra, e para Kitty Pryde. Sua Katya não estava ali, embora seu dragão Lockheed estivesse. No entanto, onde Lockheed se enfiara? Peter não o via havia algum tempo. Mas não podia desperdiçar energia emocional se preocupando com Lockheed naquele momento. Em vez disso, se via em um dilema que nunca imaginara. O toque de Zsaji não o havia curado apenas fisicamente, sentia um reconforto emocional. Ele achou a alienígena muito bela. Fazia muitos anos que não parava para considerar a beleza de uma mulher, desde que ele e Katya se apaixonaram e trocaram juras de amor eterno. O toque curador de Zsaji o deixou desejoso, como se ela houvesse preenchido um vazio que havia nele.

A cortina que cobria a entrada da cabana se abriu e Peter se virou na maca, esperando ver Zsaji. Era Johnny Storm, que entrava ali com cautela. Ele olhou por sobre o ombro, para se certificar de que ninguém o observava, e fechou a cortina.

— Então, Colossus, precisamos esclarecer algumas coisas — ele disse.

— E o que seria?

— Zsaji — Johnny disse. — Percebo como você a tem observado desde que ela o curou, Vermelhão. Desculpe se também ficou caidinho por ela, mas Zsaji já tem dono.

Peter desconsiderou o adjetivo comunista, mas teve menos boa vontade em ignorar o aviso a respeito de Zsaji. Sentou-se, colocando os pés no chão, surpreso com o quão se sentia forte tão pouco tempo depois da surra que tomara de Destruidor.

— Ela está dizendo isso, ou é você que está? — perguntou.

— Eu estou — Johnny disse. — Fique longe dela.

— Isso não deveria ser uma escolha da moça?

— Engraçado você falando de moças — Johnny disse, em tom irônico. — Você não tem uma em casa? O que Kitty vai pensar quando descobrir que você está de olho numa garota alienígena só porque ela colou seus ossos?

— É fácil pra você fazer essa pergunta — Peter disse. — Mas, talvez, considerando seu histórico com o sexo frágil, você não devesse julgar questões de fidelidade.

Peter sentiu cheiro de fumaça, e pequenas chamas surgiram nas pontas dos dedos de Johnny.

— Não se meta comigo, Colossus — ele ameaçou. — E não estamos falando do passado. Estamos falando do agora. Zsaji é educada demais para dizer, então estou dizendo por ela. Você a deixou constrangida... Diabos, você me deixou constrangido, e isso vai ser um problema.

Peter se levantou. Ele era muito mais alto do que Johnny. Na verdade, muito mais alto do que a maioria das pessoas, mas raramente se aproveitava de seu tamanho para intimidar os outros. Agora, no entanto, ele o fez. Deu um passo na direção de Johnny e disse:

– Não me ameace. Não questione meu amor por Katya. Não fale comigo novamente. E não comece uma briga comigo. Você vai perder, e vamos destruir ainda mais essa vila, colocando mais inocentes em risco.

Johnny deu um passo para trás.

– Você quer brincar, fortão, tudo bem – ele disse. – Eu sei como se sente em dar seu lance tarde demais. Mas entenda isto: é tarde demais.

Ele se virou e abriu a cortina. Quando a fechou atrás de si, Colossus ficou sozinho na cabana. Johnny saíra para se vangloriar de suas conquistas, sem dúvida. Era melhor assim. Peter havia perdido a confiança em sua habilidade de controlar a raiva naquele momento.

Tentou pensar em Katya, mas havia algo no Mundo de Batalha que interferia em sua mente. Todos eles sentiam a mesma coisa, e Xavier já havia sugerido que talvez o Beyonder os estivesse influenciando. E qual seria o fim, nenhum deles poderia imaginar. Quão longe iria a intenção de Beyonder de recompensar os sobreviventes se estivesse manipulando o jogo? Por que não escolher simplesmente um vencedor e fazer o que desejasse com os outros?

Peter não sabia, e não tinha paciência para perder tempo imaginando as razões de seres alienígenas com poderes de destruir galáxias inteiras por puro capricho.

O que podia fazer era ser sincero consigo mesmo. Podia tentar manter Peter Rasputin em vista, o homem que tinha vindo da Terra e que iria voltar para lá. Podia tentar manter em mente o que era importante, mesmo que o Mundo de Batalha o confundisse e o forçasse a questionar tudo a respeito de si mesmo.

Ele decidiu se concentrar apenas em Kitty Pryde. Ela seria seu ponto fixo, a estrela pela qual se orientaria até sua volta à Terra.

Permanecerei fiel à Katya, disse a si mesmo. E ficou repetindo isso até cair no sono. Mas, mesmo assim, sonhou o tempo todo com Zsaji.

JOHNNY STORM

A verdade era que ele tinha tudo: beleza, inteligência, carisma, além de ser um famoso super-herói que podia voar e disparar fogo. Não havia muito a ser feito para melhorar isso.

Pelo menos era assim que pensava até pisar no Mundo de Batalha e ver Zsaji. Havia algo nela... Era como se ela brilhasse, tivesse mais vida do que o mundo ao seu redor. Quando a curandeira alienígena falou com ele, não fez nenhuma diferença o que ela disse ou em que idioma falou. Simplesmente compreendeu. Eles se comunicavam quase que telepaticamente. Pela primeira vez em anos, Johnny Storm achou que realmente estava se apaixonando.

Por uma alienígena de outra galáxia com olhos de gato, que provavelmente não estaria viva depois das próximas 48 horas.

A não ser que ele a protegesse.

E era isso o que faria.

Era isso o que queria.

Era o desejo mais profundo de Johnny. Amor. Havia começado a sentir isso, e ninguém, nem Colossus, nem Galactus, nem mesmo Beyonder, ficaria em seu caminho agora.

28

JANET VAN DYNE ERA BOA EM MUITAS COISAS. Ela era esperta, divertida e tinha bom gosto para tecidos e tendências. E por acaso também tinha capacidade de voar, e seus pulsos bioelétricos eram poderosos o suficiente para incapacitar qualquer humano normal.

Mas em uma coisa ela nunca realmente foi boa: pilotar naves espaciais alienígenas. Ela achava que poderia dar conta, porque tudo que tinha de fazer era segurar o manche e mirar no hangar da base de Magneto, mas então as coisas se complicaram. Ela não sabia qual controle fazia o quê, e o tempo no Mundo de Batalha era uma mistura louca de microclimas. Em um minuto, o céu sobre o deserto estava claro e aberto, e no minuto seguinte havia pequenos tornados surgindo por entre os desfiladeiros, para logo depois ela quase ser levada por poderosas correntes de vento vindas das montanhas. Janet suportou o quanto pôde, mas sabia que não seria capaz de manter a nave no ar por muito tempo. E estava certa.

KRAKACHONG! A nave arremeteu. Janet tentou todos os controles, mas o veículo continuava em queda livre. Quando alcançou a água, bateu e quicou como uma pedra, antes de se enfiar num monte de terra e finalmente parar. No fim, ela teve sorte de cair em uma área nivelada de solo.

– Ah, não! Quebrei uma unha e minha manicure está a 37 trilhões de milhas de distância! Ah, mas hoje é o dia de folga dela mesmo – Janet ironizou.

Presa ao assento do piloto, ela instintivamente se reduziu ao tamanho de vespa para não se debater muito na cabine durante a queda. Agora já estava em seu tamanho normal e tentava descobrir como abrir a porta da nave. Nessas tentativas, enquanto pressionava pontos aleatórios em telas de toque, ela ligou algo que parecia um mapa holográfico. *Aquele ponto piscando no centro deve ser minha localização*, deduziu.

Janet tinha de encontrar os Vingadores e informá-los a respeito do plano de Magneto e a respeito dos X-Men, embora não estivesse certa sobre qual eram as intenções deles. Estaria tudo bem se Magneto quisesse ir atrás de Destino, mas ela sabia que ele não pararia por aí. Magneto havia se separado do restante deles porque não queria jogar conforme suas regras. Ela tinha certeza de que ele não se importaria se cada ser senciente no Mundo de Batalha morresse, contanto que isso significasse que ele continuaria no comando. Infelizmente, parecia que Xavier e os X-Men haviam decidido se juntar a ele. Mas será que tinham mesmo? Aquilo parecia muito estranho.

A nave havia caído perto do que parecia ser um pântano, e na outra extremidade havia algo que parecia a silhueta de uma cidade habitada por humanos. *Ok*, pensou Janet. É o lugar aonde devo ir. Cidades significam tecnologia e comunicação, pelo menos na Terra, e com sorte ela conseguiria descobrir como voltar até onde estavam os Vingadores. Ela saiu da nave, encolheu ao tamanho de vespa e seguiu rumo à cidade pela melhor direção que conseguiu averiguar.

A nave voara muito mais rápido do que suas asas conseguiriam, Janet teve de admitir algumas horas depois. Ela ainda estava avançando por sobre o imenso pântano, e a cidade a distância ainda não parecia muito perto. Estava ficando cansada. *Talvez fosse melhor ser uma Águia em vez de Vespa. Eu estaria mais preparada para migrações de longa distância*, ela pensou.

Janet mantinha-se atenta aos sons dos grandes predadores. Viu muitos animais pequenos parecidos com cobras e centenas de criaturas equivalentes a insetos com todas as cores do arco-íris. *ZAP!* Uma ou duas vezes, quando criaturas maiores se aproximavam, ela os alertava com um discreto desincentivo bioelétrico.

Ela estava tirando alguns segundos para descansar quando uma enorme pedra passou de raspão por sua cabeça e atingiu as águas rasas a alguns metros de distância. Janet apenas se esquivou da água que espirrou, e quando sua visão clareou, viu o Lagarto encurvado sobre uma rocha, encarando-a. Obviamente, tinha sido ele quem havia atirado a pedra. *Oh-Oh*, ela pensou. Ele era um genial pesquisador genético antes que seus experimentos com DNA reptiliano o transformassem em um instável homem-lagarto. E ele não estava ali para consertar sua unha, disso ela tinha certeza.

– Esssssse pântano é meu, Vessssspa! – Lagarto sibilou, destruindo o tronco de uma árvore para dar ênfase ao aviso.

No entanto, ele não a havia atingido com a pedra. Fora apenas um aviso.

– Tá certo, Lagarto – ela disse. – O pântano é seu. Só estou passando por aqui a caminho do Hotel. Pode me indicar onde fica? Tô brincando...

Então ela viu que Lagarto estava ferido. Havia sangue manchando seu jaleco, e arranhões visíveis em seu braço esquerdo. Janet se deu conta de que não havia visto Lagarto desde que os vilões os atacaram.

– Você esteve naquela primeira luta, não esteve? – ela perguntou.

Ele olhou para o próprio braço e disse:

– Rawrrr!

– Calma, calma – ela disse, tentando aparentar uma atitude materna. – Não vamos brigar. Se você quer o pântano, pode ficar com ele. Pelo que sei, nós deveríamos nos unir para derrotar o Beyonder. Deixe-me ajudá-lo, e depois a gente resolve as coisas, certo?

Lagarto não se moveu.

– Vamos lá. Tudo bem? – Janet estendeu a mão, encorajando-o a se aproximar.

Depois de um segundo, ele veio em sua direção.

Ela o levou até o pedaço de solo seco mais próximo que pôde encontrar.

– Os vilões não o deixaram ficar por muito tempo, não é? – ela perguntou. – Ou você percebeu quem são eles e partiu por conta própria?

– Idiotasss – Lagarto disse. – Vou ficar nesssste pântano até que todosssss elessss morram. Depoisss verei o que fazzzzer.

– É um tipo de abordagem – Janet disse. – Assim que fizermos um curativo nesse braço, vamos ver se pensamos em algo.

A mente de Vespa processava aceleradamente. Como ela percorreria toda a distância – quem sabe quanta? – entre onde estava e a base dos Vingadores? Será que chegaria a tempo, antes que Magneto, ou talvez até mesmo Xavier, fizesse algo que finalizaria irreversivelmente o jogo no Mundo de Batalha? Era nisso que precisava se concentrar, e não em alguns cortes no braço de Lagarto. Deveria ter saído voando e simplesmente o deixado sozinho ali.

Ela sabia disso, mas ele precisava dela, então ela fez os curativos e o acalmou. O Mundo de Batalha não a transformaria em uma selvagem. Os outros poderiam concordar em se tornar peões no jogo de Beyonder, mas Janet van Dyne não seria marionete de ninguém. Tinha de haver uma maneira melhor.

29

VICTOR VON DOOM NÃO SE APRESSOU, mas também não se demorou. Havia tecnologia demais na nave de Galactus para que ele tentasse compreender em apenas uma vida. Ele rapidamente se concentrou em algumas máquinas que pareciam ter sido desenvolvidas para emitir energia, pois, no plano que Destino tinha em mente, precisaria de mais energia do que qualquer humano já havia controlado na história da civilização. Um dos aparatos, um cilindro do tamanho de uma casa, atraiu sua curiosidade. Parecia ser controlado por um simples monitor quadrado. Os sensores de sua armadura haviam detectado um padrão de energia vibratória dentro das paredes do cilindro, como se sua estrutura molecular permitisse que fosse usado como uma espécie de bateria. As leituras no monitor rastreavam essa energia, e depois de um curto período de tentativa e erro, Destino apurou uma forma de prendê-la e concentrá-la.

Ele passou pela sequência de controles no monitor, considerando aquilo um experimento. Quaisquer que fossem os resultados, ele teria aprendido algo. Pelo tipo de mecanismo, ele raciocinou, aquela máquina tinha sido desenvolvida para moldar a energia vibratória. Mas moldar em quê? Uma arma? Uma espécie de bateria? Se fosse a primeira opção, ele poderia usá-la. Se fosse a segunda, serviria-lhe como fonte de energia para alguma outra arma ainda por descobrir na nave.

Destino deixou o processo final ajustado e ficou observando. O largo centro cilíndrico da máquina parecia contido por um campo de força. Uma coluna brilhante de luz surgiu ali dentro, e ao mesmo tempo a armadura de Destino registrou uma mudança na energia vibratória. Estava se autorreconfigurando.

Uma forma foi surgindo lentamente dentro do confinamento cilíndrico.

Quando a luz sumiu, Destino não conseguia explicar o que via diante de si.

Ali estava Ulysses Klaw, em seu uniforme vermelho e roxo, um homem que já fora composto inteiramente por ondas de som.

– Destino! Onde...?

– O que você está fazendo aqui? – Destino exigiu saber. – Como você conseguiu subir a bordo da nave de Galactus?

– Destino? – Klaw repetiu. – Destino, Destino, Destino... Lar! Lar!

Esse é realmente Klaw? Destino considerou a figura diante de si. Klaw havia sido um brilhante físico, mas essa criatura era um desequilibrado, gritando daquele jeito, como um lunático.

– Responda-me, idiota! – ordenou. – Como você chegou aqui?

– Destino! Destino! Estou vivo novamente?! – Klaw berrou, e o som de sua voz ressoou pela sala.

– Silêncio, Klaw – Destino ordenou. – Galactus pode ouvir.

– Ah, Galactus vai saber, vai saber, sim, ele já deve estar sabendo... mas, se ele soubesse, você não estaria aqui, Destino, já estaria morto. Ela me absorveu, ela... Eu estava lutando... Cristal!

Cristal? Destino conhecia a mutante que absorvia som e emitia luz. Ele já presenciara Klaw sendo derrotado por ela em uma luta. O homem tinha habilidade, embora lhe faltasse malícia, mas aquilo não explicava em nada a presença de Klaw em forma de espírito vibratório na nave de Galactus.

– Cristal? – ele perguntou. – O que tem ela?

– Ela... me matou! – Klaw lamuriou-se. – Me absorveu até não restar mais nada! Eu não era mais som, não era mais Klaw, eu era... energia! E então ela me disparou em Galactus. Não conseguiu machucá-lo, não muito, mas um pouco de mim restou. – Ele gesticulava freneticamente, e o prateado do emissor sônico que substituíra sua mão direita refletia luz. – Eu passei por sobre Galactus, através de Galactus,

e vazei para dentro das paredes dessa nave. Eu sobrevivi. Estou vivo!
– Klaw tinha os olhos fixos em Destino. – Lar! Lar!

– Não – Destino disse. – Aqui não é o seu lar. E você não vai para casa a não ser que Destino também vá.

Destino se afastou de Klaw a passos largos, mas ele o seguiu, encurvado e nervoso como se estivesse à espera de que Galactus aniquilasse os dois a qualquer momento.

Destino localizou um terminal de vigilância e acessou uma imagem de Galactus no planeta abaixo.

– Veja – Destino disse a Klaw –, Galactus está construindo uma máquina destruidora de mundos. Ele não vai reparar em nós enquanto sua atenção estiver completamente voltada a essa tarefa.

– Ah, mas quando ele finalizar, e ele vai fazer isso com certeza... – Klaw balbuciou. – Teremos que sair daqui!

– Ou podemos fazer a obra de Galactus atrasar um pouco – Destino riu, mudando a imagem na tela para uma transmissão ao vivo dos Vingadores. Eles ainda estavam no vilarejo alienígena. – Posso manipulá-los para que ataquem Galactus, mas estão cansados de lutar. Ele os esmagaria em segundos.

– Esmagar, ar, ar, esmagar – Klaw murmurou.

Destino mudou a transmissão novamente, desta vez a imagem era de Xavier e Magneto, planejando algo que Destino não sabia. A resiliência dos X-Men era bem conhecida, mas estavam em número reduzido. Além do mais, Xavier não seria obrigado a agir por alguma força externa, e a base deles não tinha a energia necessária. Não, os X-Men não seriam úteis para ele no momento.

Destino só se deu conta de que estava pensando alto quando Klaw ecoou:

– Energia, sim, energia, ia, ia.

– O melhor é usar meus próprios peões – Destino disse, focando o monitor para ver seus súditos retornando à Base Destino.

– Sem minha liderança, não são nada. Olhe para eles, Klaw. Voltam cambaleantes para o abrigo, destruídos pelos X-Men.

– Destruídos, idos, vencidos, perdidos – Klaw ecoou.

— Deve haver um meio de atrasar Galactus. Se eu não posso confrontá-lo diretamente, será necessário um método indireto. Sim. Se não podemos vencê-lo, juntemo-nos a ele... assim, o distraímos.

— Vencer — Klaw disse. — E nos juntar, ar, aaaah.

— Precisamente — Destino disse.

Klaw certamente tinha enlouquecido, mas, como muitos loucos, sua insanidade ocasionalmente mostrava sinais de lucidez.

— Tenho que ir lá fora — Klaw disse. — Ele logo vai notar, voar, berrar.

— Sim. Vá lá fora — Destino disse. Klaw ficou estático e fixou o olhar vidrado em Destino. — Você entregará minha mensagem. Sirva-me bem e terá parte da recompensa de Beyonder, recebendo gratificações que vão além dos seus mais selvagens sonhos! Falhe comigo, e eu o destruirei.

— Não pode me destruir! Sou feito de energia! Einstein disse que a energia não pode ser destruída! — Klaw gritou.

— Einstein não conheceu o Mundo de Batalha — disse Destino. — Nem Victor von Doom.

30

MINHAS PERNAS *ainda não estão fortes o suficiente para tanto esforço*, pensou Xavier, sozinho em seu quarto na fortaleza de Magneto. Nas áreas comuns, os X-Men trabalhavam incansavelmente para reparar os danos causados pela poderosa explosão de Galactus, mas Charles pouco podia ajudar no esforço de limpeza, além de avaliar os danos. Tinham sorte de estar vivos, ele sabia disso, mesmo tendo sido protegidos no último momento pelas bolhas de força magnética de Magneto. A tremulação momentânea do olhar de Galactus fora o suficiente para destruir a maior parte da base. Sua total atenção os teria aniquilado completamente.

Tinham sorte de Galactus estar tão absorto na construção de sua máquina devoradora de mundos, mas isso com certeza iria mudar quando ele a concluísse.

Ciclope apareceu na porta do quarto de Xavier.

– Bem, pelo menos o ataque de Galactus e nossa luta contra os comparsas de Destino não resultou em morte – Scott disse. – E os ferimentos são mínimos. Tivemos sorte. – Ficou em silêncio por um momento. – Com exceção de Peter.

– Sim – Xavier disse. – Eu me arrependo de tê-lo deixado para trás, mas não podíamos arriscar e permanecer ali. Os ferimentos de Colossus eram tão graves, que o mataríamos se o movêssemos. Vi na mente de Johnny Storm que havia um curandeiro no vilarejo. Peter será bem tratado.

Scott fez uma careta, e Xavier pôde sentir seu desconforto.

– Ter feito contato telepático com Galactus para descobrir seus planos não foi uma ideia muito boa, não é?

Xavier se irritou.

— Estou sempre disposto a ouvir, Scott. Mas, ao que parecia, apenas eu tinha um plano, e nós não tínhamos tempo para ficar parados. Quem sabe se você tivesse dado alguma sugestão...

— Se eu soubesse que você e Magneto iriam tentar conversar com Galactus, teria dito algo – Ciclope respondeu. – Mas você não tem sido muito transparente desde que chegamos aqui, Professor.

— Você nunca questionou minha liderança antes – Xavier replicou, num tom de voz mais irritado do que gostaria de demonstrar. – Você deixaria Galactus em paz para construir sua máquina e destruir este mundo?

— Meu ideal de plano é trabalharmos juntos – Ciclope disse. – Você nos afastou dos Vingadores e se aliou a Magneto, e em seguida foi cutucar Galactus. Onde estava todo o debate? A estratégia? Você talvez até tenha razões para fazer isso, mas certamente não mencionou a nenhum de nós o que tinha em mente.

— Estou correto nesse ponto, Scott – Xavier disse. – Tentar dissuadir Galactus era a atitude mais razoável, quer fosse bem-sucedida ou não, e agora o melhor plano é atacar Destino e impedir que ele avance. Se ele nos derrotar, ou derrotar os Vingadores, todos morreremos. Não há dúvidas.

— Talvez você esteja certo. Talvez não esteja – Ciclope disse. – De qualquer modo, você nos colocou numa posição infernal nos juntando a Magneto. E agora estamos perdidos nessas ruínas, e muito em breve você e Magneto vão ficar loucos para entrar em ação novamente... sem Colossus, já que o abandonou naquele vilarejo.

— Como uma célula independente do grupo de Capitão América, fomos extremamente eficazes. Devemos continuar fazendo nosso papel de uma "terceira força". Devemos manter distância... mesmo que isso signifique deixar Colossus para trás temporariamente – Xavier disse. – Você já pensou nisso?

— Já pensei em te perguntar o porquê de você poder andar. Já pensou em nos dizer o que sabe sobre isso?

– Não – Xavier respondeu, indiferente, e depois se manteve quieto.

Ciclope ficou ali parado, olhando para ele por um bom tempo, mas Xavier não fez qualquer esforço para exteriorizar seus pensamentos.

– Scott – Xavier disse depois de um tempo. – Devemos estar cientes dos caminhos do Mundo de Batalha, os quais, eu acredito, por conta da promessa de Beyonder, podem deformar nossos pensamentos. Nós, que somos as peças do jogo de Beyonder, teremos dificuldade para entender seu escopo.

– Você está sendo condescendente de novo, Professor – Scott protestou. – Seja enfático novamente.

– Estou pensando enquanto falo. Estou sentindo a pressão. É por isso que nos afastamos de Capitão América e Richards, cujos desejos podem entrar em conflito com os nossos, apesar de suas intenções. Agora acho que estou tendo uma noção mais clara de que...

Xavier não disse o que realmente queria dizer:

O Mundo de Batalha tem sua própria consciência, e seus desejos estão começando a se infiltrar em nossas mentes.

– Noção do quê? – Scott perguntou.

– Chega, Scott. Agora não. Por favor. Ajude os outros a examinar as ruínas e ver o que ainda podemos usar. – Xavier recostou-se na cadeira e fechou os olhos. – Em breve estarei com vocês.

Xavier ouviu a porta sendo fechada com cuidado após Scott sair. Ignorou sua irritação e deixou a consciência livre, passando de seus limites habituais. Ele conseguia sentir a consciência de quase todas as criaturas do Mundo de Batalha. Tocou as mentes de seus X-Men e então continuou. Eram os servos de Destino que o interessavam.

Quando os encontrou, percebeu que... havia mais do que ele sabia anteriormente. Ulysses Klaw estava ali. Quando e como isso havia acontecido?

Xavier rapidamente acessou a mente de Klaw, mas recuou ao constatar a confusão que imperava ali. A mente dele era um emaranhado louco de memórias inconstantes – Cristal? Galactus? Destino? – e ele levava uma mensagem de Destino... Xavier viu vulcões e ouviu Klaw papagueando algo que Destino havia dito, mas as palavras eram inteligíveis na caótica mente de Klaw. As outras transmitiam ceticismo, hostilidade e surpresa em medidas iguais, mas Xavier podia ver que não havia nelas a menor intenção de desafiar as ordens de Destino.

De onde viera Klaw? Qual era o objetivo de sua missão nos vulcões? Xavier investigou mais a fundo.

Ah! Mas ele forçou um pouco demais.

Pelos dentes de Fafnir! Como ousa, mortal?

Encantor. Ela o tinha bloqueado, e Xavier rapidamente voltou à consciência, novamente estava ali em seu quarto. Ele bloqueou a mente contra qualquer retaliação em potencial, mas não recebeu nenhuma.

Enquanto esperava, também considerava o que fazer em seguida. Seja qual fosse o plano de Destino, Xavier precisava saber mais sobre ele. E então poderia decidir se falaria sobre isso com Richards e Capitão América.

Atenção, ele disse telepaticamente aos X-Men. *Doutor Destino está enviando uma força-tarefa aos vulcões perto desta base. Ciclope, pegue uma nave e leve Wolverine e Vampira para observar... e podem atacá-los, caso seja necessário.*

Não sentiu a resposta de todos eles. Xavier sabia que deveria ser prudente no uso de seus poderes. No entanto, ele imediatamente notou a reação furiosa de Tempestade, que apareceu no quarto logo depois de a ordem ter sido emitida. Sua entrada foi triunfal, voando através da porta e girando para encará-lo depois que pousou. O impacto dela no chão foi simultâneo ao som de um trovão lá fora.

– Deseja falar comigo? – Xavier inquiriu em tom brando.

– Não – Tempestade disse. – Eu *vou* falar com você. Você parece ter se esquecido de que eu sou a líder dos X-Men, e não você ou Scott.

– Peço, por favor, que se acalme – Xavier disse. – Seu estado emocional está se refletindo no clima lá fora. Isso dificultará que a equipe leve a cabo a missão que acabei de lhes confiar.

– É exatamente esse o ponto. Com que autoridade você está lhes confiando missões? Por que não estou sendo consultada?

Xavier sentiu-se frustrado, principalmente porque aquela era a segunda vez no intervalo de uma hora que sua liderança e suas motivações eram questionadas. Seu tom endureceu.

– Porque aqui é o Mundo de Batalha, e as coisas são diferentes aqui – ele disse. – Se operarmos como na Terra, vamos morrer. E eu prefiro um fim diferente, por isso, seus sentimentos feridos, bem como os de Ciclope, são irrelevantes para mim, caso vocês continuem vivos para ter algum sentimento. Certamente você entende isso, certo?

– Entendo – Tempestade disse, mantendo-se firme em sua confiança. – Estamos lutando por nossas vidas. Talvez por todas as vidas nesta galáxia, ou neste universo. E você ainda está disposto a nos derrotar telepaticamente para que nos tornemos submissos e obedeçamos às suas ordens sem questionar. Talvez você deva reconsiderar suas prioridades, Professor Xavier.

Xavier levantou-se e ergueu os olhos, para que seu olhar ficasse nivelado ao dela.

– Não preciso de seus conselhos, Ororo. Apenas de sua obediência.

– E talvez você não tenha nem um nem outro – Tempestade bradou, erguendo-se do chão, e então se afastou, levada por um vento de sua própria criação.

31

SCOTT SUMMERS E CHARLES XAVIER nunca haviam conversado cara a cara sobre a liderança dos X-Men, e a preocupação de Scott era de que as coisas piorassem sem antes terem melhorado. Seja lá o que Xavier omitia deles, e por qual razão o fazia, o fato era que ele escondia algo que poderia gerar desconfiança na equipe. Tempestade estava nervosa, sentindo-se jogada para escanteio. Scott, pra ser sincero, sentia o mesmo, mas em relação tanto a Xavier quanto a Tempestade. Scott estava em um período sabático quando os X-Men foram arrancados da Terra, mas não podia deixar de retomar seu familiar papel de líder agora que estava de volta à equipe.

Aquele não era o jeito de sobreviver a uma luta pelo futuro do universo. Ele tinha certeza de que Xavier havia delegado aquela missão a ele por estar ciente de que havia feito um péssimo trabalho em manter a equipe unida. Scott ficou feliz pelo gesto, mas ficaria mais feliz se Xavier fosse mais claro a respeito do que tinha em mente. Era o suficiente para Scott desejar que houvesse outro telepata no time.

No entanto, não havia. Então Scott teria que jogar com as cartas que lhe foram dadas, e no momento essas cartas eram Vampira e Wolverine, e os dois estavam de olho no pessoal de Destino. Scott pilotou a pequena nave até o cume do vulcão, voando baixo para evitar as cinzas que escureciam o céu.

– Ali! – Vampira disse do assento do copiloto, apontando para a direita. Havia quatro figuras em uma nave ali perto.

– Vejo Doutor Octopus, Homem Molecular, Homem Absorvente e uma mulher musculosa que não sei quem é – Wolverine relatou.

– Eles ainda não nos viram – Vampira acrescentou. Scott mergulhou por trás de um afloramento para chegar o mais perto possível, e assim manter o elemento surpresa. – Mas eles são muitos. Com sorte, não haverá mais nenhum escondido na outra colina.

– Destino não enviaria uma força dessa magnitude, a não ser que fosse algo muito importante – Scott comentou. – Temos de detê-los, seja lá o que estão tentando fazer.

Ele pousou a nave, e desembarcaram assim que ela tocou o chão.

– Péssimas probabilidades, uma luta até a morte... gosto disso – Wolverine disse. – Vamos nessa.

– Ainda não, Wolverine – Scott gritou.

Logan saía do esconderijo e cruzava o espaço aberto em direção à equipe de Destino. *Tarde demais.*

– Dane-se, magrelo! – Wolverine rosnou, estendendo as garras.

A mulher foi a primeira a vê-lo e alertou o restante.

– Temos companhia!

Wolverine corria na direção de Homem Molecular. Era a decisão correta. Ele era o membro mais poderoso do grupo inimigo, e já havia provado que era ineficiente na batalha corpo a corpo. Mas Wolverine não chegaria nem perto dele.

– Esse baixinho peludo é um problema – a nova integrante, alta e loira, gritou para os companheiros.

Ela ergueu um rochedo do tamanho de uma empilhadeira e atingiu Logan no ar, no momento em que ele dava seu último salto para atacar Homem Molecular. Tanto o rochedo quanto Wolverine desapareceram em um cume próximo. O som do impacto de ambos indicava um desfecho fatal para qualquer um que não fosse dotado de um esqueleto de adamantium e fator de cura acelerado. Mesmo Logan não conseguiria se reerguer imediatamente depois de tal golpe.

– Bela jogada, Titânia! – gritou Homem Absorvente, com evidente surpresa na voz.

Scott acionou seu visor e liberou um raio óptico contra a equipe de Destino. A força da explosão lançou tanta rocha e criou tanta poeira que eles desapareceram de vista.

– Cerque-os, Vampira! – gritou. – Acerte o Homem Molecular primeiro! Rápido!

Ela voou tão rápido, que ele quase não conseguiu acompanhá-la. E quando a poeira baixou, Scott viu que Homem Molecular havia criado uma barreira para proteger a equipe de Destino. Agora a mulher – Titânia – saltava sobre ela para enfrentar Vampira no ar. Aplicando-lhe um soco devastador, lançou-a para trás de Scott. Vampira caiu pesadamente no chão, completamente imóvel.

BLAM! Scott nocauteou Titânia com outro disparo óptico, mas agora ele estava por conta própria. Homem Absorvente se colocou diante da equipe de Destino.

– Vá em frente, atire em mim – provocou. – Vou absorver seu poder e devolvê-lo imediatamente, só que mais intensamente!

Atrás dele, Homem Molecular observava.

– Somos todos nós contra ele – gritou. – Não há pressa. Não precisamos lutar, a não ser que...

Wolverine saltou de seu esconderijo atrás do Homem Molecular, com as garras estendidas e posicionadas para aplicar um golpe assassino.

– Wolverine, não! – Scott gritou, mas Logan não estava ouvindo.

O primeiro golpe o havia deixado com sede de sangue, e Homem Molecular estava prestes a sofrer as consequências disso. Só havia um modo de detê-lo. Modulando o máximo possível, Scott disparou um raio óptico para atingir o braço de Logan, que já executava o golpe. Suas garras, que teriam estripado Homem Molecular, ainda o atingiriam profundamente, mas Logan veio cambaleante e furioso, gritando um xingamento.

– *AAAIIGGH!* – Homem Molecular berrou, e então se curvou no chão, sangrando muito.

Doutor Octopus o recolheu imediatamente enquanto Titânia nocauteava Wolverine, que caiu de braços abertos no chão. Vampira gemeu e olhou ao redor, e então recobrou as forças para se reerguer e colocar-se de pé ao lado de Scott. Respirava com dificuldade, mas estava pronta para retomar a batalha.

– Agora chega – rosnou Homem Absorvente. – Vamos derrubar esses caras!

– Não! – Doutor Octopus disse. – Reece está muito machucado. Se ele sangrar até a morte enquanto estivermos aqui, Destino vai nos matar. Vamos levá-lo de volta à base.

Os três correram de volta para a nave, com Doutor Octopus carregando Homem Molecular. Scott os deixou ir, embora pudesse tê-los derrubado com outro disparo. Mas, se assim agisse, nada descobririam acerca das intenções dos vilões, e os X-Men não estavam ali para matar.

Bem, pelo menos dois deles não estavam. Extremamente furioso, Logan colocou-se novamente em pé e veio mancando na direção de Scott.

– Não entre no meu caminho quando eu estiver lutando – ameaçou, num tom de voz baixo e letal. – Nunca.

– Você não vai matar, Wolverine. Não enquanto estiver nesta equipe. Nem enquanto for um X-Man. Nunca! – Scott se manteve firme no lugar enquanto Logan se aproximava o suficiente para lhe aplicar um soco, se quisesse. – No minuto em que você matar alguém em nosso nome, não será mais um de nós. Terá se transformado no inimigo. Entendeu?

– Ah, entendi – Logan disse. – E me deixe dizer uma coisa, parceiro: se esse dia chegar, certifique-se de estar em outro lugar do mundo, porque você vai ser o primeiro que eu vou pegar.

– Rapazes? – o sotaque sulista de Vampira os interrompeu. – Por mais que eu adore ver homens brigando por motivos idiotas, devo dizer que acabamos de vencer.

Scott não olhou para ela. Ele não iria quebrar o contato visual com Logan. Ou lutariam, ou Logan teria de recuar. E, depois de alguns segundos, Logan recuou.

– Esta não é uma viagem de escoteiros, Summers – Logan disse. – Se quiser morrer por seus ideais, fique à vontade. Eu tô aqui pra vencer.

– Nós dois estamos aqui para vencer, Logan – Scott disse. – Todos nós.

– Poupe-me desse papo – Logan disse, respirando fundo e retraindo as garras.

– Terminaram? – Vampira perguntou. – Então talvez devêssemos dedicar um tempinho para pensar no motivo pelo qual o Homem Molecular estava aqui.

– Pois é – Logan disse. – Os outros só estavam servindo de guarda-costas para ele.

– Humm – Scott subiu na beirada da cratera vulcânica mais próxima. A equipe de Destino se dirigia para lá quando a chegada dos X-Men os distraiu. – O que seria um motivo razoável para enviar o Homem Molecular até um vulcão dormente? – perguntou, pensando alto. – Há apenas um, não é?

– O plano de Destino seria liberar o Vesúvio em nós? – Logan considerou.

– Pense mais amplamente – Scott disse. – Esse é o plano. Se ele quisesse vir atrás de nós, teria vindo. Em vez disso, enviou seu pessoal até aqui, um lugar bem distante de nossa base. A única coisa que se pode fazer com um vulcão adormecido é causar sua erupção. Então...

– O Homem Molecular iria ativar esses vulcões – Vampira concluiu para ele. – Mas por quê?

– Destino está de olho em Galactus – Scott disse. – Ele deve achar que, fazendo isso, vai afetá-lo de algum modo.

Scott pousou a ponta do dedo na lateral do visor e lançou um olhar para a equipe. Vampira assentiu, como se houvesse entendido, mas Wolverine apenas olhou feio para ele.

– Viemos até aqui só para fazer o que Destino iria fazer de qualquer modo – Wolverine rosnou. – E você ainda se pergunta por que questionam a sua liderança.

– É melhor vocês irem na frente – Scott disse. – Neste momento, o que precisamos é atrasar Destino. Corram.

Ele abriu o visor e queimou o solo da cratera com um raio violentíssimo, até que um jorro de lava se ergueu na direção da borda e o chão começou a tremer sob seus pés. Em seguida, ele se virou e correu também, alcançando Logan e Vampira quando chegaram à nave.

Intensos jorros de fogo surgiram por toda a cadeia de vulcões, de uma ponta à outra do horizonte.

– Uau – Vampira admirou-se. – A planície toda está explodindo também.

Scott olhou pela janela enquanto prendia o cinto de segurança do assento de piloto. Ela estava certa. Fissuras se abriam e se espalhavam, lançando lava e cinzas. Ciclope pôs a nave no ar no momento em que o solo derreteu, desaparecendo, e reverteu os motores para cima em força total. Até se verem livres, nenhum deles abriu a boca.

– Espero que tenha feito a coisa certa lá, magrelo – Wolverine disse.

Scott assentiu.

– Eu também.

32

JULIA CARPENTER tinha ido se deitar duas noites atrás olhando para as luzes de Denver, em seu apartamento na esquina da 13ª Avenida com a Rua Logan. Acordou na manhã seguinte e se encontrou olhando pela mesma janela, mas agora a vista dava para quilômetros de pântanos cercados por uma cadeia de montanhas a distância. Mas não as Rochosas, porque elas estavam na direção errada. Ela havia passado o dia anterior patrulhando o que aparentemente era parte do centro da cidade, desde o estádio de baseball até o Civic Center Park. O restante da cidade havia desaparecido, bem como o restante do Colorado e, pelo que ela pôde averiguar, o restante da Terra. Todo mundo estava tão confuso quanto ela, mas até aquele momento havia tido pouca violência, e suas patrulhas eram calmas. As autoridades pediam a todos que não entrassem em pânico, já que não havia eletricidade, e muito em breve a cidade também ficaria sem água. No momento, entretanto, a situação não era desesperadora. As pessoas estavam tentando ser otimistas e esperavam uma explicação.

Durante sua breve carreira como Mulher-Aranha, Julia já havia presenciado sua cota de coisas estranhas, mas essa merecia um prêmio. Ouvira rumores de que alguém vestido como Doutor Destino havia sido visto na companhia de duas mulheres na 16ª Street Mall. O que havia por trás disso? Certamente alguém ainda mais poderoso fora o responsável por mover Denver para dentro de um pântano. *Destino não poderia ter feito isso*, ela pensou. Julia tentara contatar sua colega de faculdade, Val Cooper, que trabalhava para o governo e a tinha ajudado com seus poderes de aranha, mas todas as linhas telefônicas haviam sido cortadas e os celulares estavam sem serviço.

Criaturas grandes, multicoloridas e com formatos esquisitos saíam do pântano e saltavam para cima e para baixo pela rua lá fora. Ela voltou para casa depois de ter certeza de que não havia ameaça direta, mas manteve o uniforme de Mulher-Aranha por baixo das roupas comuns, apenas por precaução. As pessoas estavam no limite. Como a única super-heroína de Denver, tinha de estar pronta para quando a confusão começasse. Ela tentou não se preocupar com sua falta de experiência. Tornara-se a Mulher-Aranha havia apenas algumas semanas, e nesse meio-tempo tinha capturado apenas dois assaltantes e um ladrão de lojas, além de ajudar um homem que havia trancado o carro com a chave dentro (*ops*).

Naquela manhã, ela abriu bem as cortinas, quem sabe o dia anterior tivesse sido apenas um fruto de sua imaginação, algum tipo de efeito colateral alucinógeno do soro que a transformara em Mulher-Aranha. *Não*, ela pensou consigo mesma enquanto olhava por sobre o pântano para as montanhas. *Aquelas certamente não são as Rochosas.* Porque as Rochosas não eram vulcões, pelo que ela sabia, e aquelas montanhas certamente eram. Uma fumaça densa dominava todo o céu naquela direção, e lava incandescente descia pelas encostas distantes.

Mais perto de onde estava, passando o limite do pântano, ela viu um rápido movimento. Uma árvore caiu com estrondo, e no espaço que ela abriu estava o Lagarto, com seu familiar jaleco branco, reconhecível mesmo a quilômetros de distância. Julia foi até a varanda e piscou algumas vezes. *Isso é real?* Como podia o Lagarto estar em um pântano perto de Denver? Mas então ela lembrou a si mesma o absurdo de Denver estar no meio de um pântano. Ela não sabia se Lagarto estava fazendo algo errado, mas com certeza precisava fazer-lhe algumas perguntas.

Então ela viu Lagarto virando-se para falar com outra pessoa que aparecera ao seu lado. Julia semicerrou os olhos, tentando melhorar a visão. A outra pessoa era uma mulher magra, de cabelos escuros, e parecia ser amiga de Lagarto. Mas ele não era um monstro?

Lagarto e a mulher saíram do seu campo de visão por um momento. Julia aproveitou a oportunidade para entrar e rapidamente tirar suas roupas civis, revelando o uniforme preto e branco de Mulher-Aranha, com botas na altura das coxas, luvas até os cotovelos e uma máscara que escondia a parte superior do rosto, mas permitia que seus cabelos fluíssem livres sem cair sobre seus olhos. Seria aquilo o tipo de coisa para a qual Val Cooper a havia preparado? Investigar a chegada de infames vilões a Denver. E talvez até mesmo descobrir por que havia um pântano no lugar onde, até dois dias atrás, havia um shopping.

Quando Julia se dirigiu novamente para a varanda, surpreendeu-se ao ver um enorme veículo atravessando o pântano. Era um tipo de trator gigante, vermelho brilhante e com uma caçamba dianteira de quase cinco metros de largura. Muito grande para ser um dos veículos de manutenção da cidade – de qualquer modo, aqueles eram amarelos. Mas, na atual conjuntura, nada mais parecia estranho. Ela se agachou na varanda para pegar impulso e então saltou até a árvore mais próxima, tentando se manter no alto. Precisava descobrir o que estava acontecendo, mas a densa vegetação bloqueava a maior parte da vista do chão.

E então um lampejo de luz e uma explosão estremeceram o pântano no último lugar em que vira o Lagarto e sua amiga. Ela se lançou no chão e saiu em disparada. Viu o enorme trator recuando, jogando lama e arrancando raízes enquanto abria caminho para longe da cidade. Julia se deu conta de que, se as árvores estavam bloqueando sua própria visão, seja lá quem estivesse guiando o trator provavelmente também não notara a cidade de Denver, e por isso apenas seguiu em frente, com Lagarto deitado sobre uma massa de lama na caçamba.

O que havia acontecido com a mulher? Julia se dirigiu ao pântano, atravessando com dificuldade os pontos mais baixos entre as pedras escorregadias e as estranhas árvores reunidas nos montes de terra seca. Depois de cinco minutos, ela encontrou o rastro do trator; um segundo depois, encontrou a amiga do Lagarto.

A mulher estava caída de lado, com as pernas na água e o torso encostado em uma pedra. O buraco que lhe atravessava as costas fez Julia ter certeza de que estava morta. Quando se aproximou, a mulher se moveu, ainda que muito sutilmente, e a investigação de Julia acabou se tornando um resgate. Deveria levá-la direto para o hospital? Haveria algum na parte remanescente de Denver? O que poderia fazer? Julia virou cuidadosamente a mulher ferida, para ver se era possível fazer uma massagem cardiorrespiratória, e então se surpreendeu.

A mulher que morria em seus braços era Janet van Dyne, a Vespa. A líder dos Vingadores.

Subitamente, a situação começou a fazer sentido, pelo menos de certa forma. O Lagarto. Doutor Destino. Vespa. Vulcões no lugar onde deveria haver shoppings. Algum tipo de catástrofe global estava em andamento, e os Vingadores estavam envolvidos, e alguém conduzindo um trator gigante estava tentando matá-los. E Julia, a Mulher-Aranha, cansada de capturar ladrões de lojas, estava prestes a ingressar nas ligas profissionais.

Mas primeiro tinha de salvar a vida de Vespa.

· · · ·

A Mulher-Aranha possuía força super-humana, então conseguiu levantar Vespa com facilidade, colocando-a sobre os ombros. Refazia seus passos até a saída do pântano quando viu um tipo de nave espacial com a frente enfiada na terra, e da nave vinham pegadas do tamanho dos pés de Janet van Dyne. Julia carregou Vespa até a nave, colocou-a gentilmente no chão e então passou um bom e frustrante tempo tentando descobrir como fazer a nave levantar voo. Nunca vira nada parecido com aquela tecnologia dos comandos de controle.

Por fim, conseguiu colocar a nave no ar. Quando um mapa holográfico se materializou, Julia descobriu que podia girá-lo para visualizar melhor os detalhes. Lá estava Denver; ali, os vulcões; ali, bem do outro lado dos vulcões, havia algo parecido com um vilarejo. Era a coisa mais parecida com uma cidade que ela podia ver a centenas de quilômetros. Tinha de ser o lugar onde os Vingadores estavam, porque ela tinha certeza de que não estavam em Denver.

A nave era veloz, e ela encontrou o vilarejo em menos de meia hora. E também avistou Galactus no alto de uma montanha, com uma enorme máquina em sua frente, concentrado em lentamente encaixar peças em seus lugares. Ele estava construindo alguma coisa. Julia ficou boquiaberta. Ela tinha ouvido falar sobre os encontros dele com o Quarteto Fantástico e com os Vingadores, mas nunca havia visto o Devorador de Mundos. Quantos heróis e vilões estariam ali, naquele lugar estanho? Felizmente, Galactus não percebeu Julia dando a volta na montanha para pousar no centro do vilarejo.

Ela esperava encontrar alguma evidência de uma civilização avançada com instalações médicas e, talvez, os próprios Vingadores. Mas nunca esperava ver o Quarteto Fantástico – e o Homem-Aranha, seu homônimo – saindo das pequenas e estranhas cabanas para recebê-la.

33

MESMO CONTRA O PLANO DE FUNDO da bizarra impossibilidade do Mundo de Batalha, ver a Mulher-Aranha aparecer subitamente no vilarejo foi uma surpresa para Steve. E mais chocante ainda foi perceber que ela estava carregando a Vespa, que claramente necessitava de atenção médica imediata.

– Encontre Zsaji – ele berrou para Gavião-Arqueiro enquanto corria ao encontro das recém-chegadas.

– Com certeza estou feliz de encontrá-los aqui – disse Mulher-Aranha. – Vespa precisa de ajuda. Ou, não sei, talvez...

– Nós vamos ajudá-la – Steve a interrompeu.

Ele não queria ouvir Mulher-Aranha dizer que Vespa estava morta, embora certamente fosse o caso. Os membros de Vespa pendiam moles, de um modo que Steve havia aprendido a reconhecer durante a guerra.

Ele carregou Vespa até a cabana de Zsaji e a deitou na cama que havia sido ocupada por Colossus. Zsaji inclinava-se sobre Vespa quando Mulher-Hulk irrompeu na cabana.

– Janet! – gritou, ajoelhando-se ao lado da maca. – Zsaji, você tem de ajudá-la!

Zsaji disse algo em seu idioma. Apesar de nenhum deles conhecer as palavras, todos reconheceram o tom: baixo e lamurioso, combinando com a expressão no rosto de Zsaji enquanto ela pousava as mãos sobre Janet van Dyne e nada acontecia.

– Não – Mulher-Hulk disse. – Ela não pode... – Então se virou para Mulher-Aranha. – O que aconteceu?

– Eu a encontrei assim em um pântano perto dos limites de Denver – disse.

– Denver? – Steve repetiu.

– Há um bom pedaço da cidade aqui – contou Mulher-Aranha. – Incluindo meu apartamento, que está bem na fronteira entre a cidade e o pântano. Vespa estava lá com Lagarto, e então uma espécie de tanque-escavadeira gigante veio para cima deles. Eles levaram Lagarto e a deixaram assim.

– Ela não pode estar morta – Mulher-Hulk repetiu. – Zsaji, por favor.

Zsaji, que até então estava de cabeça baixa, com os cabelos brancos caindo-lhe sobre os olhos, levantou-se e saiu da cabana sem dizer nada.

– Zsaji, você não pode sair assim! – Mulher-Hulk disse. – Por favor, você tem de ajudá-la!

Gavião-Arqueiro e Thor, que observavam da entrada, afastaram-se para deixar Zsaji passar. Thor deu um passo à frente e colocou-se ao lado de Mulher-Hulk.

– Não há mais como ajudá-la – ele disse. – Zsaji não teria se retirado se algo mais pudesse ser feito.

Cap pousou suavemente a mão sobre o ombro de Mulher-Hulk.

– Jen – ele disse. – Vamos lá para fora.

••••

Durante um tempo, ninguém disse nada. Os heróis se juntaram na praça do vilarejo, recebendo o pouco conforto que conseguiam na presença uns dos outros. Foi a Mulher-Hulk que quebrou o silêncio.

– Eles têm de pagar por isso – disse em tom vingativo.

– Quem? – Gavião Arqueiro perguntou. – Não sabemos quem fez isso.

– Não sabemos? Quem mais poderia ter sido? Quem mais poderia ter atirado nela e levado Lagarto? Foi o pessoal de Destino, nós sabemos disso! Por que estamos aqui parados? Somos os Vingadores, não somos? E um de nós precisa ser vingado!

Lágrimas surgiram nos olhos de Mulher-Hulk enquanto ela falava. Cap viu o grupo reagindo ao que ela dizia, assentindo e trocando olhares. Todos eles queriam ir atrás de Destino. Ele entendia aquela revolta, pois era o que também queria. Mas, em uma guerra, o lado que sai sedento por vingança geralmente acaba perdendo.

– Sim – Thor disse. – Não podemos deixar que a morte de Janet van Dyne fique sem resposta.

– Então vamos pegá-los! – disse o Coisa.

Antes que a situação saísse do controle, Steve se pronunciou:

– Não!

– O que você quer dizer com "não"? Janet está morta, Steve! – Mulher-Hulk o desafiou, pronta para a luta, apenas para fazer algo com a dor que a estava dilacerando. Ela e Vespa eram bastante próximas. – Magneto a sequestrou e os homens de Destino a mataram! Todos têm culpa! Precisamos fazer algo!

– Não temos tempo para vinganças, Jen – Steve disse. – Magneto agora está com os X-Men, mais ou menos do nosso lado. Podemos resolver isso mais tarde. Agora precisamos nos concentrar em Galactus, ou nenhum de nós vai viver o bastante para pensar em vingança.

Ele olhou ao redor, para cada um no grupo, e constatou que eles o estavam ouvindo, pelo menos naquele momento. Com exceção de Mulher-Hulk. Steve continuou:

– Também já perdi pessoas próximas. Todos nós perdemos. Todos nós amávamos Janet, mas, se fizermos algo para tentar ficar quites, e formos distraídos pelo exército de Destino, deixando Galactus operar aquela máquina, vamos morrer. Todos neste planeta vão morrer. Talvez todos neste universo. Precisamos nos concentrar na missão. Chegará o momento em que teremos de atacar Galactus imperiosamente, e precisamos estar prontos para isso. Sinto muito, Jen. Não há tempo para acertarmos as contas agora.

Mulher-Hulk não recuou, mas desviou o olhar.

– Então vamos acabar logo com isso – Hulk manifestou-se. – Vamos subir a montanha e derrubar Galactus agora mesmo.

– Isso soa como suicídio para mim – Espectro contrapôs. – Você viu o que aconteceu com Reed.

– Raciocinem – Steve disse. – Talvez Destino tenha feito isso com Janet para nos incitar a atacar Galactus. E então ele poderia aparecer e acabar conosco.

– De todo modo, é para isso que as coisas estão se encaminhando – disse Hulk. – Devemos fazer isso do nosso jeito.

– Essa é a questão. A única coisa que podemos fazer do nosso jeito é ignorar as provocações de Destino. Se formos atrás dele, estaremos entrando em seu jogo, porque ele está de olho em Galactus. Se formos atrás de Galactus antes que seja necessário, estaremos fazendo o jogo dele, nos desgastando em vão, enquanto Destino se preserva. – Steve olhou para cada um dos heróis, vendo vários graus de concordância e ressentimento. Então pousou os olhos em Mulher-Hulk. – Não podemos arriscar. Eu adoraria poder acabar com Destino com minhas próprias mãos, mas não podemos fazer isso. Ainda.

– Talvez você não possa – disse Mulher-Hulk. – Mas eu sim. E é o que vou fazer.

Ela se afastou do grupo a passos largos. Steve a deixou ir. Tentar contê-la naquele momento iniciaria uma briga com a qual ele não poderia lidar.

– Onde ela pensa que está indo? – Gavião Arqueiro perguntou.

– Deixe-a ir – Steve disse. – Ela precisa de um tempo. E nós precisamos manter os olhos em Galactus.

– E por falar nele – Homem-Aranha disse. – Eis um pequeno raio de sol. Parece que Galactus está dando um tempo na construção de seu Papa-Mundos.

Todos olharam para o topo da montanha e viram que Aranha tinha razão.

34

VULCANA SENTIU UM ARREPIO ESTRANHO E PROFUNDO quando os vulcões entraram em erupção, como se o Mundo de Batalha fosse parte dela, ou ela fosse parte dele. As forças se reverberando eram as mesmas que se enfureciam dentro de seu corpo. Ela observava os monitores de Destino registrando as erupções por toda a extensão entre a Base Destino e o distante fragmento de Denver. E então seu bom humor foi desmantelado quando Doutor Octopus avisou pelo rádio:

– Homem Molecular está seriamente ferido. O mutante Wolverine contornou nossas defesas – Octavius disse. – Estamos voltando a toda velocidade. Estejam preparados para administrar um tratamento de emergência, ou não teremos mais o Homem Molecular à nossa disposição.

Vulcana se voltou para Encantor, que era a única outra pessoa no centro de comando de Destino que, pelo que ela sabia, ainda estava a bordo da nave de Galactus. Klaw, que havia entregado as instruções de Destino, estava balbuciando em rimas no corredor lá fora.

A Gangue da Demolição estava em outro andar da base, provavelmente fazendo algo estúpido. Haviam trazido o Lagarto de volta e o colocado em uma câmara de estase até o líder voltar e decidir o que fazer com ele.

– Amora! – Vulcana disse. – Você ouviu! Owen está ferido! Temos de ir até onde ele está!

– Eles estão vindo até nós, mortal – Encantor disse. – Talvez seu brinquedinho não sobreviva. Isso pouco me importa.

– Mas importa muito pra mim! É só o que importa! – Vulcana caiu de joelhos. – Por favor! Você é a Encantor! Não poderia usar sua mágica para trazê-los até aqui? Ou ir até eles? Você pode ajudar!

– Certamente posso – Encantor disse. – Mas não desejo fazer isso.

– Mande-me até ele – Vulcana suplicou. – Farei o que você quiser. Qualquer coisa.

Encantor olhou para ela e sorriu.

– Qualquer coisa é uma proposta bastante exorbitante.

– Não ligo! Por favor!

– Vá, então – Encantor disse. – Mas me lembrarei de sua promessa.

Um portal envolveu Vulcana, e ela subitamente estava a bordo da nave. Doutor Octopus estava no comando, enquanto Titânia e Homem Absorvente se inclinavam sobre Owen. Ele estava tão pálido, parecendo tão vulnerável. Vulcana não poderia levá-lo dali.

Ela correu até ele.

– Owen!

– Como você chegou aqui? – Homem Absorvente exigiu saber.

– Fiz um acordo com Encantor. Ela me enviou. Ah, Owen. Estou aqui.

Ela se ajoelhou perto da cama onde Owen jazia, tocando-lhe o rosto.

– Garota, já vi você fazer coisas imbecis por causa de um homem – Titânia comentou –, mas desta vez você se superou. Fez um acordo com Encantor? O que pretende dar a ela em troca?

– Cale-se, Skeeter. Isso não importa – Vulcana disse.

– Ah, bem, vamos ver – disse Homem Absorvente rindo.

E então a nave entrou em uma zona de turbulência, e Doutor Octopus gritou:

– Quem estiver aí atrás, é melhor apertar os cintos! Estamos sob ataque!

35

NENHUM PLANO SOBREVIVE AO CONTATO COM O INIMIGO. Um ditado antigo. Mas, pela experiência de Logan, nenhum plano sobrevive se for contado a outro ser humano, porque então todos querem meter o bedelho. Agir sozinho seria mais fácil. Não seria preciso lidar com Scott "Coração Mole" Summers atingindo-o no braço com um raio óptico no momento em que estivesse prestes a resolver de uma vez por todas o problema chamado Homem Molecular. Ou estar a meio caminho de casa e de repente receber um aviso telepático de Xavier informando que estava prestes a interceptar a nave dos vilões e por isso queria que se juntassem a ele.

– Por que simplesmente não resolvemos as coisas em terra? – Logan resmungou enquanto Scott manobrava a nave.

A nave de Xavier vinha de outro ângulo, para posicionar o pessoal de Destino entre eles.

– Chega de reclamações, Logan – Vampira disse. – Se você quer ser um X-Man, siga as regras do Professor. Ainda não aprendeu isso?

– Eu aprendi, tá certo – Logan resignou-se. – É por isso que não passo muito tempo com Xavier.

– Encontrei – Scott disse.

Logan olhou pela janela novamente e viu a nave alvo voando próxima ao chão. Em chamas, ia deixando um rastro de fumaça.

– Legal – disse. – Acabe com eles e vamos pra casa.

– A nave de Xavier está pousando – Scott informou. – Isso significa que faremos o mesmo. Preparem-se.

Logan saltou da nave antes que tocasse o chão, e saiu em disparada. Magneto, Noturno, Tempestade e Xavier, que estavam saindo da outra nave, cercaram Homem Absorvente, Doutor Octopus e Titânia, os três que ainda eram uma ameaça. Sete contra três. Melhores chances do que da última vez.

Não, quatro. Outra mulher, aquela que se transformava em fogo, colocava o Homem Molecular no chão, perto da nave de Destino. *Ainda são chances consideráveis*, Logan pensou. E ele pretendia melhorá-las, pois Scott ainda estava pousando a nave, e não podia entrar em seu caminho.

Homem Absorvente encostou a mão em um rochedo. A coloração da pedra espalhou-se por seu corpo, e ele foi assumindo sua rigidez e força.

– Eles nos forçaram a isso – Doutor Octopus anunciou exasperado. – Parece que vamos ter que matá-los para acabar com esse aborrecimento. Titânia? Creel? Vulcana?

– Esta é a primeira vez hoje que você diz algo que faz algum sentido – Creel disse.

A mulher que havia carregado o Homem Molecular... Vulcana, aparentemente... produziu a versão "incendiar" de Johnny Storm, embora fosse algo mais parecido com "plasmar", e olhou diretamente para Logan.

– Você fez aquilo com meu Owen – ela disse. – Vai morrer primeiro.

– Pode entrar na fila – Logan rosnou.

Vulcana disparou um raio de energia termal na direção de Wolverine, derretendo as rochas em que ele estivera um segundo antes. E então ela girou, varrendo com seu raio todo o terreno em volta dela, e quase atingiu Tempestade. Logan já estava indo na direção do Doutor Octopus. Octavius era o chefe da equipe de Destino ali, e Logan sempre vai primeiro atrás do líder, quando é possível. Vampira e Noturno não conseguiam conter Titânia. Aparentemente, ela era forte como a Mulher-Hulk, capaz de arremessar para longe qualquer um dos X-Men que tentasse se aproximar para lhe causar algum dano. Nem mesmo Noturno conseguia sempre se teleportar rápido o suficiente para evitar uma investida.

Homem Absorvente, ainda em sua forma rochosa, saltou na frente de Logan antes que ele alcançasse Doutor Octopus, que havia acabado de agarrar o braço e o joelho de Tempestade com os tentáculos.

– Ei, anão – ele disse. – Esse é especial para nosso anãozinho.

Creel ergueu o braço para atingir Logan com sua bola de demolição, mas Logan foi mais rápido. Ciclope não estava olhando, e Tempestade estava em perigo, então não havia tempo para dar uma de fresco com alguém que está tentando matá-lo. Logan arrancou o braço de Homem Absorvente na altura do bíceps com um único golpe das garras.

Homem Absorvente gritou, segurando o cotoco de pedra, com a expressão confusa. Logan se permitiu ficar meio segundo admirando seu belo trabalho, e Vulcana aproveitou para atingi-lo com uma rajada de plasma. Por um momento, o mundo se tornou uma fornalha, e então Logan ouviu o inconfundível estalo do raio óptico de Ciclope, e conseguiu respirar novamente. Essa foi por pouco.

Xavier estava logo ali, tentando ajudá-lo.

– Deixa comigo, Chuck – Logan disse. – Só me dê um segundo.

Ele se colocou de pé, sentindo que a pele começava a se regenerar e curar-se das queimaduras. *Cara, eu odeio ser queimado*. Projetou novamente as garras e voltou para a batalha. Magneto tinha enrolado Doutor Octopus nos próprios tentáculos, mas Titânia conseguiu agarrá-lo, e correu com Octopus para longe. Tempestade e Vampira lutavam com todas as forças.

– Nos dê cobertura! – Octopus gritou, esperneando-se para se soltar dos tentáculos.

A Senhorita Vulcão, ou sabe-se lá qual era o nome dela, começou a brilhar. *Ah, não*, Logan pensou.

Ela liberou uma onda de calor que teria incinerado a todos ali, mas Tempestade a aplacou com uma chuva de gelo e os impetuosos ventos de um furacão. Vampira ergueu uma rocha para servir de abrigo ao time, mas mesmo assim o calor foi bastante intenso. Nenhum deles conseguiu se mover até que o calor se dispersasse. Quando olharam para além da rocha que Vampira segurava, viram que o pessoal de Destino já havia embarcado em uma de suas naves e zarpado dali.

– Vamos explodi-los! – Logan disse, ainda tentando fazer algo. – É nossa única chance.

– Não – Xavier disse. – Tudo o que perdemos foi uma nave, da qual não precisamos. Agora os peões de Destino não poderão ficar contra nós, e sabemos de algo muito mais importante. Fomos testados, e lutamos quase como uma equipe. – Ele olhou para Ciclope e Tempestade. – É isso o que importa se quisermos sobreviver.

Logan tinha suas dúvidas a respeito daquele resultado, mas guardou-as para si. De todo modo, se Xavier quisesse saber o que Logan pensava, bastava ler sua mente e descobrir.

36

CREEL acomodou-se em silêncio na nave durante a volta à Base Destino. Ele não havia entendido muito bem o que acabara de acontecer. Trazia no colo o braço seccionado, que ainda era de pedra, como o resto dele estava sendo desde que tinha absorvido as características do rochedo. *Isso é um bom sinal*, ele pensou, tentando desesperadamente manter a calma. Se o braço houvesse retornado à sua condição de carne e osso por conta própria, estaria sangrando por todo o lugar. E ele não achava que o Doutor Octopus era médico só porque tinha esse nome. A verdade era que ele estava apavorado. Creel jamais demonstraria isso, mas sabia que não seria de muita utilidade com apenas um braço.

Ultron os vigiava enquanto pousavam a nave e desembarcavam no hangar.

– Meu Owen precisa de ajuda! – Vulcana disse a ele, esquecendo-se do outro companheiro ferido, Creel não pôde deixar de notar.

Ultron apontou sem interesse para o interior da base.

– Há aparelhos medicinais alienígenas na enfermaria central. Use-os, se souber como.

– Você sabe? – ela perguntou.

– Certamente. Mas não farei isso até que Destino peça. Só assim me rebaixarei para ajudar um organismo biológico.

Vulcana parecia prestes a partir para cima de Ultron, o que teria sido um bom espetáculo. Creel ficou um pouco decepcionado quando, em vez disso, ela pegou seu namorado e saiu correndo. *Bah. Uma garota durona como essa*, Creel pensou, *ficar gagá por causa de uma florzinha como Owen Seiláonomedele*. Um cara que tem medo até da própria sombra e só usa seus poderes para impressionar uma mulher. *Estúpido*.

Ultron olhou para Creel.

– Organismo, a perda de seu anexo demonstra mais uma vez a superioridade das máquinas sobre os animais.

– Cale a boca – Creel disse, irritado, e seguiu para o jardim. Ele não sabia o que fazer. Uma possibilidade lhe ocorrera, mas ficaria pior do que o Homem Molecular se não funcionasse.

Sentou-se no jardim e respirou fundo. Tudo em que Creel podia pensar era em voltar para o estado humano e segurar o braço amputado contra o cotoco enquanto fazia isso. Provavelmente sangraria até a morte se ele não colasse, mas não podia ser pedra para sempre. Em algum momento, tudo o que ele absorvia acabava desaparecendo.

– Às vezes, eu gostaria de ter continuado na luta livre – ele resmungou para si mesmo. E então se virou para a direita, a fim de que pudesse encaixar o braço contra o cotoco. Inclinou-se um pouco, para aplicar todo o peso do corpo na junção, e então voltou à forma humana.

Por favor, ele pensou. *Por favor*.

Era uma expressão que ele não dizia em voz alta havia muito tempo; anos, talvez. Ele sentiu uma densidade no ar ao seu redor, como se algo se fizesse notar. Como se a realidade se transformasse um pouco, dando espaço para algo novo que não estava ali antes. Creel se lembrou do que Beyonder havia dito. *Sim*, ele pensou. *Por favor. Este é meu desejo*.

A dor quente e cortante que transpassou seu braço roubou-lhe o fôlego. Era pior do que qualquer coisa que ele já sentira. Tinha lágrimas nos olhos, e o sangue pulsante estremecia tão alto em seus ouvidos que ele achou que estava acontecendo algum tipo de terremoto. Creel trincou os dentes e continuou, deixando que a mudança fluísse por ele e sentindo...

Sentindo o braço!

Sentiu os dedos em volta da fria cadeira de aço, sentiu os extremos dos ossos quebrados aderindo-se, sentiu os músculos e tendões mudando enquanto se reconectavam. Quando conseguiu abrir os olhos novamente, Creel piscou e as lágrimas rolaram enquanto olhava para o braço.

Tentou flexionar os dedos, e eles responderam a seu comando.

– Cara, eu não sabia que era capaz disso – disse. E então se inclinou e vomitou entre os pés.

Mas sentiu-se melhor depois disso. Trêmulo, mas determinado. Levantou-se, sabendo para onde deveria ir em seguida. O resto da gangue precisava vê-lo inteiro novamente. Precisavam saber que Crusher Creel não era apenas músculos.

Ele era capaz de se reconstruir.

Talvez fosse apenas por causa do Mundo de Batalha, mas estava tudo bem para ele. Sabia de algo que os outros não sabiam. Talvez nem mesmo Beyonder soubesse.

O Mundo de Batalha era feito de desejos.

Voltou para o hangar da Base Destino, onde ouviu uma porta se abrindo. Destino em pessoa estava entrando, com a capa estilhaçada e a armadura amassada. Ele mancava. E parecia ter sido arrastado ao longo da tal estrada de mil quilômetros do provérbio chinês.

Um ondulante lampejo de luz apareceu com um estalar alto; e quando a luz sumiu, Encantor se materializou no hangar.

– Destino! O que aconteceu com você?

– Saia daqui, Amora – Destino disse, exausto.

– Mortal, já liguei meu destino ao seu – Encantor disse. – Você falará comigo. Em que perigo você nos colocou? Que plano você contemplou?

Ele se virou para ela.

– Faça... o... que... eu... digo.

Sem dizer nada, Amora apenas o encarou. *É a primeira vez que a vejo sem palavras*, Creel pensou.

Ela desapareceu em outra explosão ondulante de energia. E então Destino se virou para ele:

– Saia.

Creel não esperou que ele dissesse mais nada e seguiu na direção das escadas. Iria matar algum tempo até a próxima missão. Parecia que o Mundo de Batalha não concedia desejos a todo mundo.

Enquanto Creel caminhava para o setor de aprisionamento, que tinha sua própria área de hangar, a Gangue da Demolição despertava Lagarto de seu estase.

– Destino acabou de chegar – ele informou.

– Não brinca – Destruidor disse. – Ele já nos passou ordens pelo comunicador. Provavelmente devemos passar por lá e ver como estão as coisas com Galactus.

– Pelo estado dele, parece que não muito bem – Creel disse.

– Daqui a um minuto nós mesmos perguntaremos – Destruidor falou. – Por ora, precisamos despertar Lagarto. Maça, está pronto?

– É só mandar – Maça disse.

– Vá em frente – Destruidor ordenou.

A câmara de Lagarto se abriu e ele foi projetado para fora, ainda coberto pela lama do pântano.

– Ei, é o Monstro da Lagoa Negra – Maça brincou.

– Lagarto, velho amigo – Destruidor disse. – Está de volta à equipe. Fim das férias.

Mas o recém-despertado Lagarto não parecia querer voltar à equipe, e partiu para cima de Destruidor.

– Voccccê matou a Vessssspa! – sibilou, enfiando as garras em Destruidor. Sua bocarra se fechou com um estalo a poucos centímetros do nariz do vilão.

Maça lhe aplicou um golpe, fazendo-o cair, e toda a Gangue da Demolição formou um meio círculo em volta de Lagarto enquanto ele tentava se levantar.

– Devíamos ter largado você no pântano – Bate-Estaca disse, estalando os nós dos dedos e flexionando os massivos músculos. – Fomos bons para você. E agora quer nos atacar? Amigão, você precisa aprender boas maneiras.

Lagarto mostrou os dentes e sibilou. Mas não atacou.

– Sente-se mal por sua namorada? – Destruidor o provocou, girando o pé-de-cabra nas mãos. – Acabamos com o romance no pântano.

Todos riram, e então Lagarto rosnou e saltou novamente. Dessa vez Aríete o acertou no ar com uma cabeçada que o deixou sem forças no chão, tentando desesperadamente respirar.

– Vamos acabar com ele – Aríete disse. – Esse aí só vai nos causar problemas.

– Não – Destruidor disse. – Por enquanto, Destino o quer por perto. Prenda-o numa cela. Não na coisa de estase, uma cela normal. A gente dá uma passada aqui de vez em quando, só para mantê-lo de bom humor.

Bate-Estaca arrastou Lagarto até uma cela e bateu a porta.

– Isso é o que a gente ganha quando tenta ser bonzinho – disse.
– Minha nossa.

– Estou acabado – Aríete disse. – Vou deitar um pouco. Aquele maníaco escamado quase arrancou minha garganta. Não sei o que Destino quer com ele, mas espero que valha a pena. E espero que seja bem doloroso.

37

JENNIFER WALTERS já se mantivera no plano de fundo por muito tempo. Tinha ficado quieta, seguindo os desejos do grupo, evitando causar conflitos. Em suma, fizera tudo o que se pode esperar de alguém que tenta viver o ideal de encontrar um consenso. Situações em que as duas partes saíam ganhando eram seus resultados favoritos no tribunal, e ela gostava delas na vida real também.

Mas sua boa amiga Janet van Dyne jazia morta em um vilarejo alienígena de um planeta distante, e Jennifer não estava mais interessada em consenso.

Ela queria vingança.

A nave de transporte que ela descobrira já estava com a localização da Base Destino programada no navegador, como se soubesse para onde ela queria ir. Pousou nos arredores, sem se importar se alguém a visse. Não se deu ao trabalho de procurar a porta mais próxima, pois, enquanto Mulher-Hulk, poderia fazer uma abordagem mais direta. Não havia parede capaz de detê-la. Ela foi até o ponto mais próximo do exterior da base e, quando chegou lá, abriu um buraco na parede como quem rompe uma folha de papel. E então foi até outra parede, e também a cruzou. E depois fez a mesma coisa em uma terceira.

Ao passar pelo buraco que havia feito na terceira parede, encontrou Aríete em seu quarto. Ele se levantou, já preparado para uma luta, pois obviamente ouvira sua chegada estrondosa. Mas, quando entrou, Jennifer pôde ver os olhos dele arregalados nos buracos de sua máscara.

– Ah, não – ele murmurou.

– "Ah, não" é uma expressão bastante apropriada. Também estaria preocupada se fosse você, depois de ter feito parte de um assassinato.

– Como é que você... quero dizer, eu não fiz nada – Aríete justificou-se.

Jennifer sorriu.

– Até poucos segundos atrás, eu não tinha certeza – ela disse. – Mas agora tenho. – Ela transpôs com passos firmes o espaço que os separava e flexionou os braços, empregando toda a sua força. – Estou olhando para você, e o que vejo? Um covarde assassino.

– Belo discurso – Aríete disse, baixando a cabeça até o ponto em que seu capacete se alinhou com o meio do corpo dela. – Mas não tenho nada a dizer. Em um segundo você vai ficar com os braços bem abertos!

De cabeça baixa, como um touro enfurecido pronto para o ataque, ele avançou. Ela o lançou para o lado com um tapa. Aríete colidiu contra o que restava da parede.

– Ah, você é forte, certo. Mas não é páreo para mim – ela disse.

Aríete se colocou de pé, e ela partiu para cima dele com um soco, destruindo parte de seu capacete.

– Geralmente eu prefiro uma luta justa – Jennifer disse, assistindo a Aríete cair pesadamente no chão. – Mas hoje, não. Porque Janet van Dyne não teve uma luta justa, teve? – Ela o golpeou novamente. – *Teve?!*

Jen sabia que aquela entrada dramática iria atrair os outros. E foi isso o que aconteceu, pois logo o restante da Gangue da Demolição apareceu, bem a tempo de vê-la quebrar o capacete de Aríete no chão. Jennifer ergueu o olhar quando percebeu que eles entravam, e sorriu.

– Mas que m... – proferiu Destruidor.

– É isso aí, garotos – Jennifer disse, erguendo-se e cerrando os punhos. – Sou eu.

Maça, Bate-Estaca e Destruidor partiram para cima dela, e ela, sem se intimidar, deu alguns passos na direção deles. Maça a alcançou primeiro, girando sua bola de demolição. Jennifer segurou a corrente e puxou o vilão, aplicando-lhe uma cabeçada no rosto. Com os punhos cerrados, Bate-Estaca a atingiu no ombro, e ela se virou para nivelar o jogo com uma cotovelada no estômago dele, e teve tempo apenas de sair do caminho do pé-de-cabra de Destruidor.

– Se soubéssemos que você estava lá, querida, teríamos acabado com você também – ele rosnou.

– Eu não estava lá – Jennifer disse. – Eu nem sabia quem a tinha matado até vocês, idiotas, se entregarem.

Maça inclinou-se e passou-lhe uma rasteira, como se Jennifer fosse uma bola de futebol. Destruidor saltou sobre ela, erguendo o pé-de-cabra acima da cabeça e golpeando-a. Com facilidade, ela o segurou pelos antebraços e o puxou, para encará-lo diretamente nos olhos.

– Agora você vai pagar por isso. Todos vocês vão – Jennifer ameaçou.

Ela ergueu Destruidor e o atirou violentamente contra o chão, aplicando-lhe uma sequência de socos vigorosos, até que ele não pudesse mais se levantar. Quando ela parou e olhou em volta, avistou Bate-Estaca tentando ficar de pé.

– Ah, não vai, não – Jennifer disse, derrubando-o novamente com uma cruzada de esquerda. Ele caiu com um baque surdo.

Estavam todos fora de combate.

– Se eu fosse tão cruel quanto vocês, caras, continuaria até que estivessem todos mortos – Jennifer disse. – Mas não sou.

– Mas nós somos, Verdinha – disse uma rouca voz feminina do outro lado do quarto.

Jennifer ergueu o olhar e viu Homem Absorvente, Doutor Octopus e Titânia.

– Pronta para a luta principal, Mulher-Hulk? – Titânia perguntou.

– Pode apostar que estou. – Jennifer aceitou o desafio, agachando-se.

CRASH! Titânia saltou adiante, projetando os pés. Jennifer se esquivou, jogando-se no chão, e então acertou Titânia no abdômen com um forte empurrão, lançando-a contra uma viga de aço. Titânia e a viga desmoronaram no momento em que Creel avançava sobre Jennifer.

– Tenho que trabalhar minha raiva, Verdinha, e você é a pessoa certa para isso – ele provocou.

– Eu também estou precisando – Jennifer respondeu.

Ela o viu passando por ela e hesitou por um instante. Seria uma armadilha? Creel parou no momento em que algo atingiu Jennifer por trás. Ela caiu de costas, e pedaços da viga se espalharam pelo chão. Antes que Jennifer conseguisse se levantar, Titânia estava novamente em cima dela, golpeando como o Hulk. Jennifer tentou reagir, mas não conseguiu levantar o braço, pois Homem Absorvente e Doutor Octopus a seguravam. A Gangue da Demolição já estava em pé também. Subitamente, as chances eram de sete contra um.

A última coisa que Jennifer viu foi a bola de ferro de Creel descrevendo um arco no ar e vindo em sua direção, dominando seu campo de visão.

AMORA

Destino havia falhado, assim como falhariam os mortais. Ela não havia antecipado que a derrota viria tão rápido, mas lhe parecia inevitável. O ser Galactus era inescrutável até mesmo para ela, embora pensasse ser capaz de atrair sua atenção e mantê-la pelo tempo necessário para que pudesse negociar com ele. O Beyonder? Nada sabia sobre ele, a não ser sua obra. Destino não podia ter esperança de controlar sua sorte nas mãos de tal poder.

Ela também era tida como maligna por alguns, mas não se considerava assim. Apenas queria o que queria, e quem poderia dizer que o desejo é maligno? As ações, certamente. A inação também. Mas o desejo por si próprio é elementar – além das considerações de moralidade, de Bem e Mal. O próprio Mundo de Batalha era um lugar criado pela vasta vontade de Beyonder, e o desejo o permeava. Cada mente consciente que tocava seu solo encontrava o desejo germinando ali. Por poder, morte, perda. Por amor. Pelo que mais Xavier havia sido tomado por um impulso na direção da tirania, e Magneto na direção da solidão? Pelo que mais Benjamin Grimm vira sua forma mudar de pedra para carne e vice-versa? E assim por diante. Eles sofriam por seus desejos terem se tornado realidade.

Amora também fora vítima daquele lamentável destino. Thor, dando a impressão de responder a seus desejos, a libertara. Ela o havia levado a um romântico jardim, um lugar onde nenhum homem conseguiria resistir a ela, e mesmo assim ele resistiu, e ela o amou ainda mais por isso. Havia se tornado uma piada, a mulher cuja paixão se sobressaía ao sentimento de recusa. Logo ela, capaz de virar a cabeça de qualquer mortal com um simples olhar!

No entanto, o Filho de Odin não era um mortal. Mesmo assim, ele seria dela. Se não naquele dia, então em outro. Pois aos imortais somente restam os infindáveis amanhãs, e, no tempo certo, todos os desejos se realizam. O Beyonder não poderia apagar sua essência, nem ela poderia negar ser parte de seu joguinho. Ela tinha seus próprios jogos, e suas peças já estavam em movimento.

Você e eu reinaremos, Filho de Odin, ela pensou. *Você e eu.*

38

STEVE ROGERS sentou-se sozinho no cume de uma colina que lhe proporcionava a vista do vilarejo, das movimentações de Galactus e da montanha além. Steve não podia dizer que a máquina destruidora de mundos estava completa, mas Galactus não se movia havia várias horas. Reed talvez fosse capaz de lhe oferecer alguma iluminação, mas ele estava lidando com diferentes equipamentos, tentando reparar e melhorar os o maquinário da equipe o máximo possível antes que tivessem de enfrentar novamente as forças de Destino.

Se tivessem de enfrentar novamente as forças de Destino. Steve achava mais provável terem de enfrentar Galactus primeiro. *E era improvável sobreviverem a esse encontro*, ele pensou, amargamente.

– Ei, Cap!

Steve se virou para Gavião Arqueiro, que se aproximou pela trilha que seguia até o vilarejo.

– Clint – disse.

– Odeio incomodar alguém durante um momento de reflexão – Gavião Arqueiro disse –, mas a Mulher-Hulk sumiu. Ninguém a viu o dia todo. E uma das naves não está aqui. – Como Steve não respondeu por alguns segundos, ele acrescentou: – Ela não consegue dar conta de todos sozinha, Steve. Temos de ajudá-la.

Hulk havia seguido Gavião Arqueiro pela trilha.

– Jennifer é minha prima – ele argumentou. – Preciso ir atrás dela, mesmo que você não envie uma equipe.

– Não posso enviar ninguém – Steve disse. – Temos de ficar aqui. Devemos nos concentrar em Galactus.

Ouviu mais sons vindo da trilha. Toda a equipe estava se aproximando, com exceção de Colossus, que provavelmente ainda convalescia na cabana de Zsaji.

– Não devo nem supor que você consideraria fazer uma votação? – Hulk perguntou.

Steve sabia o que estava acontecendo. Todos haviam se unido e decidido que Gavião Arqueiro e Hulk subiriam primeiro, fingindo que estavam pedindo sua opinião. Ele entendeu – uma amiga estava em perigo –, mas o fingimento e a crítica às suas ordens doíam mesmo assim. Steve se levantou e encarou toda a equipe: os Vingadores, o Quarteto Fantástico e Homem-Aranha.

– Eu votaria "sim" em um segundo... se estivesse votando com o coração – Steve disse, olhando nos olhos de cada um de seus amigos. Pessoas pelas quais ele lutou, e lutaria novamente. – Mas há muito em risco. Muitas vidas inocentes. O universo está em perigo, é simples. Sinto muito, pessoal, mas isso tem de ser mais importante do que qualquer um de nós... ou todos nós juntos.

Ele os encarava de mãos abertas e a expressão sombria, e tinha esperança de que o ouvissem. Se não podia mantê-los juntos, não poderia mantê-los a salvo.

Mas os ânimos imediatamente se exaltaram. Os heróis começavam a objetar sobre as coisas que ele havia dito, falando ao mesmo tempo, e então uma voz se introduziu na discussão, sobressaindo-se às outras imediatamente, pois só estava na cabeça de Steve Rogers.

Capitão, aqui é Charles Xavier. Você está correndo o risco de sofrer uma cisão irreparável em seu time.

Diga-me algo que eu não sei, Professor.

Recentemente, vivenciei a mesma coisa entre meus X-Men. A brecha foi reparada, mas não poderemos perder tempo reparando outra. Por isso, venho até você com uma proposta: eu e os X-Men observaremos Galactus. O atacaremos no momento em que a ocasião exigir. Isso o deixará livre para embarcar em sua missão de resgate... você deve escolher ir.

Steve não sabia por que Xavier fazia tal oferta. Talvez fosse simples como ele dizia: mudar a estratégia em prol do interesse do grupo.

Ou talvez tivesse outro motivo, como parecia ser o caso durante todo o tempo em que estiveram no Mundo de Batalha. Xavier havia escolhido o isolamento quando Steve lhe ofereceu companheirismo, por razões que ele ainda não entendia. Mas, de qualquer forma, Steve não podia se dar ao luxo de escolher, e ele sabia que podia confiar na palavra de Xavier.

Combinado, Xavier. Obrigado.

Sua mente clareou-se, e Steve se deu conta de que a equipe estava em silêncio. Agora todos o encaravam com expressões de impaciência e preocupação.

– Capitão, você estava refletindo sobre uma resposta para algum de nós? – Espectro perguntou. – Parecia que alguém estava bagunçando seu cérebro.

– O plano mudou – Steve disse.

– Mudou como? – Espectro perguntou.

– Explico depois. Agora, vamos buscar a Mulher-Hulk.

39

A BASE DESTINO PROJETAVA-SE DIANTE DELES, lembrando a Steve Rogers um pouco o Kremlin, caso o Kremlin fosse do tamanho de Moscou. Diversas estruturas redondas ou ovais no topo de um complexo de torres, conectadas ao longo de suas bases por um gigantesco bloco, estendendo-se por quilômetros de distância em um dos lados. A Mulher-Hulk estava em algum lugar lá dentro.

Não perderam tempo fazendo reconhecimento. Assim que a equipe desembarcou da nave no solo externo da Base Destino, Thor simplesmente atirou o Mjolnir, abrindo um buraco de dez metros na parede exterior mais próxima.

– Vamos! – Cap disse.

Espectro correu para dentro em busca de Mulher-Hulk enquanto o resto do grupo invadia a fortaleza de Destino em uma missão de busca e destruição.

Rhodes, voando na frente da força terrestre, foi o primeiro a fazer um contato, nada amigável, com o inimigo. O pé-de-cabra de Destruidor, que aparentemente surgiu do nada, aplicou-lhe um golpe que teria cortado ao meio um homem sem armadura. Rhodes caiu no chão.

– Meu sistema de voo está danificado! – ele gritou.

Cap correu até ele, mas Capitão América já tinha se erguido e disparado seus repulsores. Ao ser atingido, Destruidor atravessou a parede mais próxima, e o pé-de-cabra caiu no chão com um tinido.

Steve o ajudou a se levantar enquanto ele reiniciava seu sistema de voo.

– De volta à ativa – ele disse, e Cap pôde ouvir o riso atrás da máscara.

Homem-Aranha veio do alto e emboscou Bate-Estaca, caindo sobre ele de surpresa e arrancando-lhe o capacete com um único soco. O uniforme vermelho e azul do Aranha brilhava conforme ele girava e saltava com uma pirueta para se desviar da bola do Homem Absorvente, que dividiu ao meio um robusto pilar de aço.

– Cuidado, grandão. Não vá se machucar! – Peter provocou.

– Você é rápido, magrelinho – disse Homem Absorvente. – E deve ser mais forte do que aparenta. Bate-Estaca não tem ossos de vidro.

– Sou cheio de surpresas – Homem-Aranha disse, saltando para longe de Homem Absorvente, afastando-se em movimentos oscilantes conforme ia soltando suas teias.

– Ben! – Cap gritou, e o Coisa avançou para agarrar Homem Absorvente.

– Que tal você encarar alguém tão feio quanto você, amigão? – desafiou.

E então as rochas alaranjadas de seu corpo derreteram-se subitamente, deixando um cara comum de carne e osso à mercê de Creel. Homem Absorvente sorriu.

– Ben Grimm – ele disse. – Em carne e osso. Ah! Tá sem sorte, hein?

Ele atirou Ben para o alto com um dos braços enquanto preparava a arma com o outro.

– Hora de jogar bola! – gritou.

Mas ele jamais completaria aquele golpe. Antes que Steve pudesse interferir, Mulher-Aranha atirou uma teia, prendendo Creel pelo braço, e então o girou no ar, arremessando-o em seguida contra uma das paredes de aço mais próximas, que afundou no formato do vilão.

Homem Absorvente se debatia muito, tentando se soltar.

– Por que isso foi acontecer logo agora? – disse Ben Grimm do lugar onde havia caído. – Por essa eu realmente não esperava.

Para que Homem Absorvente não saísse de onde estava, Mulher-Aranha esmagou-lhe a cara com a arma do próprio vilão, a bola de aço. Creel ficou inconsciente, ainda enfiado na cratera na parede.

Enquanto a atenção de Cap estava em Thor, que havia prendido Doutor Octopus em seus próprios tentáculos, Bate-Estaca partia para cima de Mulher-Aranha.

– Segure as pontas aí, Bate-Estaca – Gavião Arqueiro avisou.

Com sua supervisão, o arqueiro nunca parava de vigiar o campo de batalha. Tinha uma flecha posicionada e fez a mira.

– Segure as pontas, você, Robin Hood – Bate-Estaca disse, abandonando Mulher-Aranha e se voltando para Gavião Arqueiro. – Nem mesmo balas podem me machucar. O que você acha que sua flecha vai fazer? Não me faça ficar com raiva.

– Eu avisei – Gavião Arqueiro disse, liberando a flecha.

Ela atravessou Bate-Estaca logo abaixo da clavícula. O vilão cambaleou, em choque.

– Mas que m...? Eu? Ferido? – ele disse em tom de lamúria ao cair de joelhos, segurando a flecha que o transpassara.

Hulk estava ocupado fazendo o que fazia melhor: esmagando. Cap vinha logo atrás do gigante verde, que atravessava uma série de paredes, procurando os aposentos de Destino. Ele parou assim que encontrou Encantor.

– Ora, Hulk – ela disse em tom suave e melodioso, piscando sedutoramente, e então deu um passo na direção dele. – Entre, por favor.

– Mantenha distância, feiticeira – Hulk a advertiu. – Sei do que você é capaz.

– Ah, tenho certeza de que sabe – disse, posicionando-se num ângulo que provavelmente ofereceria uma melhor vista para seus atributos. – Mas saber não é o mesmo que resistir. Venha até mim, Hulk. – Ela esticou a mão, e Hulk deu um lento passo em sua direção. Cap tentou segurar o braço de Hulk, mas o gigante o empurrou.

– Eu... – Hulk começou a dizer, cada vez mais perto de Encantor, mas não concluiu a frase.

Encantor esticou a mão e acariciou-lhe o rosto, sussurrando suavemente.

– Mortal cretino – disse ela.

Ao seu toque, Hulk caiu no chão.

– O que você fez com ele? – Capitão América perguntou, energicamente. Com o escudo em prontidão, perto do buraco que Hulk havia aberto na parede, ele mantinha uma distância segura da asgardiana.

– Ele dorme, sonhando comigo – Encantor disse. – Mas, para o azar dele, nunca poderá me possuir. Você, no entanto... Não me considera bonita o bastante para você, Capitão América? Venha até mim.

– Dá um tempo – Capitão América disse, meneando exasperadamente a cabeça. E não se moveu.

Os olhos de Encantor brilharam durante o tempo em que ela conjurava raios duplos de energia mágica, poderosa o bastante para deixar Cap tonto.

– Sua força de vontade é poderosa – ela disse. – Mas seu corpo não é forte o suficiente.

Capitão América desviou-se dos raios mágicos.

– Pelos dentes de Surtur! – Amora enfureceu-se. – Você se move como os gatos de Skornheim!

Ele se lançou para cima dela, protegido atrás do escudo.

– Você não ousaria... – ela começou, mas o impacto do escudo a interrompeu.

– Bater em uma mulher? – ele perguntou, pairando sobre seu corpo inerte. – Só se eu não tiver outra escolha.

E então ele seguiu base adentro, com a intenção de encontrar Doutor Destino.

• • • •

Reed, Rhodes, Mulher-Aranha e Thor percorriam juntos os andares superiores da base.

– Ainda temos um bom número de soldados de Destino para derrotar – Reed dizia.

Rhodes ia à frente, espiando por uma porta aberta à sua direita. Um disparo incandescente irrompeu da porta, pegando-o de surpresa e quase o assando vivo dentro da armadura do Homem de Ferro, antes que o sistema de resfriamento se acionasse. Ele atacou, atravessando o calor, que cessou assim que ele colidiu contra algum tipo de barreira invisível. Homem Molecular e Vulcana estavam agora dentro de um campo de força.

– O que você acha da minha pequena esfera de proteção, Homem de Ferro? – Homem Molecular provocou.

Thor atirou Mjolnir na direção de Homem Molecular, mas mesmo a força asgardiana não foi capaz de penetrar a barreira. O Mjolnir ricocheteou e voltou para as mãos de Thor. Rhodes tentava se levantar, e os visores de seu capacete mostravam níveis fracos de energia, pois toda a carga havia sido convertida para o controle de temperatura.

– Faça outro buraco por onde eu possa disparar, Owie – Vulcana pediu. – Dessa vez o Homem de Ferro vai se tornar uma poça de metal derretido.

....

Titânia e Homem-Aranha brincavam de gato e rato, com Homem-Aranha no papel de rato. Titânia seguia atrás dele lançando vigas de aço gigantes, e ele se esquivava, tentando manter os ossos intactos. Agora estavam dançando um tango ao longo de um vasto espaço aberto nos andares superiores da Base Destino. Uma parede de janelas dava vista para o Mundo de Batalha.

Desviando-se da última viga de aço de quarenta toneladas que Titânia usou para tentar esmagá-lo, Homem-Aranha se lançou em uma sequência de *parkour* ziguezagueante para cima e na direção dela, atingindo-a com uma girada perfeita.

– A iniciativa eventualmente muda de lado – ele disse. – Quer dizer, você por acaso gosta de jogos de tabuleiro?

Antes que ela pudesse se virar para encontrá-lo, Aranha saltou da beira de uma viga e a acertou mais uma vez com um chute na cabeça.

Em seguida, ele se desviou com um movimento preciso de contra-ataque. E agora Homem-Aranha era o gato.

– Você não pode me atingir – ele disse. – O bom e velho sentido aranha. Como você acha que este pequeno ser se manteve vivo por todo esse tempo lutando contra os garotos maiores?

– Agora você está lutando contra uma garota maior – Titânia disse. – E vai lamber o chão quando eu te derrubar.

Ela tentou aplicar-lhe um golpe, mas errou. Homem-Aranha arremessou-se no chão com as penas abertas, dando-lhe uma tesoura.

– Esse é o lance, no entanto – ele disse, desferindo um par de socos rápidos na lateral da cabeça de Titânia, a fim de deixá-la tonta. – Você não vai me derrubar. Porque você gosta de bullying. Fala muito e bate em pessoas que não conseguem se defender, mas, quer saber? Eu posso.

Ele então a ergueu, acrescentando:

– E quer saber de mais uma coisa? Não gosto de quem pratica bullying.

E jogou-a pela janela.

••••

Se esticando o máximo possível, Reed Richards tirou Rhodes do caminho. O plasma de Vulcana poderia ter assado Rhodes, mesmo dentro da armadura do Homem de Ferro. O disparo vaporizou várias paredes e parte do chão dos próximos dois quartos adjacentes.

– Errei – Vulcana reclamou.

– Não se preocupe, meu amor – Homem Molecular disse. – Estamos a salvo atrás dessa barreira invisível. Não podem nos tocar, e você pode escolher um deles a seu bel-praz... *gulp*.

Espectro, aparecendo inesperadamente dentro da esfera, deu uma chave de braço em volta do pescoço de Homem Molecular.

– Não é invisível – Espectro disse. – É transparente... Então a luz passa por ela. – Ela apertou um pouco mais o pescoço de Homem Molecular. – Agora, recuem.

Homem Molecular gritava de dor, e o campo de força imediatamente sumiu. Espectro olhou para ele, surpresa.

– Do que você está reclamando? Eu mal toquei em você...

– Ele está ferido! – Vulcana disse. E voltou à sua forma normal. – Não o machuque mais.

– Eu não tinha a intenção de machucá-lo – Espectro justificou-se.

Thor pairava atrás de Vulcana e segurou seu braço.

– Você se entrega?

– Sim! Apenas deixe-me ir até Owie! – ela disse, com lágrimas correndo pelo rosto. – Não está vendo que ele sente dor?

Ele a soltou, e ela caiu ao lado de Homem Molecular.

– Dois a menos na lista – Reed disse.

••••

Capitão América corria. Johnny Storm, incandescente, voava ao seu lado, procurando nos andares superiores da base.

– Destino tem de estar aqui em algum lugar – Cap disse.

– Ali está Bate-Estaca – Johnny apontou quando viraram em um corredor. O vilão musculoso e de máscara vermelha jazia inconsciente com uma flecha do Gavião Arqueiro ainda presa ao ombro.

– Para onde será que ele estava indo?

– Difícil saber... *Opa!*

Um raio de partículas veio da outra extremidade do corredor, quase desintegrando Johnny no ar. *Ultron!* Ele avançou repentinamente enquanto o robô disparava novamente. Cap agachou-se atrás do escudo.

Johnny disparou, tragando Ultron em um disparo flamejante.

– Proteja-se, Johnny! – Cap gritou.

– Tarde demais – Ultron se vangloriou. – Nem mesmo o calor de um sol pode derreter meu corpo de adamantium. Eu sou invencível. – Ele esticou o braço e segurou a perna flamejante de Johnny. – Pode dizer meu nome... organismo? Acho que não.

Ultron segurou Johnny pela garganta.

— Tocha! — Capitão América gritou. — Use sua explosão nova!

— Você está perto demais! — Johnny disse com dificuldade. — Isso vai matá-lo!

— Atire! — Capitão América gritou, correndo para o canto mais próximo.

O mundo se dissolveu em fogo. Agachado atrás de seu escudo, Cap segurou o fôlego para não fritar os pulmões. Depois de um momento, quando a explosão nova se dissipou, Capitão América se colocou em pé de um salto e viu que o calor havia derretido o chão, formando uma enorme cratera no centro do lugar. Ele correu até a borda.

— Johnny?

— Aqui embaixo.

Johnny, cujas chamas já se haviam apagado, estava parado ao lado de um imóvel Ultron.

— A parte externa dessa coisa pode ser de adamantium, mas algo dentro dele não era — Johnny disse. — Bem, estou certo de que a luta terminou, Cap, porque as chamas já se extinguiram.

— Vamos ver, garoto. Descanse um pouco. Vou continuar sozinho.

Capitão América saltou por sobre a cratera e parou diante de uma entrada. Passando com cautela por um corredor curto, atravessou uma antecâmara e entrou numa enorme sala.

Victor von Doom estava acomodado em um sofá no centro da sala, inclinado para a frente e com a cabeça entre as mãos. Sua armadura queimada ainda fumegava. Ele não ergueu o olhar para ver que Capitão América estava ali.

— Destino — Capitão América disse.

Nenhuma reação do ditador latveriano.

Cap tentou novamente, sem sucesso.

Aquela era a última coisa que ele esperava no mundo: lutar furiosamente para transpor todo o exército de Destino, e encontrar o próprio em estado catatônico.

Bem, Capitão América pensou. *Acho que vencemos.*

40

OS VINGADORES e seus companheiros haviam deixado o vilarejo após trocarem apenas algumas palavras com Peter Rasputin, pedindo a ele que fosse paciente, pois os outros X-Men chegariam em breve. Antes que ele pudesse fazer qualquer pergunta, já haviam saído. Ele não sabia para onde iriam, e nem perguntou. O fato de que seus amigos iriam voltar era tudo o que precisava saber.

Ele estivera tentando andar, para ganhar força. No entanto, o que ele precisava mesmo era de mais um dos tratamentos de Zsaji, ou talvez fosse aquilo o que desejava. Peter só conseguia pensar no toque suave da alienígena, ao mesmo tempo em que se esforçava muito para manter Katya nos pensamentos. Ele amaldiçoava o Mundo de Batalha por tê-lo separado dela e o enredado na tentação. Peter sabia que seus sentimentos por Zsaji se deviam em parte aos poderes empáticos de cura, mas saber disso não era igual a ignorá-los. Ele evitava Zsaji, mantendo-se em silêncio e desejando que sua força voltasse. Não apenas a força física, mas a força de caráter de que ele precisaria para se manter firme. Ele amava Kitty Pryde, apesar de sua paixonite por Zsaji, e Peter Rasputin não iria sucumbir a uma paixãozinha temporária. Ele recusava-se a se submeter a isso.

Mas uma coisa era dizer "Eu me recuso", e outra, bem diferente, era fazer. Mesmo assim, ele perseveraria. Observou Galactus. Peter sabia que não seria capaz de nada caso Galactus agisse, mas ficou grato por algo prender sua atenção. Ele caminhava pelo vilarejo, pensando em Katya e esperando a chegada dos X-Men. Muitas horas se passaram, as mais longas da vida de Peter.

Quando ele completou o circuito em volta do vilarejo, aproximando-se da cabana de Zsaji e mais uma vez se compelindo a passar direto por ela, ele a viu surgindo à luz do sol. Parecia terrivelmente doente e fraca, sua pele estava amarela e uma película embotava seus olhos. A resolução de Peter evaporou-se.

– Zsaji! – ele disse, correndo até ela, a tempo de segurá-la no momento em que ela começou a desfalecer.

Ela murmurou algo em sua língua.

– Zsaji, o que aconteceu? – Peter perguntou inutilmente, sabendo que ela não conseguiria responder, embora já tivesse aprendido algumas palavras do idioma terrestre.

Ele tinha esperança de que ela pudesse dizer algo, mas, não, ela despencou em seus braços. Peter se virou para a porta da cabana, sentindo a raiva crescer dentro dele. Quem havia feito aquilo? Teriam de pagar caro. Ele carregou Zsaji até um gramado perto da cabana e a deitou sob o sol.

– Fique aqui que eu já volto – Peter disse. Os olhos trêmulos de Zsaji se fecharam. Ele seguiu na direção da cabana, mas ouviu o som de uma nave. Peter se virou para ver Gavião Arqueiro e Espectro se aproximando.

– Xavier ainda não apareceu? – Gavião perguntou.

Peter balançou a cabeça.

– Bem, nós chutamos algumas bundas vilãs na Base Destino – Gavião Arqueiro contou. – Agora a base é nossa, e vamos nos mudar para lá. Diga isso a Xavier quando ele chegar. Galactus fez alguma coisa enquanto estivemos fora?

– Não – Peter disse. – Está do mesmo jeito.

Ele tentava não demonstrar sua irritação por ter sido deixado para trás por seus companheiros *e* por seus amigos.

– Viemos buscar o corpo de Janet – Espectro disse. – Vamos levá-la até a base e... – Ela esfregou o rosto, como se isso pudesse remover a lembrança da morte de Janet. – E então não sei o que vamos fazer, mas pelo menos estaremos todos juntos – finalizou.

Gavião Arqueiro foi o primeiro a notar Zsaji.

– O que há de errado com ela? – perguntou.

– Ainda não sei – Peter disse. – Mas estou prestes a descobrir. Ela saiu assim da cabana, à beira da morte, ao que parece. Algo lá dentro...

A luz se acendeu nas palmas das mãos de Espectro.

– Vamos lá verificar – ela disse.

Gavião Arqueiro deixou o arco a postos.

– Eu te dou cobertura – ele disse. – Enquanto você mantiver as cortinas abertas.

Peter mudou para sua forma de aço orgânico, sentindo a força fluindo pelo corpo. Estava começando a se recuperar dos efeitos da surra que levara de Destruidor. Talvez ele não precisasse de outro tratamento de Zsaji. Esperava que não, mesmo que ansiasse por seu toque.

– Eu vou na frente – Colossus adiantou-se.

Ele abriu abruptamente a cortina e deu um largo passo cabana adentro, olhando para ambos os lados, em busca do que poderia ter debilitado Zsaji tão gravemente. Espectro veio atrás dele, com a luz de suas mãos iluminando o interior da cabana como se fosse a luz do dia. Peter ouviu Gavião Arqueiro mudando de posição, a fim de manter uma linha de disparo precisa.

Os móveis simples da cabana estavam arrumados e as velas ainda queimando nos suportes. Nada fora do normal. Nenhuma luta havia acontecido ali. Na maca em que a puseram quando Mulher-Aranha chegou, Vespa jazia em silêncio.

Janet se esticou, abrindo os olhos.

Peter ficou estático, tomado pelo assombro, e escutou a respiração intensa de Espectro. Ela também tinha visto Janet mover-se. Lá fora, Gavião Arqueiro perguntou:

– O que houve aí? Estou entrando.

Ele passou por entre Peter e Espectro, sem perceber que os dois estavam boquiabertos pela visão de Janet se espreguiçando e esfregando os olhos.

Sentando-se na beira da maca, Vespa disse:

– Ah. Nós estamos... como eu cheguei até aqui? Esta não é a base.

Um largo sorriso se abriu nos rostos de Gavião Arqueiro e Espectro. Peter sorriu também, mas com menos entusiasmo. Ele já se dava conta do que havia acontecido. Vespa estava novamente desperta e curada, mas Zsaji, completamente sem forças e esgotada, a ponto de sua vida estar em perigo. Certamente aquilo não era nenhuma coincidência.

– Longa história, Jan – Gavião Arqueiro disse. – Cara, é bom ver você bem.

– Temos que contar aos outros – Espectro disse.

– Onde eles estão? – Janet perguntou.

– Bem, estão todos na Base Destino, esperando a gente voltar com seu corpo – Espectro disse.

– Base Destino... Espere aí. Meu corpo?

– A Mulher-Aranha trouxe você até aqui – Gavião Arqueiro explicou. – Ela a encontrou mais ou menos morta, em um pântano. Perto de, hum, Denver.

O olhar de Vespa ia de um para outro, e a expressão dela se tonava cada vez mais confusa conforme lhe contavam o que acontecera.

– Mulher-Aranha? Denver?

– Nós vamos contar tudo durante a viagem de volta à Base Destino.

Espectro estendeu a mão e Vespa a segurou. Ela sentia que precisava de apoio para se levantar. Em seguida, agachou-se para testar as pernas.

– Eu me sinto... bem, me sinto muito bem – disse. – Você disse que eu estava morta?

– Zsaji a curou – Peter disse.

Novamente, ela parecia confusa.

– Quem é Zsaji?

Peter os levou para fora. Zsaji continuava deitada no gramado, inconsciente.

– Esta é Zsaji – ele disse.

Vespa se ajoelhou ao lado dela e tocou seu braço.

– Como posso agradecê-la por isso? – ela perguntou em tom brando, e Peter balançou a cabeça. Vespa chorava, pressionando as mãos contra as de Zsaji. – Ela tem que melhorar.

– Eu acredito... eu espero... que ela só precise de descanso – Peter disse.

Ele não disse o que temia, que o preço pago pela vida de Janet tenha sido alto demais, mas Janet entendera isso. Ela consentiu e se levantou. Fez um esforço para se recompor enquanto se voltava para Gavião Arqueiro, e Peter entendeu por que aquela mulher liderava os Vingadores na Terra. Sua disposição e paixão eram óbvias.

Peter se inclinou para Zsaji. Outros aldeões se reuniram para observar enquanto ele a erguia, segurando-a gentilmente. Ela a carregou até a cabana e a deitou na maca em que Vespa estivera até então. Ele tocou seu rosto.

– Volte para nós – disse suavemente, antes de deixá-la ali e sair.

Gavião Arqueiro e Espectro estavam atualizando Vespa sobre os últimos eventos.

– Então agora estamos tentando descobrir como lidar com Galactus quando ele ligar a máquina que construiu – Espectro dizia.

– Mas Destino está fora da jogada? Todos estão bem? – Janet perguntou.

– Mulher-Hulk foi gravemente ferida quando ela foi... hã, como devo dizer isso? – Gavião Arqueiro ponderou. – Não quero fazê-la se sentir mal, mas Mulher-Hulk foi em missão solo até a Base Destino para se vingar da sua... morte. E não acabou muito bem.

– Ah, meu Deus – Janet lamentou. – Temos de ir até lá. Vamos. Temos de ir agora. Peter, você vem também.

– Não – ele disse. – Vou esperar pelos outros X-Men. Logo estarão aqui.

– Tem certeza? – Gavião Arqueiro perguntou. – Odeio ter de deixá-lo para trás sozinho.

Gavião Arqueiro lançou um olhar a Peter, como um alerta para que não fizesse nada movido por seus sentimentos por Zsaji.

Será que estou sendo tão transparente assim? Talvez esteja.

– Devo esperar pelo Professor Xavier – Peter disse novamente.
– Estou feliz em saber que foram bem-sucedidos na batalha contra Destino. Nós voltaremos a nos encontrar.
– Claro que sim – Gavião Arqueiro disse.

Peter ficou observando-os ir embora, tentando se livrar do pensamento de que Zsaji tinha trocado sua vida pela de Vespa. Que se Zsaji ficasse bem novamente, ela poderia ser dele.

Não. Eu amo Katya.

E novamente Peter começou a andar pela aldeia.

• • • •

CLINT BARTON

A flecha. Clint recolocou-a na aljava, limpa e pronta para ser usada novamente. No entanto, não sabia se a usaria.

Ninguém era capaz de atirar como ele. Nem mesmo o Mercenário. Ele era esperto, forte e leal, mas estava cercado por colegas que moviam montanhas, lançavam raios e podiam construir um aparato de tecnologia genética usando clipes e pedaços de barbante. Não se sentia como um deles. Quando as apostas foram feitas e os vilões começaram a ter superpoderes, Gavião Arqueiro ainda se sentia uma farsa. E sempre tinha se sentido assim.

Até chegar ao Mundo de Batalha.

Ele sentiu medo quando viu Bate-Estaca vindo na direção deles, porque havia escolhido a flecha errada. Ele não estava com aquela que aplicaria um choque em Bate-Estaca, equivalente a todo um pelotão da polícia armado com *tasers*, ou com aquela que explodiria, nem com nenhuma daquelas flechas adornadas que ele passara anos desenvolvendo. Ele tinha apenas uma boa e velha cabeça de aço, como se estivesse prestes a abater um cervo em vez de um membro da Gangue da Demolição.

Clint já havia visto Bate-Estaca levando tiros de armas automáticas. Já havia visto ele se levantar depois de receber um soco do Hulk. Mas, independentemente de sua opinião a respeito daquele maldito caipira, não havia como negar que Bate-Estaca era um filho da mãe durão. Sua pele era quase tão rígida quanto a de Luke Cage, bem como sua habilidade de resistir a perfurações. A escolha errada daquela flecha teria se transformado num erro fatal.

Mas a flecha atravessou o ombro direito de Bate-Estaca. Como mágica.

Um sonho que se realizava.

Tudo fora um erro, ele agora percebia. Fora o Mundo de Batalha concedendo-lhe um agradável vislumbre de como seria se seu maior desejo fosse realizado.

41

ENTÃO ESTÁ TUDO INDO ÀS MIL MARAVILHAS, pensou Homem-Aranha.

Espectro e Gavião Arqueiro haviam retornado com Vespa, novinha em folha e doida para dar o troco à Gangue da Demolição. No entanto, era tarde demais para isso, já que todos tinham sido presos antes de ela chegar ali. A Mulher-Hulk estava em uma espécie de tubo de cura que Reed havia encontrado. Hulk ainda estava bravo consigo mesmo por ter falhado em vigiá-la, mas isso não era nenhuma novidade. Hulk sempre estava bravo com alguém.

Cap se desculpou com o grupo por não ter dado a devida atenção à preocupação de Mulher-Hulk com Vespa, mas Reed justificou para o grupo aquela atitude. Todo mundo estava junto naquilo, e tentando sair junto. E Destino estava em sua cela, contemplando o vazio, como se nem percebesse que eles já estavam ali.

Mais ou menos como Galactus, pensou Homem-Aranha. Mas aquela comparação o levou a cogitar que talvez Destino só estivesse ganhando tempo, algo que certamente Galactus estava fazendo. Ele não gostou desse pensamento negativo, mas a verdade era que estava sendo bem difícil manter uma expressão sorridente desde que Reed confiscara seus atiradores de teia para usar partes deles embaixo da montanha. Agora Reed tinha outras prioridades em vez de substituir o equipamento perdido de Peter. Ele tinha a constante sensação de que não contribuía verdadeiramente para a equipe, mesmo tendo se saído muito bem na luta com Titânia. Seu sentido aranha não tinha muita utilidade se ele não podia se pendurar em sua teia e desaparecer imediatamente de cena.

Entretanto, estavam tendo uma folga no momento. Reed estava arrumando a armadura do Homem de Ferro e adicionando algumas melhorias por conta própria à superavançada tecnologia que subitamente estava à sua disposição.

Homem-Aranha não podia ajudar, mas riu ao ver o jeito que Reed simultaneamente elogiava a mente de Tony Stark e tentava vencê-lo em seu próprio jogo. Quando voltassem para a Terra – Homem-Aranha era um otimista, ou tentava ser, e ele tinha de acreditar que iriam encontrar um jeito de vencer o joguinho de Beyonder e assim poderem ir para casa –, Tony veria a nova armadura e desapareceria em uma de suas oficinas por semanas, até que pudesse sair com algo ainda melhor. Rivalidade entre nerds. Homem-Aranha era inteligente, mas não tinha aquela competitividade que caras como Tony e Reed gostavam de exibir.

De qualquer modo, seu maior problema naquele momento era o uniforme, que tinha ficado em pedaços após a luta com Titânia. Ele não achava que num lugar como a Base Destino – precisavam mesmo encontrar um nome novo para ela – haveria agulha e linha dando sopa, mas mesmo assim ele foi procurar, já que não tinha nada melhor para fazer.

Encontrou Thor e Hulk durante sua busca, e notou que a capa de Thor parecia intacta. Mesmo as pontas rasgadas das calças de Hulk pareciam de algum modo reconstruídas.

– Ei, companheiros, onde encontraram o alfaiate? – perguntou.

– Hulk descobriu uma máquina – Thor disse. – Ela restaurou meu vestuário como se soubesse como era.

– É – Hulk disse. E apontou o dedão por sobre o ombro. – Está ali, bem no fim do corredor.

– Bacana – disse Homem-Aranha, e correu naquela direção.

Finalmente alguma sorte. Ele poderia arrumar seu uniforme sem furar o dedo com uma agulha, como normalmente acontecia. Encontrou facilmente a sala que Hulk tinha mencionado, pois era a única porta no fim daquele corredor. Havia várias máquinas ali; uma delas tinha um assento, como uma cadeira de barbeiro ao contrário, com um recipiente côncavo invertido, onde ficaria encaixada a cabeça. Tinha de ser aquela máquina, pois nenhuma das outras parecia grande o suficiente para tirar as medidas de um humano. Homem-Aranha se sentou com a cabeça sob o recipiente em formato de tigela. Por alguns segundos, nada aconteceu. Ele se concentrou na imagem de seu traje, novinho e pronto para a luta contra o crime.

A máquina emitiu um breve ruído, indicando que estava em operação, e uma pequena esfera negra do tamanho de uma bola de golfe se materializou no console diante dele.

– Hein? – ele disse. – Para mim, isso não se parece em nada com um uniforme.

Talvez houvesse algum tipo de procedimento, e Hulk tivesse se esquecido de lhe informar. Ele pegou a pequena esfera negra, e duas coisas aconteceram simultaneamente.

Seu sentido aranha começou a se agitar enlouquecidamente. Antes que pudesse largar a pequena esfera, ela se transformou num tecido negro e justo que lhe cobriu a mão.

– Ei! – ele reclamou, como se a coisa pudesse ouvi-lo.

A cobertura negra começou a subir por seu braço. Em alguns segundos, já havia preenchido toda a extensão de seu corpo, exatamente como seu traje antigo, só que este era inteiramente negro. E mais brilhoso, em um estilo mais urbano do que Homem-Aranha havia imaginado. O desenho da aranha sobre o peito também era diferente, todo branco, com pernas que se estendiam por sobre suas costelas, num padrão ziguezagueante, igual ao emblema na roupa da Mulher-Aranha.

– Cara – ele disse. – Não sei exatamente o que estava imaginando, mas eu até que gostei disso.

Ele era, afinal, um nova-iorquino.

Ele conferiu a própria aparência sob diferentes ângulos nas superfícies de metal brilhante das máquinas ao redor. É... Ficou legal. Era hora de mostrar ao restante da turma. Eles iriam ficar admirados.

Homem-Aranha 2.0, baby.

Ele chegou à porta no momento em que um terremoto estremeceu a base, quase o derrubando. Ou não seria um terremoto? Estariam sob ataque? Não havia restado ninguém para atacá-los, a não ser...

Todos vocês! Aqui é Charles Xavier. Venham imediatamente! Começou... Galactus está devorando o Mundo de Batalha!

Certo, pensou Homem-Aranha. *Exatamente o que eu ia dizer.*

42

A HORA HAVIA CHEGADO, como Magneto previra.

Quando chegaram ao vilarejo, encontraram Colossus afogado em autopiedade. Ele se recuperou apenas o suficiente para ajudar nas providências, mas os preparativos ainda estavam pela metade quando Galactus energizou sua máquina destruidora de planetas, provocando um estrondo que sacudiu até o núcleo do Mundo de Batalha. No vilarejo, algumas cabanas desabaram e os aldeões correram para campo aberto. Reunidos, os X-Men e Magneto rapidamente rascunharam um plano.

Tempestade ganhou o ar, acelerando até uma altitude bem acima do topo da montanha em que Galactus havia iniciado seus trabalhos. Vampira voou até Galactus seguindo uma ordem telepática de Xavier, enquanto os outros se reuniam, preparando-se para um ataque direto. Mesmo atrás do capacete, Magneto podia ouvir os ecos dos comandos de Xavier, tamanha era a força de seu poder telepático – e a intensidade de seu medo.

Porque, sim, era medo. Xavier sabia que não era capaz de derrotar Galactus. Assim como Magneto. Eram como insetos tentando fugir do solado de uma bota gigante.

Magneto tinha esperanças de que as atividades de Galactus fossem apenas uma distração, que estivesse fingindo preparar a destruição do Mundo de Batalha como um artifício para chamar a atenção de Beyonder. Aparentemente, não era o caso, e agora analisavam as probabilidades de tentar interromper tal processo diretamente.

Magneto tinha pouca esperança de que tal empreendimento seria bem-sucedido.

Mesmo assim, ele observava com cautela e se preparava, enquanto Tempestade pairava no céu distante. Nuvens carregadas se formavam ao redor dela em movimentos espirais, tornando-se gradativamente negras, com relâmpagos tremeluzindo em seu interior. Galactus não deu atenção.

Estava completamente absorto na operação de sua máquina. Tempestade ergueu os braços e direcionou os raios, a fim de que atingissem o topo da montanha. O trovão que os acompanhou deixou Magneto surdo por alguns segundos, e o lampejo dos raios deixou impressões luminosas repercutindo em sua visão. Centenas de milhares de raios atingiram Galactus e sua máquina no espaço de poucos segundos. Uma avalanche de pedras titânicas que desmoronaram do topo da montanha estremeceu o chão.

Mas, quando o turbilhão clareou, Galactus permanecia em pé diante de sua máquina. O poderoso ataque de Tempestade não o havia sequer distraído.

Enquanto Vampira se aproximava, uma esfera de metal se ergueu da máquina de Galactus e voou em sua direção. Sua superfície era coberta por pequenas aberturas circulares, que projetavam cones vermelhos de força similares ao olhar de Ciclope. O primeiro disparo deteve Vampira no meio do voo. Ela recuou, numa tentativa de circundar a esfera, mas foi nocauteada por outro raio de energia que seguia seu curso na direção dos X-Men. Outro raio foi disparado para atingir Tempestade, lançando-a em queda livre por alguns segundos antes que pudesse restaurar o equilíbrio.

– Erik! – Xavier chamou.

Sim, Magneto pensou. *Estamos perto o bastante agora.*

Galactus estendeu a mão e deteve a esfera, mantendo-a onde estava com a energia latente de seu próprio magnetismo. No entanto, não podia impedir que suas lentes projetoras operassem. Raios de força caíram sobre os X-Men. Um deles arremessou Xavier contra o chão, enquanto Wolverine e Noturno se esquivavam com dificuldade. Magneto também foi alvejado, e no último minuto conseguiu redirecionar o raio que passou ao seu redor, intensificando as ondas eletromagnéticas que emanavam do chão aos seus pés.

Noturno desapareceu e ressurgiu sobre a esfera, golpeando inutilmente sua superfície, tentando manter o corpo posicionado de modo que os projetores não o atingissem.

– Saia daí, elfo! – gritou Wolverine. – Você vai se matar!

Noturno se juntou a eles com seu familiar *BAMF* e imediatamente desviou de outro raio de energia.

Não há tempo! Xavier informou a todos, colocando-se em pé com esforço. *Não podemos desperdiçar nossas energias com esse aparato. Devemos atacar Galactus diretamente!*

– Scott Summers – Magneto disse. – Talvez devêssemos iniciar uma contraofensiva?

Ciclope disparou um raio óptico, atingindo a esfera em cheio. Uma explosão de energia carmim cercou a esfera, sem, no entanto, parecer danificá-la. Magneto a ergueu novamente e a segurou, tentando esmagá-la. Mas mesmo seus poderes tinham limites. Galactus havia criado um objeto metálico que Magneto não era capaz de destruir.

Humildade era um sentimento não muito familiar a Magneto. E do qual ele não gostava nem um pouco.

– Wolverine, preparar – disse. – Vou conduzir a esfera até você, e então suas garras fazem o resto.

– Para de falar e faça – Wolverine disse.

A esfera resistiu bastante, mas Magneto conseguiu arrastá-la. Logo estaria ao alcance das garras de Wolverine.

A esfera zumbiu, e eles ouviram alguns estalos. Eram os projetores de força girando e se posicionando em uma nova configuração. Magneto sentiu algo mudando no campo magnético que o ligava à esfera. Ela estava reconstituindo sua própria substância, mudando de um drone para uma...

Fogo e luz explodiram ao redor deles.

JAMES RHODES

Rhodes já havia assumido o papel de Homem de Ferro algumas vezes antes. Alguns dias aqui, uma semana ou duas ali. Substituto de Stark, essa era sua função, pelo que sabiam a S.H.I.E.L.D. e os Vingadores. Ele não era um gênio, não tinha o gene mutante, não podia fazer mágica ou acessar reservatórios de energia de outra dimensão. Ele era só um cara. Às vezes, era o cara com a roupa do Homem de Ferro. Como agora. Só que agora, no Mundo de Batalha, era diferente.

Ninguém mencionara a Rhodes a decepção que sentiram ao descobrir que não era Tony na armadura, mas ele podia perceber isso pela expressão de todos. Eles o viam como o amigo de Tony, o militar certinho que de vez em quando substituía o amigo gênio-playboy-filantropo, que sabia quando dar um passo para trás dos refletores e deixar os verdadeiros heróis brilharem em toda a sua glória.

No entanto, isso havia ficado no passado. Na Terra. Ali, no Mundo de Batalha, estavam indo muito bem sem Tony Stark.

Rhodes queria que todos se lembrassem disso quando voltassem para casa.

Ser o Homem de Ferro não significava apenas ser capaz de vestir a armadura, e sim ser o herói uma vez que se estivesse na armadura. E Tony Stark não tinha o monopólio disso.

Então o chão tremeu, e Rhodes ouviu uma explosão. Era hora do espetáculo principal. Sua hora também estava chegando.

James Rhodes era o Homem de Ferro.

43

REED RICHARDS FOI O PRIMEIRO A AVISTAR A EXPLOSÃO. A dez milhas de distância, uma nuvem em formato de cogumelo se ergueu, estendendo-se sobre a máquina de Galactus e o topo da montanha devastado, separando as nuvens de chuva recém-formadas pelos poderes de Tempestade.

– Foi um belo cabum – Ben Grimm disse.

Reed se virou para Ben e notou que ele era novamente o Coisa. Ben havia voltado à sua forma de pedra alaranjada durante a viagem de volta da (ex) Base Destino para o vilarejo ao pé da montanha de Galactus. Não estava muito claro para Reed o quanto de controle Ben tinha sobre o processo, se é que tinha algum. Suspeitava de que as transformações de Ben estivessem relacionadas de algum modo à natureza do Mundo de Batalha. Xavier podia andar, Gavião Arqueiro tinha...

– Pessoal! – Homem-Aranha gritou. – Vejam!

Reed se virou, esperando que o Homem-Aranha estivesse apontando para alguma ameaça fora da nave, mas em vez disso ele estava lançando pequenos fios de teia por todo o compartimento de passageiros.

– Posso lançar teias novamente! Cara, é este traje!

Incluir isso na lista, Reed pensou. Parecia que o novo traje do Homem-Aranha incorporara a funcionalidade dos lançadores de teias. Como a máquina sabia que deveria incluir isso? Claramente ela lera a mente do Homem-Aranha, embora não tenha lhe dado exatamente o que pedira. Em vez disso, havia lhe dado algo... melhor? Diferente, no mínimo. A ideia do Mundo de Batalha a respeito de como o Homem-Aranha *queria* ser.

Reed achava curioso ver quantos membros da equipe estavam experimentando pequenas diferenças em seus poderes. A única pessoa que ele podia dizer com certeza que não teve nenhum de seus desejos realizados era o Hulk, que havia passado toda a viagem sentado distante do grupo. Reed havia conversado rapidamente com ele enquanto estavam partindo para ajudar os X-Men, e soube que Hulk estava tendo problemas para conter a deterioração de suas faculdades mentais.

— Não quero ser um monstro burro novamente — ele se lamentou. — Mas já não tenho mais a raiva que costumava ter. Já não sou tão forte nem tão esperto. Logo serei apenas um grande idiota verde... como vocês sempre acreditaram que eu fosse.

— Eu, não — Reed disse. — Sempre suspeitei de que houvesse muito mais além do Hulk.

— Talvez houvesse — Hulk lamentou. — Mas não por muito mais tempo.

E então Reed o deixou sozinho. Pelo tempo que conhecia tanto Banner quanto Hulk, havia aprendido a não forçar a conversa nem com um nem com outro. Eles reagiam mal sob pressão, mas geralmente chegavam a conclusões corretas por si próprios.

Thor agora estava sentado ao lado de Hulk. Reed não podia ouvir o que diziam. Ao seu lado, Ben pilotava a nave.

— Estou tão feliz por ser o Coisa novamente, que podia tascar um beijo na próxima pessoa passasse na minha frente — ele disse. — Mas vamos direto para a parte da pancadaria.

— Não quero ser desmancha-prazeres, Ben, mas sempre achei que você queria voltar a ser um homem normal — comentou Reed.

— Sabe o que eu descobri, Elástico? — perguntou Ben. — Se Alicia me ama quando estou composto por pedras alaranjadas, então o resto do mundo que vá plantar coquinhos. Eu sou o que sou. Além do mais, não sou útil para a equipe sendo apenas o Ben. Há um lado bom em ser o Coisa. Acho que eu já tinha ciência disso antes, mas agora ficou mais óbvio.

– Fico feliz em saber disso – Reed disse. Ele também arquivou aquela informação em seu arquivo sobre os fenômenos do Mundo de Batalha.

Eles mergulharam até o vale que abrigava o vilarejo de Zsaji e confrontaram a triste visão da mais completa devastação. A explosão havia se dado aparentemente bem no meio da encosta da montanha. Destroços foram lançados por todo o vale, algumas pedras do tamanho de casas voaram centenas de metros e faces inteiras do penhasco se transformaram em seixos. Acima, no topo da montanha, linhas serpenteantes de energia biosférica convergiam para a máquina de Galactus, saindo de vários pontos da superfície do Mundo de Batalha.

– Subitamente, nossas chances não parecem tão boas – Ben comentou.

A nave fez uma conversão brusca quando um dos raios biosféricos passou perto dela. Os alarmes soaram.

– Vou pousar – Ben disse. – Aqui não é um bom lugar para voar.

Também não é um bom lugar para lutar, pensou Reed.

Os X-Men haviam desaparecido, não havia um único corpo ou retalho de roupa deixado para trás. Reed suspeitou que pudesse ter acontecido o pior. Com o coração pesado, lembrou-se de que o restante deles tinha poucas chances de se sair bem.

Eles se reuniram fora da nave, a algumas centenas de metros da encosta do platô onde estava Galactus e sua máquina. Vermelha e estalante, a energia biosférica do Mundo de Batalha continuava sendo drenada do planeta na direção da máquina. Reed não sabia quanto tempo Galactus levaria para consumir o planeta. E também não sabia o quanto o Mundo de Batalha resistiria, considerando a sua natureza singular.

A única coisa que parecia clara para todos era o fato de não terem muito tempo para pensar em cada detalhe. Frustrado, Reed procurou uma fraqueza no plano de Beyonder. Por que ele envolvera Galactus? Não era possível que as mesmas regras aplicadas aos dois grupos de humanos se aplicassem a ele. Ele não sucumbiria às promessas de Beyonder. Ele não era mortal, vulnerável à ambição, ao arrependimento ou à inveja. Será que a inclusão de Galactus havia sido um erro? Será que Beyonder estaria simplesmente louco, imune a considerações racionais de seus motivos? Como o Beyonder poderia apelar para um ser cósmico?

O que Galactus poderia querer?

Ele deixou as perguntas no fundo de sua mente. Era hora de lutar. Se Galactus pudesse ser distraído tempo suficiente para uma conversa, então Reed faria tais perguntas.

Em grupo, avançaram montanha acima. Pequenos satélites dispararam da máquina de Galactus, desviando o ataque e retardando a aproximação dos heróis. As armas pareciam ser inteiramente defensivas, já que os raios projetados causavam poucos danos.

– Esses aparelhos podem ter sido os responsáveis pela última explosão, então, cuidado com eles! – Reed gritou. – É melhor evitá-los! Espectro, distraia a atenção deles com sua velocidade!

E Espectro fez isso, movendo-se rápido o suficiente para atrair a atenção dos raios, mas não tão rápido que os fizesse abandonar seu rastro em prol de alvos menos velozes. Aproveitando-se da abertura que ela havia criado, Rhodes mergulhou e ziguezagueou por entre a fileira de satélites.

Ele controla muito bem a armadura do Homem de Ferro, pensou Reed, *e é claro que ele mesmo havia melhorado o sistema de controle de voo enquanto fazia os reparos na armadura na Base Destino.*

Os outros estavam tendo mais problemas em fazer progresso sem atacar os satélites diretamente, mas a distração de Espectro estava se mostrando eficaz, e Reed conseguiu se esticar e desviar da maioria dos disparos. Lentamente diminuíram a distância até o topo da montanha.

Rhodes foi o primeiro a chegar a uma distância de ataque da máquina. Ele deu a volta e se posicionou num ponto oposto de onde Galactus estava. Reed viu o lampejo dos raios repulsores e uma grande explosão, que danificou parte da máquina.

– É isso aí! – Ben berrou. – Nós temos uma chance!

– Podemos vencer a batalha! Pressionem o máximo que puderem! – Capitão América gritou, liderando a equipe.

Todos os satélites passaram a perseguir Rhodes, em reação aos danos que ele havia causado ou por ordens do próprio Galactus, que ainda não dera nenhum sinal visível de que notara a presença dos heróis.

Podemos vencer, Reed pensou. *Sim.*

E então a ficha caiu.

– Espere! – ele disse. – Essa é a resposta! Parem! Todos vocês, parem!

– Parar? Agora? Estamos quase chegando lá! – Capitão América disse.

– Sim, eu sei – ele disse impacientemente. – Mas não podemos. Isso faz parte do jogo de Beyonder. Esse é o coração do jogo. Galactus é o centro de tudo! Temos que deixá-lo consumir o Mundo de Batalha – Reed esclareceu.

– Essa realmente não é a melhor hora para piadas – Homem-Aranha disse. – E olha que eu sei do que estou falando.

– Não é uma piada, Homem-Aranha – Reed disse. – Pense nisso. Se você fosse Galactus, o que definiria sua existência?

– Acho que todos nós podemos responder a essa pergunta, Elástico – disse Ben. – Estamos olhando para ela.

– Exatamente. Galactus é um escravo da própria fome. Ele é levado a consumir planetas não porque deseja, mas porque precisa. Siga essa linha de raciocínio... Qual então seria o mais profundo desejo de Galactus?

Ele reparou na expressão de todos ali. Estavam se dando conta do que ele dizia. Os satélites mantiveram sua posição ali perto, esperando a próxima investida dos heróis.

Espectro foi a primeira a colocar aquele entendimento coletivo em palavras.

– Se Galactus ganhar o jogo, ele pedirá a Beyonder que acabe com sua fome.

— Sim — Reed disse.

— Bem, você sabe que provavelmente todos nós morreremos se Galactus devorar o Mundo de Batalha — disse Johnny Storm. — E acho que essa parte ficou bem clara.

— Johnny, é por isso que estamos aqui. Fomos escolhidos, e estamos sendo testados a tomar a decisão certa. Bilhões de vidas serão salvas se Galactus aplacar a sua fome. Trilhões, talvez. Isso não vale o sacrifício?

Mas, enquanto falava, Reed pensou em Sue. E em Franklin.

A voz de Rhodes saía entrecortada através da máscara do Homem de Ferro:

— E se o Beyonder não cumprir a promessa?

— Então Galactus estará tão poderoso por ter consumido o Mundo de Batalha, que vai destruir o Beyonder — Reed explicou pausadamente. Ele não gostava de advogar tal plano. Mas não encolheria diante dele. — Uma coisa que sabemos sobre Galactus é que ele respeita os tratos, e que despreza quem não faz isso — Reed disse. — A Terra não mais existiria se isso não fosse verdade.

— Então todos nós viemos aqui para morrer — Gavião Arqueiro disse. — Quem iria imaginar...

— Eu já morri uma vez — disse Vespa. — Estou um ponto na frente de vocês.

Homem-Aranha gemeu.

— Como eu disse, pessoal. Não é hora para piadas.

— É o único caminho — Reed disse. — A única coisa que faz sentido.

Ninguém teve tempo de dizer mais nada, pois uma onda de força invisível pairou sobre a equipe, forçando-os a recuar. Todos, com exceção de Reed. Ele ficou firme no lugar, sozinho.

— Richards — Thor disse. — Parece que Galactus nos notou.

Todos levantaram o olhar. Galactus se virava para eles.

— Eu não gosto disso — disse a Mulher-Aranha. — Não. Não gosto nem um pouco disso.

Um segundo depois, Reed desapareceu.

44

REED SOUBE NO INSTANTE EM QUE SE VIU na nave de Galactus. Era uma maravilha indescritível, repleta de prodígios tecnológicos que ele poderia passar o resto da vida descobrindo, embora, naquele momento, não se importasse nem um pouco. Tinha apenas um objetivo: voltar para casa ou, se não conseguisse isso, ao menos se certificar de que sua família sobreviveria.

Algo mudara ao redor dele; agora estava em um espaço imenso, sobre uma plataforma do lado oposto do trono onde Galactus estava sentado. Mantida num campo de estase em um dos lados e pairando no ar, tão grande que ele não conseguia ver onde terminava, posicionava-se imponentemente a máquina que Galactus estava usando para retirar as energias biosféricas do Mundo de Batalha.

– Reed Richards – Galactus saudou. – Bem-vindo ao meu lar.

– Sinto-me honrado – Reed disse.

– Talvez você deseje ver o seu lar.

– É o que mais desejo – Reed disse.

Uma imagem surgiu diante dele: Sue, com o jovem Franklin. Reed ficou comovido ao ver aquelas cenas comuns. Uma mulher e uma criança vivendo suas vidas. Aquilo o arrasou, porque ele raramente pensava no que ele e Sue haviam sacrificado para se tornarem metade do Quarteto Fantástico.

Mas valia a pena, ele pensou. Eles haviam feito bem para o mundo, e eram obrigados a usar seus poderes para proteger aqueles que não tinham.

– Sim – Galactus disse.

— Suponho que eu não deveria estar surpreso por você ler minha mente — Reed comentou.

— Não devo julgar o que deveria ou não surpreender você. Escute-me, serei breve. Você é uma força da vida, Reed Richards. Eu sou um instrumento da morte. Somos o que somos. O universo precisa de nós dois.

Depois de uma longa e silenciosa pausa, Reed disse:

— Você foi, de fato, bem breve.

— Não há mais o que dizer. Retorne e escolha.

••••

E tão repentinamente como fora levado dali, Reed se encontrou novamente entre seus companheiros. Só que agora havia mais alguns deles: os X-Men estavam saindo de uma cavidade na lateral da montanha.

— Reed Richards — Magneto disse. — Acabamos de ficar sabendo sobre seu desaparecimento, e também sobre Galactus e sua máquina.

— Parece que você também desapareceu — Reed disse, sorrindo aliviado. — Como sobreviveram àquela explosão? Nós a vimos do outro lado das montanhas.

— Um escudo de minha criação — Magneto explicou. — Embora tenhamos levado um tempo para nos recuperar e depois tivemos que escavar muito para sair de debaixo da montanha que desmoronou sobre nós.

— Então agora já tivemos todos uma montanha caindo sobre nós — Homem-Aranha disse. — O Mundo de Batalha tem critérios bem escrupulosos quanto à imparcialidade em delegar dificuldades.

Magneto o ignorou.

— Você conversou com Galactus?

— Sim — Reed disse.

— E?

– Eu não sei. Ele disse que eu era um campeão da vida, e ele era um instrumento da morte. Não foi bem um manual de instruções para o que pode vir em seguida.

– Faz sentido para mim – Capitão América disse. – Nós não seremos os campeões da vida se ficarmos parados, permitindo que todos no Mundo de Batalha morram.

– E se isso significar salvar outras bilhões de vidas? – Reed perguntou. – Somos mais importantes do que elas?

– Eu não caio nessa – Rhodes disse. – Se Galactus realmente quisesse vencer, ele nos arrasaria e levaria a luta até Beyonder. E ele não está fazendo isso, então há alguma outra coisa rolando.

– Concordo – disse Espectro. – Ele tem outro plano. Isso tudo é apenas um lanchinho para recuperar as energias.

– A única opção restante seria ir atrás de Beyonder – Hulk disse.

– Tem razão – Espectro concordou. – Isso é o que Destino queria fazer. E me parece que Galactus também achava isso uma boa ideia.

– Então, o que fazemos? Sentamos e esperamos para ver qual deles chega lá primeiro? – Gavião Arqueiro perguntou. – Isso não parece ser atitude de um campeão da vida.

– Bem, pelo que sabemos, a luta já está acontecendo – Wolverine apontou. – Quero dizer, Galactus nem está mais na montanha.

– Então podemos nos sentar quietinhos até ele voltar e depois discutimos – Vampira sugeriu.

– Aconteça o que acontecer – Capitão América começou. – Quero dizer que estou orgulhoso por estarmos novamente juntos. Os X-Men, e você também, Magneto, nos fizeram um grande favor nos dando cobertura no resgate da Mulher-Hulk. Não podemos deixar o Mundo de Batalha nos dividir novamente.

– E não vamos deixar – Xavier disse. – Antes, julguei necessário separar nossos grupos para que pudéssemos manter a autonomia de cada um, em vez de subjugarmos um ao outro. E agora parece que aprendemos algumas lições sobre o quanto nos beneficiamos quando permanecemos unidos. Eu estava errado.

– Contanto que já tenha aprendido – Capitão América disse. – Não temos tempo para ressentimentos.

O grupo inteiro se reunia conforme o restante dos X-Men escalava, voava ou era teleportado para fora da cavidade na rocha.

– Agora – Capitão América disse. – Quando Galactus reaparecer, qual será nosso plano?

– Melhor decidir rápido – Wolverine disse. – Olhem para a montanha.

E assim o fizeram. Galactus estava de volta. E sua máquina também.

45

COLOCARAM DESTINO EM UMA CELA, e ele não se deu ao trabalho de resistir. Isso teria sido inútil no momento em que Galactus descobrira sua presença. Destino relembrou a sensação da consciência do ser cósmico, uma breve pressão que o tinha assustado e interrompido seu trabalho a bordo da nave de Galactus. Um instante depois, Galactus o ejetou impensada e violentamente. Destino retornou a seus aposentos, com a armadura queimada e o corpo dolorido. E então os Vingadores chegaram.

Destino poderia ter revidado, mas se render momentaneamente era de longe o modo mais eficaz de ganhar tempo para pensar e recobrar as forças. Sua luta não era contra aqueles insignificantes humanos, mas contra os detentores do verdadeiro poder.

A armadura de Destino ainda estava danificada, mas ele havia fixado no tornozelo uma cápsula protegida de energia para casos emergenciais. Ativando-a naquele momento, ele avaliou a funcionalidade da armadura. Serviria. O tipo de batalha que ele antecipara não seria vencida ou perdida por força, mas por vontade e inteligência. Dentro ou fora de sua armadura. E Victor von Doom tinha um amplo suprimento das duas.

A armadura, no entanto, permitiu que ele destruísse a porta de sua cela com mais facilidade, para que assim pudesse mais uma vez circular livremente pelos corredores da Base Destino. Ele passou por alguns de seus servos, aprisionados em suas próprias celas. Gritaram para que ele os libertasse, mas Destino ignorou suas súplicas. Já não lhe eram mais úteis. Quando teve de se proteger dos ataques dos X-Men e dos Vingadores, precisava de muitos soldados. Agora só precisava de um deles, pois a chave para a derrota de Beyonder estava na nave de Galactus. Aquela era a conclusão à qual havia chegado durante sua reflexão na cela.

E a chave para comandar o poder da nave de Galactus era Ulysses Klaw.

Ele libertou Klaw, que balbuciou agradecimentos incoerentes.

– Livre como uma abelhinha pra voar sozinha, nha, nha. Qual é o plano? – Klaw seguiu Destino até a área de pesquisa onde ele havia criado Vulcana e Titânia. Seus captores não estavam presentes. Melhor assim. Destino não tinha tempo a perder com distrações.

– Planos feitos para vencermos, sim, vamos vencer, Destino, no, no – Klaw cacarejava.

– Deite-se naquela mesa – Destino ordenou, e Klaw obedeceu imediatamente. Destino inseriu um microrraio laser no corpo de Klaw. – Vou dissecá-lo, e você não deve se mover durante o procedimento.

– Me dissecar? Apenas não me rejeite. Me proteja – Klaw pediu.

Destino começou a cortar. Ele retirou primeiro os membros de Klaw, colocando-os sobre uma mesa adjacente. Por mais improvável que pudesse ser, Klaw começou a rir.

– Não dói nada quando os nervos estão inertes, porque a gente é feito de som, om, om – ele disse. – Só faz cócegas, gas!

E ele continuou balbuciando enquanto Destino arrastava o laser em movimentos ascendentes e descendentes por todo o seu torso, cortando fatias milimétricas de Ulysses Klaw, uma a uma. Quando restava apenas a cabeça, Destino desligou o laser. Já tinha cerca de quinhentas fatias úteis do corpo de Klaw, lascas ovoides de puro som. Elas ressoariam na mesma frequência de quando estavam dentro das paredes da Nave-Mundo, e essa era a chave para o plano de Destino.

Ele estava ciente de que a execução daquele plano poderia matá-lo. Mas aquele seria o caso em qualquer atitude que tomasse no Mundo de Batalha. Quando se luta pelo maior prêmio, é necessário correr o maior dos riscos.

As lascas foram colocadas em uma plataforma levitante, que Destino enviou para outra câmara dentro da Base Destino, onde as janelas lhe forneciam um melhor ângulo da Nave-Mundo. Ele viu pela transmissão dos monitores que a máquina de Galactus estava radiando energia pura, indicando que já devia estar bem avançada em seu trabalho de sugar as energias biosféricas do Mundo de Batalha. Que bom. Galactus prestaria atenção nisso, e não em Destino.

Ele também viu, no espaço além da imensidão da Nave-Mundo, uma luz crescente. O Beyonder havia aberto outra fenda no espaço-tempo. Estaria mais uma vez se preparando para se comunicar com eles? Ou será que sentia o fim do jogo se aproximando e desejava observá-lo de perto? Qualquer que fosse o motivo, Destino entendia que agora ele tinha meios de se aproximar diretamente de Beyonder. Havia falhado em sua tentativa anterior, sofrendo o mesmo destino de Galactus.

Dessa vez, no entanto, o resultado seria diferente.

– Klaw – Destino disse. – Você é capaz de mover as mãos?

A cabeça de Klaw jazia na mesa de corte. Na mesa adjacente, os dedos de uma das mãos se mexeram.

– Veja como posso movê-los, erguê-los, balançá-los, fazê-los mexer, mexer – ele disse.

– Vou colocar sua mão sobre um botão, Klaw – Destino disse. – Quando eu der o comando, você o pressionará.

– Vou apertar, apertar, e não me arrepender, eu quero ver – Klaw disse.

Destino colocou a mão de Klaw em um determinado ponto.

– Não mova a mão até eu mandar...

– Às ordens – Klaw finalizou. E começou a cacarejar quando Destino saiu da sala.

Nos monitores, viu os heróis reunidos. Certamente planejavam um ataque a Galactus. E, certamente, aquilo não importaria. Mesmo assim, ele tinha esperança que de fato atacassem. Cada pequena distração aumentava a probabilidade de Victor von Doom, e não Galactus, triunfar diante de Beyonder, e então exigir seu prêmio.

46

PELO QUE STEVE ROGERS SABIA, o reaparecimento de Galactus e de sua máquina devoradora de mundos significava que o tempo para discussões havia terminado. Ele não iria ficar parado e deixar aquelas que pessoas morressem.

– Vamos atrás dele – disse.

– Espere aí, Cap – Ciclope interrompeu. – Você não ouviu o que Reed acabou de nos dizer?

– Ouvi – Cap respondeu. – E me parece que Reed não tem certeza do que Galactus quis dizer. Se esse é o caso, vou tomar minha própria decisão. Não sabemos o que acontecerá se Galactus vencer. Sabemos o que acontecerá se nós vencermos. E isso é tudo de que preciso para decidir.

– Não conte comigo – esquivou-se Coisa. – Se Reed acha que devemos ficar fora disso, é o suficiente para mim. Um monstro de rocha alaranjada a menos não vai fazer nenhuma diferença no universo.

– Seu desertor – Gavião Arqueiro disse. – Depois de tudo, você vai nos deixar na mão? Isso é coisa de covarde.

Coisa deu um passo na direção de Gavião Arqueiro.

– Diga isso de novo.

– Se afaste, Gavião – Johnny Storm alertou.

– Você é que deveria se afastar – Colossus intercedeu.

Johnny e Ben olharam feio para ele.

– E vocês dois devem parar com essa briga por causa de Zsaji – Xavier interrompeu. – Não percebem que foram iludidos pelos poderes de cura dela? Peter, quando é que você já se deixou levar por uma paixonite passageira? Johnny Storm, eu não o conheço tão bem, mas senti sua mente. Seus sentimentos por Zsaji, assim como os de Peter, são consequência do toque curador dela.

– Por um minuto eu também cheguei a sentir algo por ela – Homem-Aranha relatou.

– Eu também... – Gavião Arqueiro admitiu.

– Percebem? – Xavier disse. – Todos somos vulneráveis ao Mundo de Batalha, pois ele sente e amplifica nossos desejos, fazendo-nos acreditar em nossos sonhos mais loucos, e às vezes transformando-os em realidade. Não é, Clint Barton?

– Pois é – Gavião Arqueiro concordou. – É o que ele faz.

– Fez isso comigo também – Xavier disse. – Não sei se ainda conseguirei andar quando voltarmos para a Terra, mas... – ele fez uma pausa, reunindo as palavras. – Há muito tempo eu não sentia tamanha euforia. Essa foi outra razão pela qual quis separar os X-Men dos outros. O sonho de autonomia, de operar livremente do estigma de mutante ou fora da lei... mas, novamente, embora o Mundo de Batalha possa realizar nossos desejos, ao que parece, alguns desses desejos devem ser subordinados ao bem maior.

– Estamos todos no mesmo time novamente? – Steve o interrompeu. – Quer dizer, odeio ter que interromper a terapia em grupo, mas Galactus está prestes a devorar este planeta sob nossos pés.

Ele se virou e marchou na direção da montanha. Por solo ou por ar, os outros o seguiram. Steve olhou para trás e viu Ben e Reed parados, observando.

– Eles vão sem a gente, parceiro – Coisa disse solenemente.

Reed assentiu.

– Independentemente dos meus receios, não podemos deixá-los sozinhos nessa – ele disse.

Ben e Reed seguiram Steve até o topo da montanha. Unidos, os heróis iriam enfrentar Galactus.

Dessa vez, Galactus não confiou em seus drones. Quando começaram a se aproximar, ele se afastou de sua máquina e ergueu os braços. Uma tempestade de força desabou sobre os heróis, nocauteando vários deles e obrigando o restante a buscar abrigo. Mas Steve notou que não era o mesmo poder que ele havia mostrado quando afastou todos de Reed anteriormente. Ou ele estava ficando mais fraco, ou estava distraído pelo processo de extração de energia, ou alguma outra coisa estava acontecendo, algo que Steve não conseguia entender, e provavelmente não entenderia mesmo que lhe fosse explicado.

Quando a onda de força passou, Hulk avançou.

– Estou cansado de ser jogado de um lado para o outro! – ele rosnou, soando mais como o antigo Hulk, guiado apenas pela raiva. – Eu vou...

Mas um raio de energia projetado pelos olhos de Galactus o interrompeu, atirando-o para longe da encosta da montanha. Thor o segurou, salvando-o de despencar desfiladeiro abaixo e atingir o vilarejo. O resto do grupo avançou também.

– Acho que este foi um bom sinal de que ele está prestando atenção, não é, Cap? – Ciclope perguntou.

– Não tenho ideia – Steve disse.

Diante deles, Johnny e Rhodes disparavam fogo e raios repulsores contra Galactus. Da borda de um penhasco, Thor girou e lançou o Mjolnir, atingindo o elmo de Galactus. Ao que pareceu, ele vacilou momentaneamente. Steve, junto dos heróis que não tinham a habilidade de voar, estava perto o bastante para atacar. Ele lançou o escudo e o observou atingir os joelhos de Galactus, mas o vilão apenas trocou o peso de perna, tentando pisar no Homem-Aranha. Houve explosões do outro lado da máquina. Rhodes a atingia com o unirraio do Homem de Ferro. No meio de todo aquele caos, Steve não ouvia o que Reed estava gritando. Em um hiato entre os impactos e explosões, ele captou algo.

– Reed disse para não atacarem a máquina! – gritou.

– Concentrem-se em Galactus! A máquina não importa!

Enquanto Reed dizia isso, Galactus se levantou. Vampira o golpeou com toda a força que conseguiu reunir. Ele a ignorou. Assim como ignorou Mjolnir, o escudo de Steve e os raios que Tempestade lançava sobre ele. E de repente ele saiu voando, e logo se tornou um pequeno ponto no céu... E então, enquanto se afastava, começou a ficar maior.

– Mas que diabo? – Cap se perguntou em voz alta.

– Ele muda de tamanho à revelia – Reed comentou ao seu lado. – Normalmente ele é maior quando está mais forte. Isso não é nada bom.

Galactus desapareceu quando chegou à Nave-Mundo.

– Ele fugiu – Steve disse. – Isso é bom.

– Não, não acho que seja – Reed disse, observando a Nave-Mundo, que começava a brilhar. Ao mesmo tempo, a máquina no topo da montanha ficou inerte. As correntes de energia biosférica tinham sumido.

– Ele não está mais drenando o Mundo de Batalha! – Mulher-Aranha disse.

Todos pareciam felizes com isso... até verem a cara de Reed.

– Nós complicamos as coisas ainda mais – Reed disse. – Agora ele decidiu devorar a maior fonte de energia à sua disposição... sua própria nave.

– Então o forçamos a fazer isso – Ciclope disse. – Não vejo o que há de errado.

– Não vê? Estamos perdidos – Reed disse. – Não conseguiremos mais tocar em Galactus. Tudo o que podemos fazer é observar e esperar para ver se o vencedor será Beyonder ou Galactus.

O céu sobre o Mundo de Batalha se incendiou enquanto a Nave-Mundo era convertida em energia. E no quadrante do céu oposto ao sol do fim de tarde, eles viram outra coisa.

A escuridão do espaço profundo, sem nenhuma estrela, havia novamente se partido, e a luz de Beyonder, vinda de outra dimensão, brilhava.

47

DESTINO ESTAVA CERTO. Sua distração vulcânica, somada à mal-informada – mas fortuita – intervenção, voltaram a fome de Galactus contra sua própria nave. Naquele momento, ela estava sendo transformada na energia fundamental conhecida como Poder Cósmico, a única fonte de alimentação de Galactus, pela qual ele se sentia incessantemente faminto.

– Agora! – Destino ordenou.

– Ora, ora, ora – Klaw ecoou, o som de sua voz reverberando pela fileira de lentes de ampliação que Destino havia construído com o corpo de Klaw.

As inúmeras lentes se ativaram, criando um raio concentrado de energia vibratória capaz de percorrer num átimo de segundo a distância entre a Base Destino e a Nave-Mundo. Ressoando com a energia remanescente na estrutura da nave, o raio redirecionou o Poder Cósmico, afastando-o de Galactus e enviando-o para Destino!

Foi um sentimento que ia muito além da dor ou do prazer, muito além de qualquer coisa que a palavra *sentimento* pudesse expressar. Destino permaneceu sendo Destino, mas o que significava ser Destino se modificara. O Poder Cósmico imbuído em cada átomo de seu ser, ligando-o ao substrato universal da realidade. Destino se abriu para isso, sabendo que resistir significaria ser aniquilado.

E acabou em alguns segundos.

Ele olhou para as lentes em fileiras e viu a vibração inerente de cada uma. Voltando sua atenção para o outro lado da sala, para a cabeça de Ulysses Klaw, teve a intenção de se mover. E em resposta a essa intenção, o mundo se moveu ao redor dele. O chão ondulou e se dobrou, enquanto a mesa onde jazia a cabeça de Klaw se refez diante dele. O que estaria acontecendo? Ele parou perto de Klaw, *que estava muito cranial, ele é muito mau, que legal.*

Os pensamentos, *hum, pensamentos, não, lamentos,* da desincorporada *le desincorporada* cabeça, *enlouqueça, permaneça,* inundaram a mente de Destino, *um hino sem tino,* e ele os afastou. *Ah!* O Poder Cósmico havia tornado a vontade de Destino uma parte do mundo físico, e todas as mentes estavam ali dentro! Ele teria de se desvencilhar, antes que as raízes humanas de sua consciência se dissipassem num mundo de almas entremeadas, tão difusas que o impediriam de ser um indivíduo. Era um tipo de poder que nenhum humano comum seria capaz de controlar.

Mas Destino não era um mero mortal. Ele havia se transformado. Construíra uma muralha em torno da própria mente, a qual denominava Victor von Doom, separou todas as memórias, experiências e sensações que fizeram dele quem ele era. E, assim, o mundo retornou ao seu lugar. Destino novamente se separou dele.

Mesmo assim, ainda podia sentir as mentes e as emoções de cada um dos servos aprisionados nos vários andares abaixo. A raiva deles, a inveja e os segredos mais obscuros estavam ao dispor de seu conhecimento – e de seu desdém por aquela pequenez. Ele estava além do que eles eram, talvez sempre estivera, mas agora a diferença era mais evidente.

Klaw balbuciava algo, e embora Destino não tomasse consciência das sílabas, ele alimentou o apetite desesperado de Klaw por atenção.

– Sim, Klaw – ele disse. – Estou agora no controle do Poder Cósmico. Minha mente se expandiu para tocar toda a realidade simultaneamente, embora também sinta a dança subatômica de cada partícula que compõe meu corpo... e o seu.

– A minha está bem, todas de bem. E, até eu voltar a ser eu, não reclamarei...

Destino não ordenou que Klaw ficasse em silêncio, mas, quando desejou aquilo, Klaw parou de resmungar. Ele sentiu a presença de um intruso que um momento atrás não estava ali.

– Espectro – ele disse. – Você já se comunicou com Xavier. Espero que ele esteja satisfeito com a mudança que houve, pois as coisas não continuarão assim por muito tempo.

Com um pensamento, ele evocou a fonte do poder de Espectro para que se tornasse luz e se voltasse contra ela.

– Você tem viajado à velocidade da luz. Mas agora sua luz se tornará matéria estática, e jamais se moverá novamente. E que nunca seja dito que Destino não é um apreciador da ironia.

A mulher congelou em um dos cantos da sala. Sua silhueta foi tremeluzindo, e aos poucos se tornou quase transparente.

E então ele pensou no que fazer em seguida. Já havia usurpado o poder de Galactus, restava-lhe apenas uma tarefa.

Seria possível que ele já tivesse conseguido tudo o que podia? Com o poder que já possuía, Destino poderia comandar as bilhões de centelhas microscópicas que criavam a mente humana. Poderia converter matéria em luz, e luz em matéria. Podia torcer o tecido da realidade à sua própria vontade. Ele via, sentia e pensava em tudo. Era onisciente!

Mas apenas neste universo. A fenda brilhante no espaço-tempo o evocava a algo ainda mais grandioso. Beyonder observava. Certamente sabia do poder que Destino agora possuía, e esperava sua próxima ação.

Cada vida do Mundo de Batalha estava sob o comando de Destino. Ele poderia apagá-las com um único pensamento, e então se apresentar diante de Beyonder para receber seu prêmio. Porém, o que poderia desejar além do que já possuía?

A resposta era: nada. Pelo menos nada que Beyonder lhe daria por vontade própria. Destino sabia agora que era o ser mais poderoso do universo, com exceção de Beyonder, talvez. E, sabendo disso, deu-se conta de que seu objetivo permanecia o mesmo desde que decidira tirar vantagem do jogo de Beyonder. Não ficaria em segundo lugar. Não iria até Beyonder para suplicar, implorar por uma recompensa.

Iria como alguém exigindo tributo. E se Beyonder não cedesse, Destino também o destruiria.

– O Beyonder é o momento, não há tempo para pensamento – Klaw disse. – Ele vai matar você – acrescentou, como se soubesse as verdadeiras intenções de Destino.

E talvez soubesse mesmo: a meia criatura ensandecida tinha seus próprios poderes, embora não chegassem aos pés dos de Destino.

– Não, Klaw. Somente eu, entre os seres sencientes deste universo, possuo alguma iluminação a respeito dos poderes de Beyonder. O campo de energia que repeliu Galactus e a mim em nossa primeira aproximação também me forneceu informações decisivas.

Destino incluiu aquela informação nos átomos de sua armadura enquanto falava, ordenando que se recriassem, formando uma arma. Destino a manteria oculta e, assim como Davi havia desbravado as lanças dos filisteus para lançar a pedra que derrubara Golias, ele devia enfrentar a presença física de Beyonder para só então liberar a arma que daria cabo dele. Não podia arriscar um ataque a distância.

– Informação – Klaw disse. – Desligue os faróis, lá vêm os heróis.

Destinou ouviu um estrondo lá embaixo.

– É o que parece, Klaw. Eles estão aqui, mas, quando entrarem neste lugar, já terei partido. E você deve dizer isso a eles.

Decidiu que deixaria Espectro ali, como um sinal de seu poder. Quando retornasse, todos o venerariam como um deus, ou ele os apagaria da existência e criaria uma nova raça de mortais propensa a lhe obedecer da maneira como ele merecia.

Mas tudo a seu tempo. Primeiro, o Beyonder.

48

ASSIM QUE XAVIER PERDEU CONTATO COM ESPECTRO, a equipe inteira avançou para a nave. Já sabiam que algo havia acontecido com a tentativa de Galactus de se alimentar com a energia de sua Nave-Mundo. Seguindo a direção do fluxo de energia visto no céu, Reed tinha absoluta certeza de que Destino tinha algo a ver com aquilo. Espectro deveria entrar e sair em um instante, mais rápido do que Destino pudesse reagir, mas ela não conseguiu.

E agora estavam em outra missão de resgate. Se tivessem sorte, Mulher-Hulk já estaria curada, e poderia entrar em ação enquanto estivessem na base. Iriam precisar dela, caso Destino tivesse criado alguma nova arma.

Outra possibilidade era de que Destino tivesse libertado todos os seus subordinados e de que a Mulher-Hulk já estivesse morta. Reed afastou essa possibilidade do pensamento.

A nave era rápida, e a viagem não demorou muito. Magneto os ajudou, criando um sulco no campo magnético do Mundo de Batalha que os fez acelerar na direção certa.

– Procurando expiação por todas as pessoas que matou? – Capitão América ironizou.

– Não serei julgado nem por você e nem por ninguém que não tenha presenciado a opressão de seu próprio povo – Magneto disse.

– Eu já ouvi essa antes. Todos os assassinos têm suas desculpas.

– Steve, com todo o respeito, não é hora para isso – Reed disse, apesar de também detestar o fato de colocar a própria sorte nas mãos de Magneto.

– Normalmente, eu seria o primeiro a querer degolar esse filho da mãe – Wolverine intercedeu, apontando na direção de Magneto com a garra estendida. – Quando voltarmos para casa, você e eu podemos fazer uma dupla. Mas aqui? Agora? Cale essa maldita boca. Mesmo um briguento ignorante como eu consegue ver que essa é a última coisa de que precisamos.

Capitão América olhou para Logan.

– Acho que ninguém estava falando com você.

– Epa, calma aí, caras... – Homem-Aranha tentou apaziguar os ânimos, mas Wolverine já estava irritado.

Ele se levantou e estendeu as outras garras, ignorando a própria advertência.

– Tá com algum problema, cara? – perguntou.

Rapidamente, Homem-Aranha se colocou entre eles, antes que as coisas piorassem.

– Camaradas, eu adoraria apostar em qual de vocês venceria uma luta, mas talvez seja melhor nos concentrarmos em salvar o universo – sugeriu. – Quer dizer, vocês podem voltar a esse assunto mais tarde.

– Não preciso que você intervenha em meu nome, Logan – Magneto disse. – Se eu e o Capitão América temos algo a discutir, somos mais do que capazes de resolver os problemas entre nós. No entanto, acho o conselho de Homem-Aranha bastante pertinente. Deixemos isso para mais tarde.

Wolverine voltou a sentar-se.

– Que Deus nos livre dos cavaleiros brancos – resmungou a si mesmo.

Por um momento, Reed achou que Capitão América reagiria, mas ele permaneceu impassível. Seu treinamento militar não tinha sido em vão. Ele mordeu a língua e também se sentou. Reed relaxou um pouco. Pelo menos eles não sairiam no braço antes de descobrir o que os esperava na Base Destino.

Quando chegaram, alguns minutos mais tarde, descobriram que os comparsas de Destino continuavam em suas celas, com exceção de Klaw, cuja cabeça foi encontrada alguns andares acima.

– Chegaram atrasados, a sorte está do lado errado, isso não é um fardo? – ele disse.

– E ele... concordou com isso? – Vampira perguntou, fazendo uma careta para aquela visão sangrenta e inegavelmente bizarra.

– Ele não está sentindo dor – Xavier assegurou, olhando para a cabeça.

– Atrasados para o quê? – perguntou a Klaw.

– Destino se foi, foi, foi, lutar contra o Beyonder, não sei onde – Klaw disse. – E deixou um presentinho, inho, se olhar em volta, vai achá-lo num cantinho.

E foi quando descobriram Espectro. Estava na forma de luz, mas congelada no lugar, e nenhum deles podia imaginar como desfazer o que Destino havia feito. Podiam passar as mãos através da forma incorpórea e estática dela. Sua imagem bruxuleava um pouco, como um holograma, por conta das flutuações de energia ali perto, mas ela não conseguia reagir.

– Klaw, o que aconteceu aqui? Onde está o resto do seu corpo? – Reed perguntou.

– Espectro bisbilhotou, e Destino a congelou, eu fui fatiado e em lentes transformado, ado, ado – Klaw balbuciou. – Mas nem dor Klaw sente, pois ela não entra em minha mente. Eu sou feito de som, om, om!

Reed insistiu.

– Destino foi lutar contra o Beyonder? Ele interferiu nas ações de Galactus?

– Ele conseguiu o Poder Cósmico, co! E dei adeus àquele estranho deus.

Reed deixou a cabeça de Klaw sobre a maca. Viu seus braços e pernas numa mesa próxima e uma das mãos sobre um botão no console. Destino havia se superado. Interceptara o Poder Cósmico e partira atrás de Beyonder.

– Então veremos o corpo de Destino caindo do céu logo, logo – comentou Ciclope.

– Não tenho tanta certeza disso – Reed disse. – Se contávamos com Galactus para acabar com Beyonder, e agora Destino interceptou o Poder Cósmico, parece que nossas chances não mudaram tanto assim.

Um estrondo ecoou na Base Destino, derrubando luminárias e instrumentos. A cabeça de Klaw rolou da mesa.

– Ei – ele disse. – Espero não estar no caminho. Não quero ver ninguém tropeçando, escorregando, me pegando.

Outro choque atingiu a Base Destino, muito mais forte dessa vez.

– O Mundo de Batalha está agitado – Vespa disse. – Um simples terremoto ou...?

– Nada no Mundo de Batalha é simples – Xavier comentou. – O planeta responde às vontades de todos que estão nele... quanto mais poderoso é o ser, mais poderosa é a resposta. Este terremoto é um indício de que a batalha entre Destino e Beyonder começou.

O terceiro choque os atingiu, danificando o teto, que começou a ceder. Quando tudo se acalmou um pouco, Homem-Aranha falou lá do alto da parede em que havia se empoleirado.

– Talvez a gente devesse ir ver o espetáculo lá de fora, que tal?

49

DESTINO SURFOU na irresistível onda de Poder Cósmico até o portal para Beyonder, e o atravessou, sentindo durante a passagem um pouco mais do que a breve resistência que um mortal comum teria sentido ao passar por uma porta giratória. Galactus não havia sido capaz de ir tão longe da última vez. Destino ficou exultante ao se dar conta de que era mais poderoso agora do que Galactus fora; talvez fosse mais poderoso do que Galactus jamais tivesse sido, pois quando antes Galactus se vira obrigado a consumir as energias de sua própria Nave-Mundo?

Luz em cores que nunca existiram se desdobravam sobre Destino, e ele sentiu os espaços infinitos do reino de Beyonder.

Pare! Você não pode se aproximar de mim!

– Então, aproxime-se você de mim – Destino entoou. – Rebaixe-se ante mim! Rasteje, e talvez você sobreviva!

Beyonder não reagiu. Destino forçou o avanço, sentindo a resistência crescendo ao seu redor enquanto Beyonder alterava o tecido de seu universo para impedir sua passagem. Destino liberou seu Poder Cósmico, rompendo as defesas de Beyonder e avançando gradativamente. Conseguia sentir Beyonder emanando um campo de vontade pura que subjugava a realidade a seus desejos. Destino diminuiu a velocidade e avançou novamente com mais força. A cada investida, ele desperdiçava mais energia, com menos progresso. Era a incorporação viva do Paradoxo de Zeno cobrindo eternamente a metade da distância até seu objetivo. Mesmo assim ele forçava seu caminho, mantendo suas últimas forças como reserva para a batalha que certamente viria.

E então chegou o momento em que ele foi detido.

– Não! – Destino gritou. – Você não me impedirá!

Reunindo todas as forças que tinha, ele atacou a barreira que Beyonder erigira, mas o bloqueio se manteve firme. Ele agora encarava Beyonder, e a vontade de ambos se enfrentava. Destino percebeu com um temor crescente que ele não estava no reino de Beyonder. Beyonder *era* o reino.

Beyonder era todo aquele universo. Ele o orquestrava comandando a própria mente. Destino havia percebido uma separação entre mente e matéria, mas, ali, tais distinções não existiam. Ele havia chegado perto, mas não o suficiente para alcançar seu objetivo – e, ao mesmo tempo, longe demais para evitar a retaliação de Beyonder.

E então surgiu uma onda poderosíssima que colocou cada partícula do corpo de Destino em guerra entre si. Ele sobreviveu apenas porque conseguiu concentrar toda a sua consciência no mínimo ponto daquela realidade que era Destino. Mas sobreviveu.

Por um tempo, tudo ficou quieto. Destino flutuava, exausto, no reino sem fim. E então sentiu a aproximação de Beyonder. *Não*, ele pensou. *Este não é o momento.*

Tentou se afastar, agonizante e aterrorizado muito além do que seu orgulho permitia, e buscou ajuda no único lugar em que imaginou que ela existiria.

••••

Os terremotos que destruíam o Mundo de Batalha cessaram. Os heróis também pararam, aguardando o que aconteceria em seguida.

– Cuidado – Xavier disse. – Uma consciência.

– Minha nossa. Meu sentido aranha está enlouquecendo – Homem-Aranha disse. – Seja lá quem esteja vindo nos visitar, não é alguém com quem a gente queira mexer.

Um traço de luz apareceu no ar no centro do recinto, crescendo e se moldando em uma forma humana. A forma de Victor von Doom. Ele não estava presente fisicamente, Xavier notou. Sua forma era translúcida e rodeada por um nimbo de energia similar em aparência àquele que fluía da Nave-Mundo de Galactus.

– Eu sou Destino, mas não como me conheceram – ele anunciou.

– Com certeza – Homem-Aranha concordou, e Vespa fez sinal para que ficasse quieto.

– O Poder Cósmico percorre meu ser, e transcendi a mortalidade – Destino prosseguiu. – Agora luto como o campeão entre vocês, pois o Beyonder é o verdadeiro inimigo. Ele nos colocou em guerra uns contra os outros para seu próprio divertimento. Para alcançarmos a salvação, devemos selá-lo do outro lado deste portal... para sempre! Eu o enfrentei agora, e ele se intimidou perante a mim... mas mesmo assim ele está reunindo forças para um ataque final.

A figura espectral de Destino estendeu os braços em cruz.

– Emprestem-me suas forças e poderei acabar com Beyonder de uma vez por todas. Quem quer se unir a mim? Quem o fizer, terá um poder além dos limites, pois obterá sua cota do Poder Cósmico que irradia através desta aparição de meu corpo!

– Não façam isso – Capitão América disse. – Tem alguma coisa que ele não está nos contando. Destino não nos ofereceria um pouco da glória se achasse que poderia ficar com toda ela para si mesmo. Não estou certo, Reed?

– É o que eu penso também – Reed concordou.

– Mas você pode estar errado – Magneto disse. – Esta é a nossa chance de ter certeza!

Magneto estendeu o braço e, quando seus dedos estavam a poucos centímetros de Destino, Xavier tentou impedi-lo.

– Erik, não.

Magneto se virou, cravando os olhos em Xavier.

– Não – Xavier repetiu. – Destino está mentindo.

– Destino é o único de vocês que entendeu este jogo!

Magneto manteve as mãos a apenas alguns centímetros fora do alcance de Destino. O tormento da situação estava claro em seu rosto. Ele sabia que não podia confiar em Destino, independentemente do que ele dissesse, mas o outro poderia estar dizendo a verdade, e unir seus poderes na luta contra Beyonder poderia equilibrar a balança.

– Destino só entende uma coisa, Erik: como explorar fraquezas. Se você tocá-lo, ele drenará seu poder, assim como drenou o Poder Cósmico de Galactus – Xavier disse. – Você não sobreviverá a isso.

– Xavier está certo. Não podemos arriscar – Reed disse. – Conheço Victor desde quando éramos crianças. E sei que ele não compartilha poder.

– Tolos ignorantes! Magneto, seus poderes podem equilibrar o jogo. Não tema! – Destino esticou ainda mais as mãos. Com uma expressão de tormento, Magneto olhava indeciso de Destino para Xavier.

– Querem minha opinião? Ele está se borrando de medo, e precisa de nossa ajuda – disse Ben Grimm.

Magneto manteve sua posição durante tempo suficiente para que Xavier pudesse ouvir os pensamentos de alguns heróis, que matutavam em como impedi-lo de transpor aqueles últimos centímetros que o separavam de Destino. Então Magneto abaixou o braço.

– Que diferença faz a morte de Destino se todos nós vamos morrer a qualquer momento? – perguntou, num tom de voz cansado.

– Não! Rápido! – A aparição de Destino gritou, já começando a sumir. – Não consigo... manter...

E então desapareceu.

....

Beyonder esperou que Destino aceitasse o fato de estar sozinho. E então o ataque se reiniciou. Agora Destino não tinha mais nenhuma defesa. Completamente derrotado e com os poderes quase exauridos, a continuação de sua existência dependia unicamente da misericórdia de Beyonder. Energias similares àquelas que cintilavam nas bordas do universo que se expandia um instante após o Big Bang o assaltaram, vasculhando seu corpo e mente. Apenas o Poder Cósmico evitou sua total aniquilação.

Quando a tempestade da ira de Beyonder cessou, Destino jazia em silêncio.

••••

Depois de um tempo, os destroços físicos do humano conhecido como Victor von Doom foram levantados. Revirados e analisados a distância. Estímulos elétricos aplicados a certas áreas renderam uma enorme quantidade de experiências registradas. Estas também foram analisadas, e suas inter-relações catalogadas. A morte da mãe de Victor von Doom e a subsequente captura de sua essência espiritual por uma entidade demoníaca foram notadas com certo interesse, pois isso criava o desejo em Victor von Doom. A perda da mãe fez surgir em Destino um desejo de controle e vingança. A guerra entre os dois guiou tudo o que esse humano fez em sua existência.

Desejo...

Havia mais a ser aprendido. O material blindado que protegia sua forma física foi removido e mantido perto do corpo, para preservar o modelo de sua forma. A luta havia alterado sua estrutura corporal. Metade do corpo foi mantida no estado existente, e a outra foi examinada nos mínimos detalhes. Suas camadas foram separadas e submetidas à investigação. Diferentes tecidos foram catalogados e amostras foram recuperadas.

A última peça removida da armadura foi o capacete.

••••

Destino despertou quando sua pele castigada reagiu à gélida aspiração. Assim que seus olhos se abriram, foram cobertos por uma película de gelo. Ele permaneceu imóvel, apesar da agonia, enquanto Beyonder procedia à vivissecção. O Poder Cósmico preservava sua consciência, e ele sentiu a pressão nos ossos enquanto Beyonder separava a pele dos músculos, isolando nervos e incitando-os para verificar as reações que seus sinais provocavam. Não havia contato físico, nenhum dedo o tocava. Apenas uma dor terrível e a ciência de que seu corpo estava falhando, pedaços inteiros dele se perdendo.

Destino sabia que Beyonder tinha estado em sua mente. Ele também sabia que Beyonder, apesar de invisível a seu único olho remanescente, estava perto.

Muito perto, na verdade. Talvez... perto demais.

A morte também estava muito perto. Um homem comum a teria aceitado. Recebido-a de bom grado. Mas Victor von Doom não a combateria apenas. Zombaria dela. A morte não o merecia. Havia sobrevivido ao Poder Cósmico. Até ali havia sobrevivido a Beyonder. E continuaria sobrevivendo. Restavam-lhe apenas uma mão e um olho. E com esse olho ele localizou a placa peitoral de sua armadura, flutuando ao lado. Com a única mão que tinha, ele a alcançou.

Beyonder não o impediu. O Poder Cósmico remanescente em seu corpo o deixou consciente dessa dimensão de seu ser, e Destino registrou a curiosidade como uma leve torção da lógica física daquele lugar. Beyonder observou-o esticar a mão como se nunca tivesse visto um humano executar tal movimento.

Aquele que joga em busca do prêmio definitivo deve arriscar até as últimas consequências. Este, Beyonder, é o meu Desejo.

Percebendo a surpresa de Beyonder, Destino sorriu.

50

A PRÓXIMA ONDA DE CHOQUE que atingiu a Base Destino ameaçou levar abaixo toda a estrutura. A aparição de Destino havia interrompido a fuga dos heróis.

– Temos de sair daqui! Agora! – Rhodes gritou.

A poeira era tão densa, que nenhum deles podia enxergar pela sala. Rhodes resolveu o problema abrindo um buraco na parede exterior mais próxima.

– Todo mundo! Para fora! – Capitão América apontou, mas seguiu na direção oposta. – Teremos mais chances se vocês conseguirem sair daqui!

– E você, Cap? – Reed gritou.

– Vá! Eu vou em um minuto. Preciso tirar os prisioneiros das celas!

– Também temos de pegar a Mulher-Hulk! – Homem-Aranha o lembrou, seguindo Coisa até a enfermaria.

Rhodes seguiu Cap pelo labirinto de corredores até a área da prisão. Os vilões encarcerados começaram a chamá-los assim que eles entraram. Rhodes ouviu um estrondo atrás de si e se virou. Wolverine estava arrebentando as portas das celas.

– Que bom que está aqui – Cap disse.

– Eu não deixaria esses homens morrerem como ratos em gaiolas, não me importa de que lado estejam – Wolverine disse, enquanto arrombava a porta seguinte.

Cap concordou.

– Mesmo estes homens têm direitos.

Mesmo com escombros desabando ao redor deles, Cap e Rhodes iam rompendo violentamente as outras portas, combinando investidas de raios repulsores e golpes com garras de adamantium.

– Acho que já soltamos todos – Rhodes disse. – Vamos cair fora daqui. – E abriu outro buraco na parede.

Os vilões precipitaram-se para o buraco, através do qual podiam ver a luz do dia. Cap e Wolverine os seguiram. Rhodes os conduziu, destruindo com os repulsores detritos que caíam pelo caminho.

Uma vez lá fora, correram para o outro lado da planície, para bem longe da Base Destino. O Mundo de Batalha tremeu mais uma vez, e a base inteira afundou com um estrondo. Mas a base não era a única coisa desmoronando. Todo o Mundo de Batalha parecia estar vindo abaixo. Cap fez uma rápida avaliação. O pessoal de Destino havia se espalhado, mas Coisa e Homem-Aranha salvaram Mulher-Hulk, e ela parecia melhor. Todos estavam ali.

– Não perdemos ninguém? – Rhodes perguntou. Ele parecia não acreditar.

– Bem... não vemos Lockheed faz um tempo – Gavião Arqueiro disse.

– Eu me refiro aos humanos.

– Você terá que explicar para Katya que não se importa com Lockheed só porque ele não é humano – Colossus disse.

– Ei, cara, eu não disse que não me importo – Rhodes se defendeu. – Só disse que me referia aos humanos.

Gavião Arqueiro estava olhando para o céu.

– Bem, os terremotos cessaram. Mas alguém mais está vendo aquilo? – ele perguntou, apontando para o alto.

A fenda crescente que Beyonder havia aberto no universo tinha desaparecido, e agora uma luz emanava do lugar onde ela estivera. Conforme se aproximava do Mundo de Batalha, crescia gradativamente.

– Preparem-se – Capitão América disse.

Rhodes pairava sobre o grupo com a armadura energizada, preparado para tudo, exceto para o que ele viu. A luz continuava crescendo, e quando chegou à superfície, tinha quase cem metros de largura e o mesmo de altura. Permaneceu no ar por um longo tempo, e então pareceu vazar lentamente para o chão, antes de se transformar numa gigantesca forma humana. Gradualmente, aquela forma humana se tornou reconhecível. Rhodes sentiu um frio na boca do estômago. Ele não se importava de lutar. Não se importava em arriscar a vida pelo que sabia ser o correto. Mas não queria morrer no Mundo de Batalha. Queria morrer na Terra. Mas, a julgar pelo que estava vendo, já não tinha mais essa opção.

Pairando sobre eles, do tamanho de Galactus, estava Victor von Doom.

– Beyonder está morto – ele trovejou. – O ser mais poderoso do universo agora é... Destino.

O grupo se reuniu em volta do Capitão América. Por mais que Reed e Xavier fossem dotados de notável inteligência, e Tempestade e Vespa fossem as líderes oficiais dos X-Men e Vingadores, no campo de batalha, os heróis preferiam seguir um soldado. Capitão América era o soldado dos soldados entre eles. Rhodes conhecia aquele sentimento. Geralmente, ele era o soldado a quem todos recorriam. Mas Cap ali era a voz da experiência.

– Essa vai ser a batalha de nossas vidas, pessoal – Capitão América disse.

– Baixem as mãos, heróis – Destino ordenou. Ele então começou a encolher, até ficar do tamanho normal de um humano. – Absorver as energias de Beyonder me estimulou a tomar uma forma condizente com tais poderes... mas voltarei a ficar de um tamanho familiar, para que possamos conversar melhor. Pois, como podem ver, o Beyonder foi destruído e Destino renasceu.

Destino fez uma pausa. Quando falou novamente, Rhodes se surpreendeu ao descobrir que acreditava em cada palavra que Destino estava dizendo, e podia sentir uma emoção genuína em sua voz.

– A guerra acabou – Destino anunciou.

51

HULK OUVIU O QUE DESTINO TINHA DITO, mas o que ele realmente queria era esmagá-lo, até destilar toda aquela presunção. O sentimento se tornou mais intenso quando Destino retirou a máscara para revelar um rosto sem cicatrizes e contundentemente belo: cabelos castanhos aparados perfeitamente, nobres olhos castanhos e um queixo impossivelmente bem-traçado.

– Os poderes de Galactus e de Beyonder agora são meus – ele disse. – Podem ver um dos desejos que consegui realizar. Eu poderia destruir todos vocês com um simples pensamento... e suponho que é isso o que esperam.

– O que está esperando? – Hulk desafiou. – Tente.

– Hulk, sua raiva é incompreensível. Deve ser um terrível golpe estar consciente da perda do próprio intelecto. Mesmo assim, sua raiva é equivocada. Destino não é seu inimigo. Nem Beyonder ou Galactus. Você não ouviu? A guerra acabou, e eu venci. E agora falarei com vocês por um momento... mas um momento apenas. Coisas mais importantes exigem a minha presença.

– Aposto que sim – Ben Grimm disse.

– Ei, se isso vai nos levar para casa, sou todo ouvidos – disse Homem-Aranha.

Xavier deu um passo à frente a apontou para o topo de uma colina, onde os vilões estavam reunidos, a uns cinquenta metros de distância.

– Seus ex-serviçais, ao contrário de nós, não estão tão dispostos a ouvi-lo, Destino – disse. – Neste momento, tramam contra você.

— Deixe que tramem — Destino disse. — Não temo nada que venha deles, ou de qualquer outro ser — disse altivamente, e então fez uma pausa. — Você, no entanto...

Uma súbita agitação ao redor deles interrompeu o que Destino iria dizer em seguida. Hulk cambaleou enquanto o chão sob os heróis se erguia, arremessando violentamente todos eles. Na verdade, eles estavam pendentes, como logo descobririam ao buscar algum apoio que os impedisse de escorregar pela extensão de quase um quilômetro de uma placa de crosta do Mundo de Batalha, que subitamente se ergueu no ar. A passagem uivante do vento deu lugar a sons sussurrantes da alta atmosfera, e os ouvidos de Hulk estalavam dolorosamente.

— Ei, posso ver Denver — Mulher-Aranha disse.

— Sim, a vista é ótima — Ben concordou. — Tentar respirar é que não está sendo.

— Rápido! — Reed assumiu o comando. — Rhodes, me segure, vou formar um bolsão. Todos que não podem voar, subam em mim.

Vampira, Magneto, Johnny Storm e Thor saltaram da placa de crosta, que estava prestes a verticalizar. Reed apanhou o máximo de heróis que podia suportar. Vespa tentou voar, mas a atmosfera era escassa demais naquela altura. Noturno teleportou-se para pegá-la, reaparecendo um momento depois no torso esticado de Reed.

— Hulk, o trem está partindo! — Johnny gritou.

Rhodes segurava as mãos e pés de Reed, que haviam se enroscado em volta de seus antebraços.

— Posso saltar — ele disse, olhando para baixo.

Reúnam-se na Base Destino, Xavier disse a todos. Hulk não respondeu. Precisava de um minuto, ou iria perder o controle. Muito desejava liberar sua fúria cega, mas não se renderia a ela. A luta ainda não havia terminado. Aqueles eram seus amigos. E ele repetia isso incessantemente em sua mente enquanto o sentimento crescia. *Estes são meus amigos.*

Mas o pessoal de Destino não era. Hulk olhou para baixo, desejando que pudesse cair mais rápido.

52

— VOCÊS GOSTARAM DISSO? — Homem Molecular gritou para o céu. O pedaço de crosta do Mundo de Batalha agora estava na vertical, com seu ponto superior atingindo o espaço. — Isso é o que acontece com quem me desafia!

— Owie, o que você fez? — Vulcana perguntou.

Owen estava tão nervoso, que nem respondeu. Ele sabia que estava sendo rude, mas, para o inferno. Às vezes, não se pode ser bonzinho com todo mundo.

Surfando na onda de sua raiva, ele soltou o pedaço de chão sobre o qual estava e voou na direção de Destino. Sabia que seus companheiros o seguiam a pé. Eles não queriam perder uma luta entre Homem Molecular e o novo e poderoso Doutor Destino, e Owen lhes daria o prazer de assistir a essa luta.

Depois de tudo que haviam passado, tudo que haviam feito por Destino, ele agora se revelava ardiloso daquela forma?! Passando a confiar nos heróis? Deixando de lado aqueles que fielmente o seguiram até ali? *Não*, Owen pensou. *Não é justo, e não tenho que aguentar isso.*

Ele parou perto de Destino e gritou na direção dele.

— Seus novos amigos se foram, Destino. Agora somos só você e eu... e logo serei apenas eu.

Destino simplesmente não se moveu. De braços cruzados, aguardou que Owen se aproximasse.

— Você acha que eu não faria isso? — Owen perguntou. — Eu farei. E não faria antes, mas agora você me irritou tanto, que já nem me importo. Não tem ideia do que sou capaz.

– É aí que você se engana – Destino disse. – É você que não tem ideia de sua capacidade.

Tudo ao redor deles mudou. As rochas sumiram. O céu e as nuvens também, bem como todos os amigos de Owen. Ele e Destino se viram num campo de... *o que era aquilo?* Owen olhou em volta, incapaz de compreender o que estava vendo.

– Contemple – disse Destino. – Essas são as energias entrelaçadas que formam os alicerces de tudo que há. O fluxo eterno que dá vida ao universo. Todas as coisas são do conhecimento de Destino... e eu lhe dou esse conhecimento como um presente, Owen Reece. Você tem poder não apenas sobre o mundo visível, mas também sobre este reino.

As manoplas de Destino se abriram sobre o rosto de Owen, e nos cinco pontos de contato das pontas dos dedos de Destino, Owen sentiu choques que se espalharam por toda a sua mente.

– Cada iota de matéria no cosmos responde a seus caprichos... e isso também se aplica aos níveis quânticos mais profundos, nos quais matéria e energia são a mesma coisa. Não há limites para seu poder, salvo aqueles que você impõe a si mesmo. Libere sua mente da dúvida e da autoaversão. Aceite a majestade de seu poder... e não tema.

Owen sentiu sua mente se abrindo, ou melhor, sendo restaurada, enquanto a visão de Destino estilhaçava todos os bloqueios e armadilhas internas que Owen passara tantos anos inconscientemente criando. Ele finalmente sabia e compreendia!

E então Destino se foi. Owen viu-se sozinho na borda do despenhadeiro que havia criado quando catapultou os heróis para os mais distantes limites da atmosfera do Mundo de Batalha.

– Eu... eu posso controlar moléculas orgânicas – ele disse. – Posso fazer qualquer coisa.

O restante da equipe se aproximou correndo.

– Homem Molecular – chamou Doutor Octopus. – O que aconteceu? Você e Destino sumiram, mas apenas você voltou.

– O quê? – Owen disse. – Não, vocês todos desapareceram. Destino e eu... – sua voz sumiu. Não havia como explicar a eles. Vulcana parou ao seu lado, e ele olhou para ela. – Não importa. Está tudo bem.

Podemos ficar ao lado dele. Eu sei o que fazer. Tomarei conta de todos nós, agora.

– Você? – Octopus disse. – Você? Claro que não.

– Ei, você viu o que ele acabou de fazer – Homem Absorvente o alertou. – Você acha uma boa ideia ficar contra ele? Porque eu não acho.

Octopus olhou ao redor, para os outros, buscando apoio.

Owen esperava que Octopus não quisesse lutar, ou então ele teria que fazê-lo desaparecer. E não queria fazê-lo.

– Está certo. Ótimo. Você está no comando – Octopus resignou-se, vendo todos os olhares voltados a Owen. – O que faremos?

– Bem – Owen disse. – Precisamos de comida e abrigo, para começar. E então podemos planejar.

– Podemos ir para minha casa – Vulcana sugeriu. – Vai ser um pouco apertado, mas Denver tem um pouco mais de civilização. Seria bom vermos algo familiar, não seria?

– Seria – Owen concordou. – Então será em Denver.

....

As coisas haviam se deteriorado em Denver desde que Marsha Rosenberg saíra de lá – ou talvez, ela pensou, devesse considerar que aquela fora a última vez que Marsha Rosenberg estivera lá. Ela agora era Vulcana. Ela viu o povo de Denver, irado e desesperado. A paz dos primeiros dias havia sumido; agora os cidadãos lutavam entre si por causa dos parcos recursos, e se juntavam apenas para repelir as incursões das criaturas que viviam no pântano. Vulcana ficou de certo modo compadecida. Ela era diferente deles agora. Seus problemas não eram os mesmos.

O grupo se apertou na sala de estar de seu apartamento na Rua Logan. Tinha certeza de que era a primeira vez que onze pessoas entravam ao mesmo tempo em seu apartamento, pelo menos desde que ela vivia ali.

– Não tenho muito a oferecer – desculpou-se. – Não há eletricidade nem água, e tudo o que estava na geladeira estragou. – Estava envergonhada por sua inabilidade de ser uma boa anfitriã para os colegas.

Mas Owen aliviou suas preocupações.

– Posso dar um jeito nisso quando estivermos com fome. Por enquanto, devemos discutir nossas opções.

– Pelo que sei, só há uma opção – disse Homem Absorvente. – A competição acabou. Destino venceu. Não ligo para os Vingadores nem para o resto deles. Só quero ir pra casa.

Sentada ao lado dele, Titânia assentiu.

– Eu também.

– Acho que todos nós queremos isso... – Vulcana disse. – Mas, como? Devemos estar muito, muito longe do Colorado.

Owen sorriu.

– Se quisermos ir pra casa, então devemos ir pra casa.

– Ah, é? – Homem Absorvente disse. – Como?

– Você vai ver – Owen respondeu.

Vulcana sentiu um formigamento de ansiedade. Ela podia notar a mudança em Owen desde seu encontro com Destino. Ele estava tão confiante, tão seguro de si. Aquilo era um pouco assustador, mas seu poder também era intoxicante.

Owen se levantou e abriu a porta de correr que dava acesso à sacada.

– Se querem ver, venham até aqui.

53

A BASE DESTINO jazia praticamente destruída, mas uma seção dos dormitórios permanecia intacta, conectada por uma larga sala de monitoramento com equipamentos que ainda funcionavam. Reed sabia que haviam tido sorte, e agora os heróis se reuniam para planejar o próximo passo.

– Não sei precisar para onde Destino foi – Xavier disse. – Buscas psiônicas não me dão os rastros de sua presença.

– Então estamos num tipo de impasse – Reed disse. – Destino venceu o jogo, mas abandonou seus aliados. Eles desapareceram, e não precisamos mais nos preocupar com eles.

– Não penso assim – Hulk rosnou. – Eles fugiram e estão escondidos, planejando um ataque sorrateiro. Temos de achá-los e derrubá-los de uma vez por todas. É a única maneira de termos certeza.

– Hulk, está ficando realmente desagradável permanecer perto de você – Vespa reclamou.

– Este é um lugar desagradável. Se quiser companhia melhor, volte para a 5ª Avenida – Hulk resmungou.

A base tremeu, e Reed percebeu que todos no recinto trocaram olhares inquietos.

– Achei que os terremotos haviam cessado – Vampira disse. – Quer dizer, eles eram gerados por Destino, Beyonder e Galactus lutando, certo? Então, o que está acontecendo agora?

Reed estava passando uma série de análises da região pelos monitores.

– Incrível – ele disse, exibindo uma das imagens numa das telas maiores, para que todos pudessem ver.

– É Denver! – Mulher-Aranha disse.

De fato, era a cidade de Denver, protegida por um domo transparente, soltando-se da superfície do Mundo de Batalha.

– Está caindo fora – disse Ben Grimm.

– Coisa do Homem Molecular, sem dúvida – Reed supôs.

– Que bom que ele não decidiu voltar seus poderes contra nós – Ciclope disse. – Se ele pode fazer algo assim, então não teríamos muita chance.

– Tenho amigos lá – lamentou Mulher-Aranha. – Denver é o meu lar. Não há nada que possamos fazer? Magneto? Alguém pode...?

– Não – Magneto disse. – Se eu tentasse, o conflito com o esforço do Homem Molecular poderia destruir a cidade. E também, embora odeie admitir isso, duvido muito que eu seja capaz de vencê-lo. O que estamos vendo é um poder extraordinário sendo desperdiçado para um feito ordinário.

– Você não é a única aqui vinda de Denver – Capitão América disse. – A nova namorada do Homem Molecular também é de Denver, não é? Foi lá que Destino encontrou pessoas para suas experiências. Então eles provavelmente estão indo para casa.

A cidade protegida pelo domo entrou no espaço e seguiu em frente, ficando cada vez menor. Manteve-se por um tempo no monitor como uma estrela, refletindo a luz do sol do Mundo de Batalha. E então até mesmo a pequena luz desapareceu.

– Impressionante – admirou-se Homem-Aranha. – Devíamos ter pedido uma carona.

– Preciso lembrá-lo de que Homem Molecular acabou de tentar nos matar? – Reed disse, calmamente. – Além disso, como ele pode saber para onde está indo?

– Ele provavelmente apenas dobrou o universo para que o Colorado surgisse diante dele – Mulher-Hulk disse. – Quer dizer, se ele é capaz de fazer isso, há alguma coisa que não possa fazer?

– Sinto cheiro de derrotismo por aqui – Johnny Storm disse. – Ouçam o que estamos dizendo, estamos todos impressionados com o que os outros podem fazer, mas, e as maravilhas que nós podemos fazer?

– E que maravilhas são essas, exatamente, Tocha? – Coisa contestou. – Somos somente os peões aqui, especialmente agora que Destino se foi, depois de ter se transformado numa espécie de deus.

– Fale por si – Magneto disse. – Não sou peão de ninguém.

– Tá certo. Chega. Olha, vamos descansar um pouco, antes que comecemos a brigar. Pensaremos melhor pela manhã – Capitão América sugeriu. – Estou dando a noite por encerrada.

Ele virou-se e saiu da sala.

••••

Os outros se dirigiram vagarosamente aos seus dormitórios. Sobre aquela parte do Mundo de Batalha recaiu uma noite sem estrelas, com exceção de uma pequena centelha que planava na direção da Base Destino, movimentando-se sobre as paredes destruídas até encontrar uma janela em particular, quando então flutuou para dentro. Enquanto ela cruzava o peitoril, Colossus irrompeu de um dos hangares montado num tipo de motocicleta aérea. Ele passou tão perto da centelha, que poderia tê-la visto caso sua atenção não estivesse completamente voltada para algum outro lugar, mas a centelha permaneceu despercebida, até se iluminar diante da testa do ser senciente adormecido mais próximo.

54

INCAPAZ DE DORMIR, Julia Carpenter saiu para dar uma caminhada. Vagou pela base sozinha, tentando espairecer, mas a imagem de Denver sendo levada espaço adentro e desaparecendo se repetia em sua mente. Seu lar se fora. Será que Homem Molecular poderia levá-lo de volta à Terra? Será que a Terra ainda existia, ou o Beyonder a destruíra? E se eles ficassem presos ao Mundo de Batalha para sempre, como consequência de Destino ter matado Beyonder? Quem mais poderia desfazer o que Beyonder havia feito?

Talvez o próprio Destino pudesse. Mas Julia não contava com ele para fazer a coisa certa. Ela se preocupava, tentando ver um jeito de resolver aquilo, mas acabava sempre chegando à mesma conclusão: todos morreriam no Mundo de Batalha.

E era nisso que estava pensando quando literalmente trombou em Hulk, ao entrar em um corredor. Ela foi jogada para longe e se virou.

– Ei, tenha mais cuidado! – ela reclamou, mas ele não deu sinal de que havia notado sua presença. Apenas continuou seguindo corredor adiante, indo na direção de onde ela viera. Julia estava vagando há tanto tempo, que já não fazia mais ideia se ainda estavam na parte sobrevivente da Base Destino.

– Hulk, escute, sei que você está com problemas, mas não há razão para ser um babaca com todo mundo. Estamos juntos nessa – ela disse, tentando alcançá-lo. Era bom saber que não era a única insone da equipe, e ambos deviam estar intrigados com o mesmo problema. – Não consigo parar de pensar em todas aquelas pobres pessoas em Denver...

Ela olhou para o rosto de Hulk e reparou em sua expressão estranha, com os olhos entreabertos e a mandíbula frouxa. Ele parecia... bem, parecia que ele estava sonâmbulo.

– Hulk – ela chamou. – Acorde.

Ele simplesmente continuou andando. Julia não gostava nada daquilo. Ele poderia causar um belo estrago se ela o deixasse sair desgovernado pela base. Ela correu na frente dele e conjurou uma teia psiônica por toda a extensão do corredor adiante. Hulk andou até alcançá-la e então forçou a passagem. Com bastante força. Julia segurou a teia o máximo que pôde, mas Hulk era forte demais. Sua concentração falhou, e ele atravessou como se não houvesse nada ali.

Julia agarrou seu braço.

– Hulk, vamos lá! Acorde!

Sem olhar para ela, Hulk acertou-a com um movimento brusco na lateral da cabeça, empurrando-a no chão.

E então algo aconteceu. Teria ela perdido a consciência? Não tinha certeza. Mas quando Julia recobrou inteiramente os sentidos, estava em pé no laboratório de Destino. Klaw havia sumido. Uma luz brilhante subitamente surgiu do outro lado do recinto e palavras apareceram na parede, como se tivessem sido esculpidas por uma mão invisível.

Ao ler o que diziam, Julia começou a gritar.

55

SCOTT ESTAVA ENTRE OS PRIMEIROS que ouviram a voz da Mulher-Aranha e a localizaram no laboratório de Doutor Destino, bem no coração da Base Destino. Era uma das poucas áreas que não haviam sofrido danos catastróficos por conta dos tremores.

A primeira coisa que ele viu foi Mulher-Aranha, assustada e encostada a uma parede. A segunda foi Espectro, parada ao lado de Julia e perguntando por que diabos ela estava gritando.

Os outros heróis chegaram em duplas ou trios, e um falatório confuso irrompeu enquanto tentavam entender o que havia acontecido.

– Espectro! – Scott disse. – Da última vez que a vimos, Destino a havia congelado em forma de luz.

– Ele fez isso? – ela perguntou. – Me parece que não faz nem um minuto que o ouvi falando, e em seguida vi Julia gritando a plenos pulmões... – Ela parou, e então gesticulou animada. – Destino está com o Poder Cósmico! Ele deve ter dominado o poder de Galactus.

– Notícias antigas – Ben Grimm disse. – Você esteve fora por um bom tempo.

Eles a atualizaram sobre os eventos ocorridos desde seu último momento descongelada, e ela balançou a cabeça.

– Então Destino está com todo o poder de Beyonder e de Galactus, e nós ainda estamos aqui. Isso não me parece bom.

Scott se voltou para Mulher-Aranha.

– Certo. Você encontrou o Hulk. E depois?

– Ele estava sonâmbulo. Tentei detê-lo. E então ele me empurrou para fora do caminho, e... – ela parecia confusa. – ... e então eu acordei aqui. Não sei o que aconteceu nesse meio-tempo. Isso faz algum sentido?

– Não – Wolverine disse. – Nenhum.

– Bem, foi o que aconteceu – Julia disse impaciente.

– Posso confirmar a parte do sonambulismo – Hulk disse. – Eu acordei no corredor quando a ouvi gritando.

– Eu acredito em vocês dois – Scott disse. – Do jeito que as coisas estão, Destino pode fazer praticamente tudo o que quiser. Se ele quisesse que alguém viesse aqui e encontrasse Klaw para ele, poderia impelir qualquer um a isso.

– Certo, mas ele poderia vir e encontrar Klaw por si mesmo – Capitão América ponderou. – E como explicamos o que aconteceu com Hulk?

– Há algum outro poder envolvido – Xavier disse.

Xavier, com olheiras e parecendo mais magro – tanto que Scott achou que ele também não havia dormido –, olhou para a parede, lendo a mensagem que Destino havia deixado:

VOCÊS ESTÃO CONVOCADOS A IR À TORRE DESTINO PELA MANHÃ.

– Que torre? – Reed se perguntou.

– Talvez você queira dar uma olhada pela janela, Elástico – Ben disse, apontando.

Todos olharam para onde Ben indicava e viram uma imensa estrutura dourada que não estava ali um dia antes. Era tão alta que as nuvens se juntavam na sua extremidade. Era no mínimo da mesma altura que o pedaço de crosta que Homem Molecular havia arrancado no dia anterior.

– Acho que é essa aí – Coisa disse.

– Bem, agora nós sabemos onde vamos jantar amanhã, *nicht wahr?* – Noturno disse.

Scott estava fazendo uma contagem, para se certificar de que todos estavam ali. E agora notava que faltavam dois membros.

– Reed – ele disse. – Johnny tem o sono pesado?

Reed olhou em volta.

– Não que eu saiba.

– E Colossus tampouco – afirmou Scott. – Mas nenhum deles está aqui.

56

PETER RASPUTIN SABIA QUE AQUILO ERA ERRADO, mas ele não conseguiu evitar. Se Doutor Destino havia vencido o jogo, não significava que eles estavam... bem, nas mãos do destino? Nunca sairiam do Mundo de Batalha. Se Destino tivesse qualquer intenção de acabar com aquele jogo e mandá-los para casa – se de fato ele pudesse fazer isso –, certamente já teria feito. Era o bastante para que Peter se convencesse de que o Mundo de Batalha era seu novo lar. E, sendo assim, ele teria que tirar o melhor dali.

Tinha de dar adeus a Katya. *Perdoe-me, meu amor*, ele pensou enquanto dirigia a motocicleta voadora até o vilarejo de Zsaji, tentando ser o mais silencioso possível. *Fomos separados pelas ações maléficas dos que são mais poderosos do que nós.*

Nenhuma luz brilhava na cabana de Zsaji. Era muito tarde, faltava uma hora ou menos para o amanhecer, pelo que Peter estimava. Ele puxou a cortina da entrada e sussurrou o nome dela. No escuro, ele a viu se mexer. Zsaji se levantou e acendeu um lampião ao lado da cama.

– Sinto muito por acordá-la – ele se desculpou.

Ela o observava, com aqueles belos e grandes olhos, os cabelos prateados desarrumados pela noite de sono.

– Nós perdemos no jogo de Beyonder. Ou Destino aniquilará o Mundo de Batalha quando voltar para a Terra, se é que a Terra ainda existe, ou nos abandonará aqui. Em todo caso, eu só queria ver você de novo.

Ela disse algo em seu idioma. Ele achou que soava como uma pergunta.

– Queria saber o que você está perguntando – Peter disse. – Esta pode ser a última vez que nos vemos. Ou, quem sabe, pode ser o início de uma longa vida juntos. – Tal como a vida que ele sempre imaginara ao lado de Kitty Pryde. Seria traição admitir o caráter definitivo da separação? Peter não podia ver daquele jeito. E, embora soubesse que seus pensamentos estavam confusos por conta do toque de cura de Zsaji, ainda assim acreditava que tinha uma compreensão verdadeira da realidade da situação deles. Todos tinham de começar a desapegar-se de seus lugares de origem, pois no futuro só haveria o Mundo de Batalha... ou nada.

– Se sobrevivermos aos próximos dias, vou ficar com você. Sei que não pode me entender, mas vamos ensinar nossos idiomas um para o outro e assim poderemos nos acostumar um com o outro, bem como os outros vão se acostumar conosco – Colossus sorriu.

Zsaji sorriu de volta. Lá fora, o sol nascia.

Pelo menos foi o que Peter pensou quando notou a luz que vinha pela porta. E então viu as sombras se movendo e se deu conta de que a luz era forte demais para os primeiros raios da manhã. Um momento depois, ouviu os passos fora da cabine de Zsaji e a voz de Johnny Storm.

– Ei, conquistador – Johnny disse. – Venha aqui fora. Você e eu precisamos conversar.

Peter se levantou. Zsaji tocou seu braço e disse algo.

– Não se preocupe, amor – Peter disse. – Vamos apenas conversar.

Lá fora, ele viu que ainda estava escuro, mas a luz começava a surgir no céu do lado oposto à Base Destino.

– Johnny – Peter falou.

– Saindo às escondidas no meio da noite... – Johnny disse. – O que papai Xavier diria sobre isso?

Peter ficou parado na porta.

– Talvez a mesma coisa que seu cunhado Reed.

– Ah, nossa. Acontece que eu não tenho uma namorada linda, mutante e supergênio esperando por mim na mansão, tenho? – Johnny replicou. – Então talvez nossas situações não sejam tão parecidas.

– Não, não são. Porque você se acha um conquistador. Zsaji é mais uma conquista pra você. Mas pra mim ela é...

– Corta essa – Johnny disse. – Sei exatamente como você se sente. Ela me ajudou também, lembra?

– Isso não muda nada quem você é. Assim como não muda quem eu sou.

Johnny sorriu, como se Peter tivesse lhe dado um presente.

– Tá certo. E sabe quem você é? Um covarde. De repente, você se compromete com Zsaji porque precisa de algo em que se apoiar, agora que Destino recebeu o grande prêmio. Isso é o que um covarde faz. Você está desistindo de Kitty Pryde porque desistiu de sair daqui. Isso não é sobre ela nem sobre Zsaji. É sobre você, Pete. Já tinha ouvido muitas coisas a seu respeito, mas ninguém tinha me dito que você era um covarde.

Colossus havia decidido que jamais brigaria com um colega, mas aquela resolução derreteu-se rapidamente no calor das palavras de Johnny.

– Covarde? – Colossus repetiu, e sua carne foi ficando reluzente, tornando-se aço orgânico.

Ele deu um passo para a frente, afastando-se da porta da cabana de Zsaji.

– Você me ouviu – Johnny disse, incendiando-se.

Uma onda de pânico paralisante varreu a mente de Peter. Por um momento, ele ficou cego. Quando a dor passou, viu que Johnny também sofrera algo similar. Os dois homens levaram as mãos à cabeça, instáveis demais para continuar com as hostilidades.

Vocês dois, parem imediatamente, disse a voz telepática inconfundível de Charles Xavier. *A situação mudou durante a ausência de vocês. Precisam voltar para a base. Imediatamente.*

Professor...

Não. Não me faça obrigá-lo a isso.

Johnny lançou mais um olhar furioso a Peter e então saiu voando em chamas pelo céu do amanhecer. Atrás de si, Peter ouviu a voz de Zsaji. Ele não conseguiu se virar e olhar para ela.

– Adeus – ele disse, e então caminhou até a motocicleta aérea e ligou os motores. – O dever me chama. Saiba que te amo.

57

JOHNNY STORM E COLOSSUS CHEGARAM SEPARADOS. Xavier não perguntou onde eles haviam estado. Não queria envergonhá-los na frente dos outros. No entanto, tinha esperança de que os dois deixassem a mulher alienígena em paz de agora em diante. Seus poderes de cura certamente já eram um fardo suficientemente pesado para carregar sem ter de lidar com o fato de ser o pivô de uma competição entre dois homens.

Os heróis se reuniram e marcharam para a estranha torre nova. Estavam quietos e sombrios. Nem mesmo Xavier podia prever a próxima ação de Destino.

Klaw, que estava inteiro novamente, recebeu-os na escadaria, do lado de fora das enormes portas da base.

– Bem-vindos à Torre, Destino está no controle! Ele não é mais como era, e está à espera. Podem ir ao salão, ão, ão.

– Parece que Destino não arrumou a cabeça dele quando juntou o resto – Wolverine murmurou.

Eles subiram as escadas até uma grande praça e então continuaram por uma gigante galeria que conduzia a um imenso salão vazio. *Realmente*, Xavier meditou, *sala do trono é o único nome que podemos dar a este lugar*. Destino estava sentado no trono. Ele levantou-se, ficando de pé sobre um estrado.

– Saudações! – Destino cumprimentou-os. Ele não os convidou a subirem no estrado onde estava, nem a virem ao seu encontro. – Devo ir logo ao assunto mais importante, pois, ao assumir o poder do Beyonder, Victor von Doom morreu. De certo modo. Eu ainda sou Destino, mas não como era antes. Rivalidades humanas mesquinhas, ambições, invejas... já não têm mais sentido para mim. Sou completo e sereno, e os trouxe até aqui para lhes oferecer um presente.

– Cuidado com presentes oferecidos por vilões – Noturno murmurou.

– Eu transcendi as preocupações com mortalidade e com os mortais – Destino continuou. – No entanto, continuo ciente dos assuntos pendentes de minha existência mortal. Não posso desfazer os feitos de minha vida anterior sem ferir o tecido da realidade que vocês habitam. No entanto, posso corrigir alguns dos erros e crimes daqueles dias que ficaram no passado. Observem.

Destino estendeu uma das mãos, com a palma voltada para cima, e então a ergueu lentamente, como se evocasse algo. Uma onda de energia apareceu na base dos degraus e transformou-se em Kang, o Conquistador, que parecia ter sido interrompido durante uma conversa com alguém.

– ... percebe que Kang é essencial para... – ele parou e olhou ao redor. – Onde estou? O que aconteceu?

– Volte para seu tempo, Kang. Volte para casa. – Destino virou a mão e empurrou a palma alguns milímetros para a frente. Kang desapareceu.

– Você não o matou? – Capitão América disse.

– Sim, ele estava morto. Mas, como pode ver agora, Steve Rogers, há mais entre a vida e a morte do que sonha sua vã filosofia – Destino fez uma pausa. – Se me permite a citação errônea. Eu corrigi o tratamento errado que dei a Kang. Galactus também está sendo revivido, e será encontrado à deriva no espaço por seu leal arauto. E então só restam vocês, que sofreram muito por conta de minhas ações neste mundo. Quero garantir a cada um de vocês uma única benção. O que desejarem, como reparação pelo sofrimento que suportaram. Jogaram limpo no jogo de Beyonder, e merecem o prêmio que ele ofereceu, apesar do fato de que nunca poderiam ter vencido.

– Pode ir e subir para seu plano mais elevado – Capitão América disse. – Não queremos nada de você.

– Você tem certeza? – Destino perguntou. – Talvez seus colegas pensem diferente. Consulte-os.

Capitão América se reuniu com os outros em um canto mais afastado.

– Professor – Capitão América disse em voz baixa. – O que pensa disso?

– A mente de Destino é ilegível – Xavier disse. – Não posso dar orientação para nenhuma decisão que venhamos a tomar.

Embora falasse com Capitão América, ele observava Mulher-Aranha. Ela estava se comportando de maneira bastante estranha desde que fora encontrada no laboratório da Base Destino, como se seus pensamentos estivessem em outro lugar. Ela observava Klaw, enquanto os outros bombardeavam Capitão América com sugestões. Homem-Aranha falou em nome de muitos quando perguntou:

– Por que simplesmente não pedimos a ele que nos mande para casa?

– Depois que ele encontrasse Lockheed para nós. Kitty nunca nos perdoaria se voltássemos sem ele – Noturno acrescentou.

– Eu posso levar todo mundo para casa – Reed disse.

– Sério? Como? – Wolverine perguntou.

Capitão América captou o olhar de Reed. E este lançou-lhe um sutil aceno, como se dissesse "Sim, é sério".

Através da interferência dos poderes virtualmente ilimitados de Destino, Xavier podia ouvir apenas o tom geral de seus pensamentos. Nenhum deles confiava em Destino, mas muitos estavam dispostos a lhe dar uma chance se isso significasse voltar para casa. Reed, contudo, parecia confiante, e Xavier decidiu acreditar nessa confiança.

– Creio que a oferta de Destino seja sincera – ele disse. – No entanto, duvido do controle que ele afirma possuir acerca das ramificações dos desejos. Em outras palavras, podemos sofrer os efeitos colaterais disso em algum momento.

– Então o que faremos? Vamos simplesmente recusar sua oferta de uma viagem gratuita para casa? – Vespa disse. – Isso é loucura.

– Todos sabemos o que cada um de nós deseja? – Xavier perguntou.

– Leitura de mentes é seu departamento – Johnny Storm respondeu.

– Precisamente. No entanto, a presença de Destino, e de seus poderes, me impedem de fazer isso. Então, a não ser que estejamos completamente certos de como cada um de nossos desejos pode interagir com os outros sem causar efeitos colaterais catastróficos, acredito que nossa escolha é clara – Xavier disse. – Não podemos arriscar um potencial dano à realidade.

– Xavier está correto – Reed comentou.

– Ainda acho que devemos tentar – Ben Grimm insistiu. – Qual é, vocês acham que não devemos aproveitar uma oportunidade de voltar para casa?

– Não esperarei mais por sua decisão – Destino disse. – Escolham.

Xavier assentiu para Capitão América.

– Capitão Rogers falará por nós.

Ele notou que muitos franziam o cenho, mas nenhum fez menção de tentar interferir.

– Não queremos nada de você, Destino – Capitão América disse. – No entanto, agradecemos a oferta.

– Muito bem – Destino disse. Um brilho o cercou, e sua forma começou a crescer. – Então nossas negociações terminaram... para sempre! Saiam por onde entraram. Logo partirei deste planeta, mas, lembrem-se: até minha ascensão, não devo ser perturbado. Não queiram estar diante de mim novamente. Preciso explicar as potenciais consequências?

– Já entendemos – Capitão América respondeu.

Xavier tomou conhecimento de outra consciência enquanto Destino sumia completamente e Klaw dizia:

– É melhor que vocês vão, vão, vão, já que disseram não, não, não.

– Parece que sim – Wolverine concordou.

Xavier tentou isolar essa nova mente, mas ela estava em constante mudança, escondendo-se entre as outras mentes dentro do grupo. Suas tentativas de rastreá-la foram confundidas pela estática psiônica emitida por Ulysses Klaw. Não conseguira obter uma noção firme de quem ou o que era aquilo, e estava um pouco mais inclinado a acreditar que havia começado a sentir a consciência do Mundo de Batalha em si; não simplesmente sua tendência em relação aos desejos, mas toda a sua complexa e caleidoscópica essência.

Já estavam fora, seguindo em direção à nave, completamente derrotados, considerando a magnitude dos eventos que haviam acabado de observar. Reed Richards já estava pedindo a opinião de Hulk a respeito de maneiras possíveis de reconfigurar alguns dos maquinários da Base Destino para transportá-los de volta à Terra.

– Primeiro, precisamos determinar onde está a Terra – Hulk dizia. – Como faremos isso sem estrelas para ajudar a determinar a posição?

Enquanto isso, Capitão América fazia outro cálculo. Se eles não conseguissem voltar sem arriscar uma retaliação de Destino, precisava que todos estivessem presentes.

– Onde está a Mulher-Aranha? – perguntou.

Reed se esticou enquanto Espectro piscou e tremeluziu.

– Ela não está aqui – Espectro disse. – Acabei de dar uma volta na torre e não a vi em lugar nenhum.

– Vou voltar e encontrá-la – Capitão América disse.

– Se Destino falou sério, ela já deve estar morta – Xavier observou.

– Não vou deixar ninguém para trás – Capitão América disse, virando-se e caminhando na direção da torre.

– E vocês, voltem para a nave – Reed disse. – Não queremos provocar Destino mais do que o necessário.

Ben olhou para a torre, tão alta que era impossível ver o topo.

– Não demore, Capitão, não gosto deste lugar.

••••

Seguindo o balbuciar constante de Klaw, Steve encontrou Destino sem a máscara e perdido em pensamentos, sentado em uma câmara ao lado da sala do trono. Talvez a maior parte dos poderes dele só servisse para exibição. De quanto espaço um homem sozinho precisa?

– Destino – Steve chamou. – Estamos de saída, mas a Mulher--Aranha deve ter se perdido no caminho. Voltei para procurá-la.

– Entendo – Destino disse. – Klaw, encontre-a.

Klaw se afastou depressa e Steve olhou ao redor da sala.

– Belo lugar – comentou. – Não é bem o que eu esperaria de um cara que transcendeu a humanidade. Quer dizer, aquela é sua mãe, não é? – perguntou, apontando para uma série de impressionantes retratos dispostos imponentemente em uma das paredes.

– Muito perspicaz, Capitão – Destino elogiou. – Embora eu quase tenha deixado minha humanidade para trás, não sou imune às marés da emoção. Você recusou meu presente antes... – ele continuou, reclinando-se na cadeira – então, no lugar do regalo lhe oferecerei uma história. É uma história curta, e provavelmente você já deve ter ouvido uma variação dela antes. Uma mulher com certas habilidades vende a alma a um poderoso demônio para salvar alguém próximo. Esse alguém, uma criança, chega à idade adulta sabendo que a mãe é prisioneira desse demônio. E então, anos depois, ele se dá conta de que se tornou poderoso o bastante para enfrentar o demônio e trazer sua mãe de volta à terra dos vivos.

– Então você vai enfrentar... qual o nome do demônio?

– Mephisto. E assim que eu trouxer minha mãe de volta à vida, meu último elo com os assuntos humanos – com qualquer assunto mortal, na verdade –, será cortado.

– Não sei, Destino – Steve disse. – Você me parece bastante humano.

– É claro – Destino concordou. – Mantenho essa aparência porque minha forma física contém as energias ilimitadas às quais tenho acesso. Eu a mantenho, sempre vigilante, porque um momento de desatenção da minha parte pode liberar forças desestabilizadoras, que causariam danos inexplicáveis. Até mesmo o menor movimento impensado pode acabar com as vidas de milhões... ou bilhões. E eu não desejo isso.

Klaw voltou correndo para a sala.

– Ela está aí fora, a hora é agora, devem ir embora, mas algo me apetece, não sei o que acontece, ece, ece, ece...

Destino se levantou.

– Vá e leve Julia Carpenter embora desta torre, Steve Rogers. Nós não nos veremos novamente.

58

A EQUIPE INTEIRA ESTAVA REUNIDA em volta de uma longa mesa na Base Destino. Era a primeira vez que faziam isso desde que Magneto partira, assim que chegaram ao Mundo de Batalha. Peter Rasputin, perturbado por seus pensamentos, sentou-se do lado oposto de onde estava Capitão América, que havia convocado uma reunião para discutir o que havia descoberto a respeito de Destino.

– Vou direto ao ponto – Cap disse. – Destino pode agora ter os poderes de Galactus e de Beyonder, mas ele ainda pensa como um ser humano. Ainda é guiado pelas mesmas coisas que nos guiam... no caso dele, amor.

Amor, pensou Peter. *Não é isso que guia todos nós?*

– Destino? Amor? – Coisa riu. – O que ele está fazendo, escrevendo sonetos em sua torre?

– Pode rir o quanto quiser, Ben, mas é exatamente isso que ele me contou. Sua câmara ao lado da sala do trono está repleta de fotos da mãe. Eu não estava familiarizado com a história... Reed, talvez você devesse contá-la, já que conhece Destino melhor do que nós.

– A versão resumida é que a mãe de Victor era uma talentosa... bruxa, acho que essa é a palavra. Ou feiticeira – Reed disse. – Ela fez um pacto com o demônio... o demônio que conhecemos como Mephisto, para proteger o povo de seu vilarejo de um nobre local. Quando ela morreu, Mephisto se apossou de seu espírito, e está com ela desde então.

– É basicamente isso que Destino me contou – Capitão América falou. – E agora ele diz que vai usar seus poderes para recuperar a mãe das garras de Mephisto.

— Eu faria a mesma coisa se estivesse no lugar dele — comentou Vespa.

— Absolutamente — acrescentou Mulher-Hulk.

— O problema é o seguinte — Capitão América prosseguiu. — Se o grande objetivo de Destino é libertar a mãe... podemos simpatizar o quanto quisermos, mas também precisamos nos dar conta de que ele é apenas um de nós. Ainda humano... só que com poderes virtualmente ilimitados. Daí vem a pergunta: podemos acreditar que ele fará a coisa certa com tais poderes?

— A primeira coisa que ele fez foi arrumar o rosto desfigurado — Reed apontou. — Isso nos indica o quanto ele abandonou suas manias humanas.

— Foi o que pensei também — disse Capitão América.

— Todos nós estamos familiarizados com as tentações que o Mundo de Batalha colocou diante de nós, não estamos? — Xavier sugeriu. — Imagine como essas tentações podem ser grandes se você tiver o poder de realizar qualquer desejo.

— Destino começará a nos controlar, não importa o que ele tenha prometido — Tempestade disse.

— Essa é a minha preocupação — Steve revelou. — E agora, entretanto, não podemos culpar Destino por querer a mãe de volta. Eu adoraria ver minha mãe novamente.

Todos fizeram que sim com a cabeça ou murmuraram em concordância.

— O problema é que ele acha que está transcendendo todos os desejos humanos, e se convenceu disso... mas parece que está agindo como o mesmo Destino de sempre. Liberdade para fazer apenas o que Destino permite não é liberdade nenhuma.

— Então devemos voltar lá e acabar com ele — Hulk disse. — Não precisamos mais ficar discutindo sobre isso, precisamos?

— No entanto, se ele possui o tipo de poder que achamos que possui... — Mulher-Hulk deixou as implicações no ar.

— Está certo — Wolverine disse. — Todos vamos morrer. Mas quem disse que isso, de qualquer modo, já não está na ordem do dia? Digo que devemos ir atrás dele. Só assim teremos certeza.

— Certeza de quê? De que vamos ser mortos? — Espectro se opôs. — Se Reed pode nos levar pra casa, é nisso que devemos nos concentrar.

Colossus podia ver que ela não tinha nenhum desejo de chegar perto de Destino depois de sua última experiência. *Quem poderia culpá-la?*

— Destino pode fazer o que ele quiser — Wolverine disse. — Eu não sei vocês, mas não quero passar a vida sabendo que Victor von Doom pode acabar comigo a qualquer segundo. Prefiro morrer tentando fazer algo a respeito. Precisamos ir atrás dele.

— Sim — Reed Richards concordou. Johnny Storm e o Coisa, sentados ao lado dele, também.

— Estamos nessa — Johnny disse.

— Eu também — Xavier disse —, e acredito que meus compatriotas também, embora devam falar por si próprios.

— Estou do seu lado — Magneto acrescentou.

Ao redor da mesa, cada um dos heróis concordou. A decisão era unânime... até chegar a vez de Rasputin se pronunciar.

— E quanto a você, Colossus? — Capitão América perguntou. — Você ainda não disse nada.

— Estou pensando. Talvez Destino nunca nos faça nenhum mal; nesse caso, vamos marchar para uma batalha desnecessária, que provavelmente causará a morte de todos nós. E, para alguns de nós, o Mundo de Batalha não tem sido... tão ruim assim. Se tivermos que ficar presos aqui para sempre, talvez pudéssemos tirar um melhor proveito do lugar.

— Seu voto é apenas seu, Colossus. Você não precisa concordar com ninguém, mas dê a sua opinião — Capitão América disse.

Se lutassem contra Destino, provavelmente todos morreriam. Assim como todos os demais no Mundo de Batalha. Se não lutassem contra Destino, viveriam suas vidas como escravos dele. De todo modo, suas vidas terminariam conforme a vontade de Destino. E também a de Zsaji. A única diferença era o quão ativo seria o papel que teriam durante o tempo que lhes restava, e pelo que escolheriam lutar.

– Professor – Peter disse. – Quando me deixou no vilarejo de Zsaji, por que não tentou me contatar para me dizer o porquê?

– Eu deveria ter tentado – Xavier disse. – Sabia que os Vingadores cuidariam de você melhor do que poderíamos ter cuidado, mas eu também queria deixar um sinal de que, apesar de operarmos separados, eu acreditava que estávamos lutando pelas mesmas coisas. Eu confiava que você estava ciente disso e que lhes entregaria a mensagem.

Peter entendeu. Ele também sabia que, quando fosse o momento da escolha, não havia realmente o que escolher. Ele era um X-Man.

– Sim – ele disse, pondo-se em pé e se transformando em aço orgânico. – Devemos lutar.

Cap também se levantou.

– Estejam avisados – ele disse. – Um raio pode vir do nada e nos matar a qualquer momento. Estejam preparados. Avante!

Peter viu seus amigos e aliados levantando-se e caminhando juntos. E então, por um breve momento, viu os heróis ao seu redor contornados por uma luz ofuscante. Pensou rapidamente em Zsaji e Katya; depois, em mais nada.

ULYSSES KLAW

Que "bum" fizera Doom! Klaw ficou animadaço ao assistir ao estardalhaço que mandou os heróis para o espaço. *Hahahaha!* Destino tudo explodiu e a base extinguiu, o fogo subiu, e nada mais se ouviu. Heróis mortos não podem lutar depois de uma explosão com tudo acabar. O fogo tremeluzia de onde Klaw assistia, maravilhado com a cena que jamais imaginaria. Nada mais era heroico, não importando o quão estoico, agora era como o Mesozoico.

Não se pode lutar com Destino. Quem tentaria um golpe de tamanha burrice, se Destino agora é um deus e pode apagá-lo da superfície? Mesmo Klaw sabia com temeridade que Destino não o pouparia se não fosse de sua utilidade.

Mas Klaw também tinha um plano, ah, cara, mas que plano, ele veio pela luz, e entrou em seu tutano. Destino o deixava assustado, mas estava bem cansado. Para onde os heróis haviam ido? Por enquanto, por enquanto, mas Klaw sabia certamente que nada no Mundo de Batalha dura eternamente.

Estranhos poderes, pensa Klaw, *procuram em Destino uma brecha fatal*. Mas Klaw não controla nada, sua mente está parada, a luz em sua mente com mais força vai brilhar quando ele notar onde Destino pode falhar.

Klaw não pode resistir. Ele vai seguir adiante, ser levado pela correnteza forte até o momento de sua morte. Na tela, a cena é terrível e o fogo é implacável. Os heróis viraram fumaça, e ele acha graça.

59

AMORA AFASTOU-SE da áspera companhia dos mortais a fim de ponderar sobre o que faria em seguida. Escolhera o único cômodo onde era pouco provável que fosse interrompida: o lavabo. Homem Molecular havia restaurado os confortos civilizados daquela parte da cidade num esforço para deixar sua namorada mais confortável. Aquilo deu a Amora um novo modo de avaliar o que estava acontecendo no Mundo de Batalha, pois saber o que transparecia ali era crucial para entender como deveria proceder.

Enquanto a banheira se enchia, Amora considerou se deveria tentar aproximar-se de Destino mais uma vez. Na resplandecência de seus novos poderes, ele poderia estar mais aberto a seus avanços. No entanto, poderia reagir negativamente. Nesse caso, Amora não tinha certeza de que sobreviveria. E apenas a ideia de isso acontecer lhe enchia de raiva. *Como Destino havia conseguido um tipo de poder capaz de ameaçar até a existência de um imortal?* As coisas estavam terrivelmente fora dos eixos.

A banheira estava cheia. Amora olhou para baixo, como se contemplasse a própria imagem num espelho, e disse ao seu reflexo:

– Levante-se.

Um elemental da água, inconfundivelmente feminino em sua forma, ergueu-se da superfície.

– O que tá rolando, Amora? – ele disse.

Elementais têm personalidades imprevisíveis. Geralmente são bem desatentos, especialmente os da água. Amora não gostou da familiaridade com que aquele a tratara, mas sabia que ele tinha tanto controle de sua natureza quanto ela.

— Preciso de informações — ela disse. — Diga-me o que sabe sobre o Beyonder.

— Ah, bem, eu estava papeando com outras essências espirituais, sabe como é, quando ninguém nos evoca por um tempo, tudo o que podemos fazer é falar. Algumas delas sabem de tudo, já que estão por aí desde que existem elementos. O Beyonder? Bom, ele é de outra dimensão. Ele é completo, sabia? E então uma pequena abertura surgiu, conectando a dimensão dele com esta aqui, e ele conseguiu... curioso. Porque vocês são incompletos. Vocês querem coisas que não têm, e o Beyonder não entende isso. Então ele queria estudá-los porque... cá entre nós, o Beyonder é meio nerd. Ele armou aquele Mundo de Batalha para que todos desejassem algo. Então ele poderia ver até onde iriam para conseguir. E você é uma ótima escolha, porque você é só desejo, né, maravilhosa?

— Cuidado com seu tom — Amora advertiu. — Eu o tolero porque você possui algo de que preciso. Mas não se esqueça de que posso tornar sua existência intolerável... árida... se assim eu quiser.

— Credo, o que foi que eu disse? — o elemental fez uma careta.

— Eu sei que Destino tomou os poderes de Beyonder — Amora disse. — Você, que pode entrar em comunhão com todas as moléculas de água do universo, diga-me agora o que transparece sobre o Mundo de Batalha.

— O quê? Eu não posso fazer isso!

— Ah, pode, sim — disse Encantor. — Talvez você só precise de uma forcinha em sua energia.

Ela pegou o elemental pelos cabelos e o afundou de volta na banheira. Segurando-o, apesar de seu esforço para se soltar, ela fez a água da banheira ferver. Na superfície borbulhante, ela viu o incrível poder de Destino sendo exercido na aniquilação de sua antiga base e de todos os heróis, incluindo Thor Odinson. Amora segurou o choro ao ver aquilo, esperando que fosse um erro ou uma ilusão. E então evocou uma imagem que revelava o próximo objetivo de Destino: invadir o reino do terrível demônio Mephisto para libertar o espírito cativo de sua mãe. Um arrepio percorreu-lhe a espinha.

— Não — ela arfou, soltando o elemental. Ele irrompeu da banheira, e a água fervente começou a esfriar.

— Desnecessário isso — ele reclamou, zangado. — Você morreria se fosse mais educada?

— Mais uma pergunta — Amora disse. Ela queria saber sobre Thor, mas outra abordagem poderia revelar aquela resposta e muito mais. — Beyonder ainda está vivo?

— Sim, mas por pouco tempo — o elemental disse. — Sério, ele está por um fio. Mas está se segurando, e está mais perto de Destino do que a gente imagina. Nem mesmo Destino sabe disso. O espetáculo ainda não acabou, se é que você me entende.

Amora achou que entendia.

— Vá embora! — ela ordenou, então retirou a tampa do ralo e deixou que o elemental fosse sugado para dentro do reservatório que Homem Molecular havia criado para receber a água. Saindo do banheiro, ela passou por Homem Absorvente.

— Não me ouviu batendo? — ele reclamou. — Alguns de nós não têm bexigas imortais, sabia?

Ela o ignorou e retornou para junto do grupo, ainda analisando os fatos. Destino tencionava resgatar a mãe das garras de Mephisto. Sem dúvida, ele causaria uma guerra entre as entidades demoníacas, e essa guerra se estenderia. Asgard não poderia se manter neutra se um dos Nove Reinos — Niffleheim, Hel, Muspelheim — escolhesse ficar ao lado de Mephisto, ou contra ele. Asgard precisava ser informada imediatamente.

Um plano ganhava forma em sua mente. Mesmo à deriva, nas profundezas do espaço, Amora, a Encantor, nunca ficava sem recursos. Ela se aproximaria de outro de seus companheiros e lhe daria apenas um empurrãozinho na direção certa.

••••

Era inevitável, Owen pensou. Um grupo grande confinado num pequeno apartamento e perdido no meio do espaço... é óbvio que as desavenças não demorariam a começar.

– Se ficarmos sem comida, temos a opção de devorar o Lagarto – Bate-Estaca disse. – Répteis têm gosto de frango, então ele também deve ter.

– Ah, você não vai, não – Vulcana disse, ficando do lado de Lagarto. Ele estava muito inquieto desde que Denver levantou voo da superfície do Mundo de Batalha, e ela havia se tornado perita em acalmá-lo. Isso fez com que Owen a amasse ainda mais; e parecia que ela causava um efeito similar no Lagarto, que agora a seguia aonde quer que ela fosse. – Owie, mande-os serem legais com Lagarto.

– Pessoal, qual é? Ninguém aqui vai ficar importunando os outros – Owen disse. – Estamos a caminho de casa. Não podemos ficar felizes por isso?

– Estamos? Tem certeza disso? – Doutor Octopus não parecia muito convencido. – Porque, pelo que sabemos, podemos estar indo na direção errada. Se é que a Terra ainda existe! Como podemos saber se o Beyonder simplesmente não a destruiu? Pelo que sabemos, ele deletou todo o universo.

– Estou arrumando isso – Owen disse.

Todos voltaram o olhar para Owen.

– Você está o quê? – Octavius perguntou, incrédulo.

– Arrumando isso. Colocando as estrelas de volta, essas coisas. Há muita matéria para ser trabalhada.

– Você está mentindo – Octavius duvidou. – Nem mesmo você é capaz de fazer isso.

– Ah, se sou! E muito bem! E já comecei – Owen disse. – Venha. Eu te mostro.

E, em seguida, todos estavam na rua.

– Olhe! – Owen disse, apontando. Ele observou a expressão de todo mundo enquanto olhavam para cima e viam o que ele fizera.

Através do domo que Owen havia colocado ao redor da cidade, era possível ver as estrelas. Não estavam organizadas em constelações familiares, mas só porque a cidade viajante do espaço estava ainda muito longe da Terra, e as configurações pareciam diferentes.

– Eu comecei a colocar as estrelas de volta – Owen disse, orgulhosamente. – Eu disse que sou capaz de fazer qualquer coisa.

Denver estava voando tão rápido, que as estrelas se moviam visivelmente enquanto ele falava.

– Logo estaremos em casa – Owen finalizou. – Que ótimo, não?

– Não! Isso é um truque! Não pode ser verdade! – Os tentáculos de Doutor Octopus se movimentavam loucamente ao seu redor, tanto que acabaram arrancando uma árvore e destruindo as fachadas dos edifícios próximos.

– Não é um truque – Owen insistiu. Com um campo de força, ele amorteceu a queda dos tijolos e concretos dos edifícios para que ninguém se ferisse.

– Mesmo que estivéssemos seguindo na direção certa, levaria bilhões de anos para chegarmos em casa! – Octavius gritou, inconformado.

– Mas, Doutor Octopus, isso só aconteceria se eu tivesse que obedecer às leis da Física pelo caminho – Owen explicou. – Confie no que estou dizendo, isso não é problema para mim... então não é problema para os outros aqui também.

– Mentira! Você vai nos matar a todos! Se tivéssemos ficado no Mundo de Batalha, teríamos uma chance... mas agora vamos todos morrer aqui, e ninguém nem ao menos vai se lembrar de nós! – Os tentáculos de Octavius quase atingiram Owen, mas ele os desviou com facilidade.

– É sério – disse. – Apenas espere e verá.

– Doutor, você está perdendo a cabeça – disse Homem Absorvente.

– Temos de acalmá-lo – Destruidor disse.

– Eu sei como acalmá-lo direitinho – Homem Absorvente falou, esticando a mão para tocar o suporte de aço de uma placa com a indicação: PROIBIDO ESTACIONAR. Seu corpo brilhou, e em segundos se tornou de aço. O concreto rachou sobre seus pés.

— Não o machuque — pediu Homem Molecular. — Eu me sinto um pouco mal, na verdade. Doutor Octopus não é má pessoa, só está um pouco sobrecarregado. Mais ou menos como eu estava quando chegamos aqui... Não é, querida?

Ele se virou e olhou para Vulcana, que havia desaparecido. Assim como Lagarto... e Encantor.

Devem ter se entediado com a briga. Owen pensou.

— Escute, Octavius. Não precisamos brigar. — Ele estalou os dedos, apenas para causar algum efeito, na verdade, e o Homem Absorvente tornou-se de carne novamente. Aquilo apaziguou o calor da briga. Owen estava descobrindo como pequenos gestos podiam ser eficazes. — Todos vocês, relaxem — ele disse, exibindo o que esperava ser um sorriso tranquilizador. — Vou levar a gente para casa.

....

Amora aproveitou o caos para levar Vulcana para longe do grupo com a mais simples das formas de telepatia... sugestões. Quando chegaram a um parque ali perto, Amora a liberou. Vulcana olhou ao redor, assustada.

— Como...? — ela começou.

— Eu a convoquei — Amora disse. — Chegou a hora de pagar a dívida que tem comigo.

— Pagar... Esqueça! — Vulcana disse. Ela começou a se transformar, liberando as energias de plasma dentro de si... mas Amora interrompeu o processo e a aprisionou num simples campo de estase.

— Receio não poder me esquecer disso, querida. Você verá, descobri algo que representa um risco para todos os Nove Reinos. A busca de Destino por sua mãe terá consequências que nem ele é capaz de prever. No entanto, eu posso fazer, e farei, o que for necessário para impedir que seu plano se realize. Infelizmente para você, minha querida Senhorita Rosenberg, isso significa que devo seguir para Asgard imediatamente. E o único modo de conseguir viajar para tão longe é se você doar sua força vital para mim – Amora manteve Vulcana no ar, sentindo o calor e a onda de suas energias internas.

– Não, não, não – Vulcana dizia com a voz abafada pelo campo mágico no qual Amora a havia aprisionado.

– Sim – Amora disse. – É uma pena que você nunca tenha lido todas as fábulas de seu povo a respeito de promessas tolas. Agora...

Ela começou a evocar as energias de Vulcana, sentindo que elas começavam a se soltar e a fluir em sua direção. Mas antes que pudesse completar a evocação, gritos ao redor a desconcentraram. Ela olhou por sobre o ombro e viu Lagarto com as presas à mostra, correndo em sua direção... e, voando ao lado e acima dele, uma ameaça maior, o Homem Molecular. Lagarto, alterado pela visão do ataque à sua única amiga no grupo, estava quase sobre ela.

Encantor ainda não tinha o poder para chegar a Asgard! Talvez houvesse outro modo. *Muito bem*, pensou, e seguiu o único curso de ação disponível para ela. Reuniu seus poderes e desapareceu junto a Lagarto... de volta ao Mundo de Batalha.

Mas seria apenas uma parada temporária.

– Pelos dentes de Fafnir, você me envergonha, animal! – gritou para Lagarto.

Em resposta, ele a atacou furiosamente, retalhando o belo rosto de Encantor com as garras.

Ela sentiu sua carne – *sua carne imortal!* – sob as garras do animal, e se deu conta de que mais uma vez o Mundo de Batalha estava agindo à sua própria maneira. Os desejos animalescos de Lagarto estavam sendo realizados, à custa da beleza de Amora.

– Verme! – ela berrou enquanto o atacava. – Vai pagar com juros por essa afronta à minha fisionomia – Amora ameaçou, mantendo Lagarto no chão com a força de sua mágica e observando as gotas de sangue que escorriam de seu rosto pingarem na superfície do Mundo de Batalha. – E pagará por interromper o pagamento de um trato.

Lagarto mostrou as presas e sibilou.

– Honestamente – Amora disse. – Acha que me sinto ameaçada por seus ruídos? Você pode ter salvado a vida de Vulcana, mas isso vai lhe custar a sua própria!

Ela esticou a mão e enrijeceu o punho, sugando as energias vitais de Lagarto em um único rompante. *Sim*, ela pensou. *Isso deve ser o bastante para me levar de volta à Asgard... e, após meu retorno, verei a vingança de Odin quando ele tomar conhecimento do destino que recaiu sobre seu filho favorito.* O Mundo de Batalha foi se afastando ao seu redor, e então ela sentiu o chamado distante de Asgard. A força vital animalesca a impulsionou, e ela esticou os braços; seu lar estava a seu alcance.

60

DESTINO ENDIREITOU-SE no assento enquanto controlava o poder.

– Klaw! – ele gritou, e Klaw veio correndo até ele. – Eu quase cochilei, Klaw – Destino repreendeu-o. – Você não pode me deixar cair no sono. Se eu dormir, posso perder o controle de meus poderes. Se minha mente subconsciente tomar conta, toda a realidade pode refletir a natureza de meus sonhos... e talvez o universo não sobreviva a isso.

– Você pode até reviver acidentalmente os heróis – Klaw disse. Estranhamente, ele falou sem as rimas ecoantes e repetições que caracterizavam seu discurso desde que Destino o reconstituíra na Nave-Mundo de Galactus. – Isso pode acontecer, certo? Se você liberar acidentalmente seus poderes, eres, eres?

– Não está além de meu poder – Destino meditou. – Não fale mais disso. Eu sabia da dissidência deles, e acabei com eles antes que ousassem se aproximar. Estão mortos.

– Até que você os traga de volta, se já não fez isso.

– Você fala como se desejasse me provocar a aniquilá-lo também, Klaw – Destino disse.

– Ah, não, não, não. Só estou pensando.

– Estou no controle total do poder, Klaw – Destino disse. – Eu sei o que fiz... e quem desfiz.

– Sim, com certeza, posso apostar, mas há outra maneira de eles voltarem a viver – Klaw disse.

– Você é um pobre tolo, se é isso que está tentando fazer – Destino disse.

– Ah, mas Destino! O tolo é um *memento mori!* Mori, morte, mortalidade! O rei que morre, a morte que não morre, o último suspiro que vem para todos, a queda final...

– Basta! Qual é a outra maneira? O que você imagina que Destino já não considerou?

– Quem pode trazer alguém de volta à vida? – Klaw perguntou. – Você!

– Mas eu não devo.

– A curandeira! Do vilarejo! Ah, ela viu a solene coluna de fogo ganhando o céu, mais alta do que as nuvens. Ela corre... ou voa! Sim! Nas costas de um dragão! Até as ruínas, onde vê os mortos e deseja a própria morte... quase. Quase. A maioria dos heróis foi reduzida a cinzas ou está em pedaços, mas não Colossus. Ele é de aço, então resta mais dele. O aço é fácil de curar quando você sabe o que fazer, e ela sente algo por Colossus. É uma história de amor! Ela desiste de sua vida para trazê-lo de volta! Ele chora, mas vive, e sabe o que fazer! Encontra Reed Richards, cujo corpo de elástico não se partiu e, ao contrário dos outros, não está morto. Há equipamentos médicos. Colossus os monta! Coloca Richards lá dentro... são dois vivos! Quanto tempo até que os outros se unam a eles, Destino? É assim que pode ser feito!

– Loucura – Destino diz. – Impossível.

– Nada é impossível para Destino! – Klaw gritou. – Talvez eles estejam vindo para cá te dar um puxão de orelha por tê-los deixado com medo! Não acha?

– Não!

– Talvez seja o que você quer, Destino! Você não quer ficar só! Você precisa deles! Talvez você os tenha ajudado!

– Eu já disse, basta dessa fantasia – Destino trovejou. – Você está inventando histórias, Klaw, mas se esquece de que estou no controle de meus poderes. Nada acontece se eu não desejar!

Apesar de aumentar o tom de voz, ele podia sentir sua confiança diminuindo. Por que não havia desintegrado Klaw, ou pelo menos retirado sua habilidade de falar? Precisava de Klaw, sim, para mantê-lo acordado, mas não a esse preço. Não se Klaw fosse zombar dele, desafiá-lo descaradamente.

— Se você realmente quer vê-los mortos, por que toda a pirotecnia? — Klaw provocou. — Por que não atomizá-los? Por que simplesmente não apagar aquela parte do Mundo de Batalha como se ela nunca houvesse existido? Você teve de causar uma grande explosão, mas quem viu aquilo, Destino? O único que estava ali assistindo era você... Quem sabe?... E Zsaji... a única outra pessoa no Mundo de Batalha que podia fazer algo a respeito! Você nega, mas isso está me parecendo a atitude de um cara que não quer realmente os inimigos mortos.

— Estão mortos com toda a certeza. Posso verificar e confirmar.

— Então faça isso. Dispare a boa e velha onisciência! Vá em frente!

— Entendi o seu truque, Klaw. Você deseja que eu use o poder, sabendo que assim a sua visão pode se tornar realidade! Mas não permitirei isso. Eles estão mortos. Não serei levado a ativar meus poderes por vontade sua.

No entanto, Destino sabia que mais cedo ou mais tarde teria de liberar o poder, para se revigorar um pouco e não acabar dormindo, correndo o risco de trazer inadvertidamente a história de Klaw à tona. Um momento de dúvida era tudo de que precisaria. Quantas vezes Destino teve certeza de que Reed Richards estava morto?

— Não — ele rosnou. — Você não me enfraquecerá. Eu sou muito mais inteligente do que você, e já antecipei qualquer desenvolvimento que você possa imaginar. Acha que me surpreende com sua pequena fábula? Muito pelo contrário. Tudo é possível nesta vida... mas somente até que eu negue a possibilidade de acontecer. E fiz isso. Reed Richards está morto! E os outros heróis também!

Klaw deu de ombros, com um meio sorriso no rosto, e nesse momento o martelo de Thor atingiu uma das paredes da torre. Escombros cobriam o chão, enquanto o que restara da parede tombava sala adentro. Destino observava em choque o círculo completo que tinha sido feito na parede.

— Isso... isso já aconteceu! Você fez isso, Klaw?

– Ei, pode ser. Talvez você tenha um vazamento de poder. Quem sabe... É... ei, Destino, seu poder é tipo um... está correndo solto por aí! Melhor controlá-lo!

Destino sentiu que aquilo era verdade. Ele começara a desestabilizar a estrutura do Mundo de Batalha, e de todos os bilhões de sóis que voltavam à existência sem que ele soubesse. Estava tão afundado em sua mente no esforço de conter o poder, que cada interação com o universo sensorial ameaçava liberá-lo.

Destino se esforçou para acalmar os pensamentos e regular as emoções desenfreadas. Lentamente, conseguiu controlar o poder.

– Klaw... Cheguei muito perto de destruir esta realidade – Destino disse. – Manter o controle... é muito mais difícil do que imaginei.

– Ei, posso ajudar, pode apostar. Canalize um pouco de poder para mim, e nós dois ficaremos mais felizes – Klaw disse. – Aqui.

Ele estendeu a mão. Algo brilhava em seus olhos, como se um pouco da energia de Destino já tivesse espirrado em seu corpo e permanecido ali.

– Estou falando sério. Vá descansar um pouco, para tentar se recompor. Eu fico aqui cuidando de tudo, e destruirei os heróis para você!

Destino tocou as pontas dos dedos de Klaw, no melhor estilo Michelangelo.

– Sim, Klaw. Vá e acabe com essa ameaça. Independentemente de eu a ter criado ou se aconteceu conforme você falou, eles precisam...

– Mais! – Klaw gritou. – Mais!

Destino retraiu-se.

– Um pouco mais e seu corpo de som sólido vai se fundir a outra parte do espectro eletromagnético. Fico imaginando como seria o som de algo derretendo... no entanto, prefiro descobrir quando tiver mais tempo para verificar o resultado. Vá, Klaw. Preciso me recompor e conter este poder. Faça o que me prometeu.

– Ah, vou fazer – Klaw disse.

61

OPTARAM POR UMA ABORDAGEM DIRETA. Quando Mjolnir retornou à mão estendida de Thor, Steve Rogers observou que a reação era externa a Destino. De dentro da torre, uma luz brilhante começou a crescer, vazando pelas janelas do andar térreo até os últimos andares, onde as paredes da torre se perdem em meio às nuvens.

– Ele sabe que estamos aqui – Steve disse.

– Graças à Zsaji – Colossus disse, com o rosto transfigurado por uma expressão de fúria vingativa, completamente avessa ao seu comportamento habitual. Ele havia se apaixonado pela alienígena, Steve sabia, e sua morte lhe atingira duramente. Colossus era conhecido por não se deixar dominar pela raiva, mas o sacrifício de Zsaji tinha sido demais para ele, e por isso estavam ali. Qualquer que fosse o modo como Destino os recebesse, Colossus o enfrentaria com sua fúria de aço, e Vespa o ajudaria, lançando a maior quantidade de raios de bioeletricidade que fosse capaz de emitir. Ela também sofria pela morte da mulher que havia salvado sua vida duas vezes.

– Pessoal, meu velho sentido aranha está sobrecarregado – Homem-Aranha disse.

Eles estavam se aproximando da abertura que Mjolnir havia feito na parede. Bem abaixo, outra cratera podia ser vista na fundação, parecendo pequena em vista da enorme torre, apesar da rachadura ter quase vinte metros.

Algo se movia lá dentro, e Steve ergueu o escudo, que estava quebrado, o círculo perfeito serrilhado e em pedaços por conta da explosão provocada por Destino – que matara a todos –, mas ainda podia ser usado em combate.

– Continuem em frente! – Steve gritou. – Seja lá o que vier, ataquem rápido e com força!

E o que veio foi uma criatura diferente de tudo o que já haviam visto. Espremendo-se pela cratera, aumentou em cinco vezes seu tamanho inicial. O organismo era vagamente humanoide, embora se movesse sobre quatro pernas. Uma camada lisa de penugem vermelha cobria membros musculosos que terminavam em unhas do tamanho de Ben Grimm. A bocarra repleta de dentes grossos era grande o suficiente para engolir a todos de uma única vez. Três olhos fitaram com raiva os heróis.

– De onde diabos essa coisa saiu? – Ben perguntou-se em voz alta.

Certamente não é uma criatura natural, Steve pensou. É o tipo de coisa que um cientista louco veria em um pesadelo.

– Acabem com ele! – Steve gritou novamente.

Atrás dele, Ulysses Klaw apareceu na cratera da base da torre.

– Um exército de criaturas está sob meu comando, mas primeiro... – Ele apontou para um projetor sônico que substituía sua mão direita, e Ultron apareceu.

– Ali! Ultron, você não é mais um guarda-costas! Agora você tem seu próprio exército... ou pelo menos vai ter, assim que eu o criar!

– Ultron não precisa de exército – o robô disse, mas mesmo assim Klaw criou um.

Uma horda variada de criaturas estranhas e animalescas simplesmente ia surgindo, uma após a outra. Algumas voavam, outras andavam, mas todas tinham claramente a intenção de matar. E seguiram na direção dos heróis assim que os viram.

Os heróis entraram em ação. Steve retardou o avanço de uma enorme monstruosidade verde com um golpe do escudo, que voava de modo diferente, um pouco desestabilizado pelo pedaço que faltava. Steve teve que correr para recuperá-lo. Os raios ópticos de Ciclope atravessaram uma criatura alada parecida com um sapo, que caiu aos gritos no chão. Vampira atravessou o ponto onde a criatura estava e se chocou contra outra fera, de boca e asas assustadoras, lançando-se com ela até a parede da torre. Tocha Humana, Thor, Vespa, Tempestade e

Espectro também combatiam as ameaças aéreas, inclusive uma espécie de criatura robótica que Steve achou que seria parecida com Ultron caso ele tivesse sido concebido por dragões em vez de pessoas.

No chão, Colossus se livrou das garras de um monstro verde que tentava abocanhá-lo. Ele escalou até a cabeça da coisa e o socou repetidamente até que desmoronasse. A criatura quase caiu sobre Vespa, que sobrevoava o espaço da batalha dando choques nas criaturas menores.

Coisa, agarrado a uma peluda criatura azul que o tinha atacado pela lateral, subitamente começou a transformar-se novamente em Ben Grimm.

– Não! – ele gritou. – Isso não está acontecendo! Não vou deixar!

E, surpreendentemente, ele voltou a ser o Coisa, desvencilhando-se da criatura enquanto Mulher-Hulk se aproximava para acabar com ela.

– Você reverteu a transformação, Ben! – ela disse. – Não sabia que você podia fazer isso...

– Este é o Mundo de Batalha, Jen. Olhe para mim! – Coisa disse, estendendo com satisfação as mãos de pedra. – Eu posso controlar! Ah, sim, é a melhor coisa que me aconteceu!

Ele voltou correndo para a briga, arrastando um monstro libélula gigante para o solo. Ele e Mulher-Hulk surraram a criatura até que ficasse imóvel.

Hulk foi o primeiro a alcançar Ultron, derrubando o robô com um soco tão forte, que poderia tê-lo lançado em pedaços até o outro lado da planície. Mas Ultron se levantou e devolveu o favor com um raio de energia, atingindo Hulk em cheio.

– Arrrrhg, minha perna! – Hulk rosnou, caindo no chão.

Mulher-Aranha, Wolverine e Homem de Ferro vieram ajudar, impedindo que Ultron se aproximasse e infligisse mais algum dano. Porém, Ultron disparou raios de energias na armadura de Rhodey.

– Não deixe que ele o toque! – Vespa alertou.

Steve não podia ver onde ela estava, mas um agudo guincho eletrônico de doer os ouvidos atravessou o tumulto do campo de batalha um segundo depois, e Ultron caiu imóvel no chão. Vespa apareceu, retornando ao seu tamanho normal.

— Tudo de que ele precisa é um fio solto e o tipo certo de carga liberado internamente — ela comentou. — Obrigada, Hulk! Você abriu um pequeno buraco na armadura de Ultron, por onde pude entrar.

Hulk estava seriamente machucado. Steve nunca o vira sentindo aquele tipo de dor. Na verdade, nem aquela nem qualquer outra dor, pelo que podia se lembrar. Ele gemia, tentando se levantar, mas sua perna já não aguentava mais nenhum peso.

Da cratera, Klaw continuava enviando monstros, mais rápido do que os heróis davam conta. Steve sabia que iriam perder se não conseguisse chegar até a torre. Parou de lutar e correu na direção de Klaw, que o viu se aproximando. Cap deslizou por baixo de uma criatura gigante e verde, do tamanho do Hulk, porém mais peluda, que passou voando graças aos esforços combinados de Reed, Gavião Arqueiro e Magneto.

— Capitão América! Você não pode passar por mim! Tenho um poder além de sua imaginação. Klaw, o Poderoso! Klaw, o invencí... ai!

Klaw continuou a tagarelar. Steve aproximou-se o suficiente para lhe aplicar uma voadora e derrubá-lo enquanto ainda se vangloriava. *Fácil demais*, Steve pensou quando pousou, rolou e continuou correndo. Mas todo o restante havia sido muito difícil até ali. Talvez tudo se equilibrasse, mais cedo ou mais tarde.

62

XAVIER OBSERVAVA A BATALHA, frustrado por sua inabilidade em fazer qualquer outra coisa por conta da energia psiônica que emanava da torre de Destino. Ele vivenciava momentos passageiros das sensações de todos os membros da equipe. Depois que Capitão América desapareceu torre adentro, com Klaw no seu encalço, começou a experimentar múltiplas realidades simultâneas, como se as infinitas possibilidades de qualquer momento estivessem todas chegando a uma existência de igual equivalência. Elas apareciam e desapareciam mais rápido do que ele as podia acompanhar ou entender.

Homem-Aranha se engalfinhava com uma criatura demoníaca alaranjada, quase a ponto de dominá-la. As garras em forma de gancho não penetravam no novo traje do aracnídeo, mas acabaram atirando-o ao chão, sangrando. Johnny havia incinerado um ser que parecia uma sombra ambulante, mas que logo absorveu o fogo e usou a energia negra para drenar a vida de Johnny, deixando-o caído no chão como uma brasa se apagando. Noturno surgia e desaparecia, atacando rápido demais para que as criaturas monstruosas de Klaw conseguissem reagir. Logo depois, no entanto, Noturno também havia caído morto, o corpo brutalmente rasgado pelas presas de uma das criaturas, que previra onde ele apareceria em seguida. E assim acontecia com todos os heróis: uma multiplicidade de destinos em potencial.

Xavier concentrava cada partícula de seu poder psiônico, devotando-as a manter a realidade estável. Esta realidade, na qual ele sabia estar habitando. Fez esforço para se concentrar na realidade como um único fluxo de tempo – o seu fluxo de tempo, de onde os outros derivavam –, o qual ele deveria preservar. Ele travava uma batalha mortal e silenciosa contra a essência do próprio Mundo de Batalha, esculpindo os milhões de momentos em potencial que tentavam de todo jeito se tornar reais, os milhões de desejos que o Mundo de Batalha tinha o poder de realizar. Então se deu conta de que Capitão América estava dentro da imensa torre, travando uma luta similar contra Destino, e que o próprio Destino era a fonte dessa fragmentação da realidade, mas não a única.

Klaw, pensou Xavier. E nesse momento ele compreendeu.

63

CAPITÃO AMÉRICA encontrou Destino no mesmo lugar em que estava antes, como se nem tivesse se movido.

– Ah – Destino disse. – Dentre todos os meus adversários, você seria o único a sobreviver até agora.

– É algo em que sou muito bom – Steve disse.

Destino riu.

– De fato. Muito bom. Você me encanta, Capitão Rogers... mas você é um mortal enfrentando os poderes do universo infinito.

– Acho que não. Acho que estou enfrentando um cara que tenta carregar mais do que pode... e está assustado pra diabos com isso.

– Assustado? – Destino se levantou. – Parece que tenho medo de você?

– Não é o que parece. É o que você está fazendo. Ainda estamos vivos. Você é onipotente e nos queria mortos, então por que ainda estamos respirando, Destino? Se você não estivesse assustado, não teria tentado nos matar... e certamente não teria falhado.

– Basta! Você vai ver o que é falhar – Destino ameaçou. – Eu trago comigo o poder puro do infinito, e você? Você vai morrer, Vingador.

Houve um lampejo de luz.

Steve Rogers encontrou Destino exatamente onde o deixara (um momento antes?). Parecia não haver se passado muito mais do que isso.

– Não! – Destino gritou quando viu Steve. – Você deve morrer e permanecer morto!

Houve um lampejo de luz.

Steve Rogers encontrou Destino exatamente onde o deixara... só que aterrorizado, como se Steve tivesse saído de seu pior pesadelo.

– Então é isso, Destino! – Steve atacou, com o escudo quebrado em prontidão e a outra mão fechada.

– Não! – Destino gritou, caindo de joelhos, para se proteger aos pés de Steve. Os ornamentos da torre desapareceram ao redor deles. Agora, se viram parados no vazio. Steve subitamente se deu conta de que aquela luta não era entre ele e Destino. Era muito maior.

– Escute! – Steve disse. – Você está perdendo contato com a realidade! Se não controlar isso, tudo acabará destruído! Você não pode lidar sozinho com esse poder. Precisa de uma âncora. – Ele estendeu a mão. – Deixe-me ajudá-lo.

Destino ergueu a cabeça, e Steve viu o terror abjeto em seu rosto.

As energias que ele trazia sangravam dele, libertando-se do receptáculo mortal que jamais poderia mantê-las sob controle por muito tempo. O fluxo de energia começou a se reunir acima da cabeça de Destino, e Steve viu outra veia de energia se estendendo e tocando a essência concentrada. Os arredores físicos começaram a reaparecer. Steve olhou para além, seguindo uma nova linha de energia, e viu que ela rompia sua conexão com Ulysses Klaw.

– Destino! – Klaw disse. – Beyonder... ele fez isso para que você perdesse, para fazê-lo pensar errado e perder a segurança, ele se usou de minha astúcia esse todo tempo, e eu... Destino, me perdoe!

A esfera brilhante do poder da essência de Beyonder pairava acima deles, e Steve notou que Beyonder nunca estivera morto. Enfraquecido, talvez, e privado de sua existência física, mas o Mundo de Batalha era um pedaço da vontade de Beyonder. Enquanto ele existisse, como Beyonder poderia morrer?

O corpo de Destino começou a erguer-se do chão.

Não, não, não – Klaw balbuciou, correndo na direção de Destino enquanto o campo de energia de Beyonder envolvia os dois. Steve cambaleou para trás, tentando se afastar. – Mestre, mestre, não vou te abandonarrrr...

Silenciosamente, a luz sumiu. Destino e Klaw desapareceram. Steve Rogers se viu sozinho na Torre de Destino. Ele olhou para si mesmo, como que para ter certeza de que ainda era real.

Vencemos? E, desta vez, definitivamente?

Steve deu uma última olhada ao redor. Os retratos da mãe de Destino haviam sumido. Respirou profundamente e se virou para sair, perguntando-se o que encontraria lá fora.

KURT WAGNER

Ele se foi, e nós estamos aqui. Vitória. Mas minha mente está empesteada de sombras, como se outras coisas tivessem acontecido com outras versões de mim. *Unglaublich*. O que vivenciamos? O que é real e o que é imaginação? Há alguma diferença neste lugar?

Sinto como se houvesse morrido muitas vezes aqui, talvez me apaixonado muitas vezes aqui, talvez vivido muitas vidas completamente diferentes aqui. Tudo o que poderia ter acontecido aqui no Mundo de Batalha aconteceu. Para mim. Acho que os outros sentem o mesmo, mas eles não falam sobre isso. Ocupados demais em ir pra casa, em enterrar Zsaji. Peter Rasputin tem feridas mais profundas do que consegue admitir, e o que mais o magoa é que as mais dolorosas foram infligidas por ele próprio. Todos fomos marcados por este lugar, pelo que aconteceu aqui. Pelo terror de saber que nada é finalmente real se um poder maior do que nós mesmos desejar que não seja. Quem pode sobreviver intacto com tal conhecimento?

Nós difamaremos Destino. Ele mereceu isso, talvez, mas nos permitam dizer que ele, mais do que qualquer um de nós, viu a maneira certa de sobreviver ao jogo de Beyonder. Entre nós, foi o único que se recusou a ser o brinquedinho de um deus. E essa recusa, sendo ou não objetivo dele, nos salvou. Mas por que ele fez isso? Acredito que ele exigiria poder, mas nenhum humano quer poder para o próprio bem. Se quer poder é porque há algo que deseja fazer com ele. Destino não era diferente, e nesse ponto eu sinto compaixão por ele.

Não é pedir demais querer o amor da própria mãe. Não é mesmo. Destino não estava errado nisso.

64

PRIMEIRAMENTE, ele se certificou de que não faltava ninguém. Em seguida, verificou se todos entraram na nave que os levaria de volta à antiga Base Destino, agora reconstruída após a sequência de mudanças de realidade causadas pelos momentos finais de Destino. Lá, Steve Rogers pediu licença e foi para um dos laboratórios, carregando consigo a parte intacta do escudo e os pedaços da outra parte, recuperadas dos montes de poeira e destroços.

Desde a primeira vez que segurou o escudo, soube que segurava algo especial. Algo diferente. Não apenas um símbolo do Capitão América. Não apenas uma arma. Era algo único, indestrutível, voltando a ele com a mesma lealdade que mostrava à bandeira, ao país e a seus compatriotas.

E agora estava quebrado.

Steve colocou os pedaços em uma bancada, reunindo-os como se montasse um quebra-cabeça. O escudo havia suportado os golpes do martelo de Thor, desviado balas, raios de partículas e de energia de origem desconhecida. Havia salvado sua vida milhares de vezes, além de protegido a vida de outros. A lâmina das laterais derrubara muitos vilões, desde Caveira Vermelha até Super-Skrull.

E enquanto o escudo permanecesse quebrado, Capitão América se sentiria enfraquecido, incompleto. Se o Mundo de Batalha pudesse realizar algum de seus desejos, Steve escolheria ter seu escudo de volta.

Steve possivelmente era o cara menos místico do mundo. Mas ali havia visto uma galáxia inteira explodir como a chama de uma vela sendo apagada. Havia visto Galactus sendo arremessado como uma boneca de pano. Havia visto um homem, não muito maior do que ele próprio quando criança, erguer uma cadeia de montanhas e derrubá-la do outro lado de um planeta.

A realidade pode mudar. No Mundo de Batalha, a realidade pode mudar.
Ele manteve as mãos sobre o escudo quebrado.
Este é meu mais profundo desejo, pensou.

••••

Horas mais tarde, Capitão América emergiu da Torre Destino e descobriu que o zoológico monstruoso de Klaw havia sumido. Todos pareciam surpresos em vê-lo vivo, e o Mundo de Batalha parecia mais calmo. Nenhum evento meteorológico incomum, nenhuma deformação da realidade, nenhuma intrusão monstruosa vinda do subconsciente de alguém. Aquilo era bom, porque estavam todos exaustos, e porque Reed Richards precisava de tempo para trabalhar.

Ele tinha começado a avaliar como a tecnologia da Base Destino operava – em particular, os fabricadores. Essas máquinas estavam reunidas em uma única área, adjacente à sala onde Homem-Aranha conseguira seu novo traje. Desde então, outros membros da equipe haviam visitado o alfaiate automático, mas nenhum deles havia recebido um uniforme novo como o de Homem-Aranha. Ele declarara que seu traje tinha algum tipo de inteligência, como se soubesse o que ele queria e pudesse se adaptar. Reed era cético. Se aquele fenômeno estava de fato ocorrendo, era mais provável que fosse por conta da essência do próprio Mundo de Batalha.

Havia terminado de construir o dispositivo que, segundo acreditava, os levaria de volta para casa, e reuniu todo mundo perto da entrada da Base Destino. Os heróis surgiram de diferentes partes do vasto complexo, e Reed tirou um segundo para considerar o quanto todos ali já haviam se familiarizado. O animal humano é extremamente adaptável. Mesmo algo caótico e imprevisível como o Mundo de Batalha logo se torna navegável, uma vez que a inteligência humana tem a oportunidade de se aclimatar.

Reed observou a companhia de heróis. Tiveram suas dificuldades, mas se uniram e lutaram como um só no momento mais crucial, mesmo sabendo que isso poderia significar a morte de todos. Tinha orgulho deles... mas não que precisassem de sua admiração.

Precisavam era de seu poder cerebral para ajudá-los a chegar em casa, e Reed achava que tinha acabado de resolver esse problema. Ele ergueu o dispositivo, que lembrava um controle remoto. Essencialmente, era isso mesmo.

– Confiei um pouco na natureza fundamental do Mundo de Batalha durante a construção deste dispositivo – ele disse. – E é melhor que eu admita isso logo de cara.

– Ótimo – disse Wolverine. – Vamos todos bater os calcanhares e dizer que não há lugar como nosso lar, certo?

– Não exatamente. As máquinas com as quais trabalhei são bem rigorosas quanto à própria capacidade tecnológica – Reed disse. – E a natureza do Mundo de Batalha surgiu durante esses momentos quando, lidando com esses maquinários estranhos, me permiti ser guiado por minha intuição... que foi direcionada pelo desejo de um desfecho em particular.

Ainda cético, Wolverine disse:

– Melhor ainda. Você espera que as máquinas leiam nossas mentes.

– Fique à vontade para ficar aqui se não confia no que eu fiz, Wolverine – Reed disse. – Mas todos vocês sentiram isso. Essa... propriedade inerente do Mundo de Batalha que torna possíveis os desejos mais profundos. Ou não?

Reed olhou ao redor para o grupo. Podia ver que sabiam do que ele estava falando.

– Diabos, e como sentimos – Capitão América disse. – Eu, pelo menos, senti.

E então ergueu o escudo, novamente um círculo perfeito.

– Vocês nunca vão acreditar em como consegui.

– Deixe-me adivinhar – falou Gavião Arqueiro. – Você quis muito que acontecesse.

– Sim. Muito.

— É hora de irmos — Reed anunciou.

Reuniram-se numa elevação do terreno perto do túmulo de Zsaji, mas não muito perto, ou Colossus sucumbiria novamente à autopiedade. Os outros X-Men se revezavam, dando-lhe apoio e mantendo-o na trilha certa, mas a perda havia sido dura para ele. Reed suspeitava que esse fosse o outro lado da atração que sentira por ela, e que aquilo, bem como a atração, era uma consequência de seus poderes de cura. Colossus estava, em certo sentido, se despedindo de Zsaji à medida que as energias de cura dela deixavam o corpo dele.

Johnny Storm também havia estado estranhamente retraído e irritado, provavelmente devido ao mesmo efeito, mas como Johnny era orgulhoso e espirituoso, assim como Colossus era estoico e introspectivo, os dois homens lidavam com os mesmos efeitos de modo diferente.

Vespa lidava graciosamente com sua dor. Parecia triste e cansada, e Reed pensou ter visto rastros de lágrimas em seu rosto, que ela manteve erguido quando seus olhares se encontraram.

— Se olharem para o céu — Reed disse — conseguirão ver... ali.

Ele apontou, e todos viram um pequeno brilho a cerca de quarenta graus acima do horizonte.

— Aquele é o construto no qual nós aparecemos. Este dispositivo nos teleportará até ele, utilizando um mecanismo similar àquele que Beyonder usou para nos trazer à superfície deste planeta.

— Ei! Há mais alguém aqui! — Espectro apontou, e eles viram uma figura humana subindo a lateral da colina na direção deles. — Quem é?

— Aquele é o Doutor Curt Connors — Homem-Aranha disse. — Mas ele deveria ser o Lagarto, a não ser que tenha descoberto como se "deslagartizar". Talvez o Mundo de Batalha o tenha ensinado.

— E ele não é o único que está voltando — Ciclope disse.

Sobrevoando em círculos perto de Connors estava Lockheed, o dragão. Quando ele viu que Connors havia avistado os heróis, voou até Colossus e pousou em seus ombros. Colossus esticou a mão para acariciar o dragão, que ronronou soltando fumaça.

— O dragão me trouxe até aqui — Connors disse, enquanto se aproximava. — Ele é...?

– Sim, é nosso – Ciclope disse. – Pertence à Kitty Pryde. Mas, de onde você está vindo? E por que não é mais o Lagarto?

– Encantor tentou drenar minha força vital para se teleportar até Asgard – Connors explicou. – Mas, em vez disso, ela apenas retirou a parte Lagarto de mim, e acho que se foi para sempre.

– Não posso dizer que sinto muito por ouvir isso, Doutor – Homem-Aranha disse. – Às vezes, você me dava muito trabalho.

Connors começou a sorrir.

– Você quer dizer que o Lagarto dava. Espero poder voltar para a Terra e consertar algumas coisas. Vamos voltar para a Terra, não vamos?

– Era exatamente disso que eu estava falando – Reed disse. – Este dispositivo vai nos enviar em pequenos grupos até o construto de Beyonder. De lá, nos levará para casa. Quem quer ir primeiro?

Os X-Men e Magneto formaram um grupo. Lockheed ainda estava curvado sobre os ombros de Colossus.

– Uma grande família feliz – Wolverine comentou. Magneto não disse nada.

Reed apontou o dispositivo para eles e pressionou o botão. Com um pequeno estalo de energia e uma lufada de ar, eles se foram.

– Os Vingadores em seguida? – Reed sugeriu. Eles se reuniram, e Capitão América disse:

– Precisamos nos reunir e fazer um relatório quando chegarmos em casa.

– Entendido, Capitão – Reed confirmou. Ele pressionou novamente o botão, e os Vingadores foram teleportados.

Sobraram Johnny, Ben, Connors, Mulher-Aranha e Homem-Aranha. E, é claro, o próprio Reed.

– Ei, posso ver essa coisa? – solicitou Ben Grimm. – Quero fazer desta vez.

– Claro, Ben – Reed disse, entregando-lhe o dispositivo. Ben voltou à sua forma humana.

– Vai ser mais fácil apertar o botão com os dedos normais – disse. – Todo mundo pronto?

65

— VOCÊ VAI QUERER SEGURAR O DISPOSITIVO e apertar o botão com ele apontado na sua direção para se certificar de que todos seremos incluídos no campo de teletransporte – Reed disse. – Se aproxime um pouco mais do grupo, Ben.

Em vez disso, Ben deu alguns passos para trás.

– Ei, o que você está fazendo? – Johnny perguntou. – Você ouviu o que Reed disse.

– Sim, eu ouvi – Ben disse. – Mas acho que vou dar mais um tempinho por aqui. Vocês podem ir na frente.

– Ben, você não pode estar falando sério – Reed disse.

– Lógico que posso – Ben disse. – Já tivemos toda essa conversa sobre o que o Mundo de Batalha nos deu. Xavier pode andar, o Aranha ganhou roupa nova, Connors virou humano novamente. Sabe o que eu aprendi aqui? Como ser eu mesmo. Quero dizer, os dois tipos de mim. Os dois lados. E ainda não estou pronto para me livrar disso.

Ele apontou o dispositivo para o grupo.

– O Quarteto Fantástico precisa de você, Ben – Reed disse.

– Você pode me substituir por um tempo – Ben disse. – Há várias pessoas que podem adicionar uns músculos à equipe. Escutem, digam a Alicia que eu vou voltar. Não vou ficar aqui pra sempre. Eu apenas...apenas quero curtir um pouco mais o fato de eu ser capaz de ser eu, ok?

– Eu posso prendê-lo numa teia, Reed – Homem-Aranha disse.

Reed ergueu a mão para impedir o Aranha.

– Ben – ele disse. – É um enorme risco que você está correndo. O dom que o Mundo de Batalha lhe concedeu pode sobreviver quando você chegar em casa, mas não podemos garantir que o construto ficará aqui para sempre.

– Eu sei – Ben disse. – Mas tenho uma sensação. Olha, nós vencemos. O Beyonder ainda está por aí, e fomos nós que o ajudamos a se livrar do Dr. Destino. Nós vencemos o jogo. Isso significa que conseguimos o que queríamos. E tudo o que queríamos era ir para casa.

– Há lógica demais aí se considerarmos que estamos falando sobre um ser de outra dimensão que estava a fim de matar todos nós – Homem-Aranha pontuou.

– Tanto faz – Ben disse. – É o que vou fazer. Ainda estou com o aparelho, certo? Isso significa que posso partir assim que sentir que estou pronto. Agora caiam fora daqui.

– Não perca o dispositivo, Ben... – Reed começou, mas Ben apertou o botão, interrompendo o restante da advertência de Reed. O último grupo sumiu com um estalo de energia.

Ele estava só no Mundo de Batalha.

Cara legal, Reed Richards. Um pouco mandão, pois sabe que é muito mais esperto do que todos os outros, mas seu coração está no lugar certo. No entanto, ele não compreendia Ben, porque os poderes de Reed não tiraram nada dele. Os de Ben tiraram. Fizeram com que ele se sentisse uma aberração, e ele simplesmente não era capaz de sair de sua monstruosidade ou escondê-la com uma identidade secreta – não até chegar ao Mundo de Batalha.

Ben Grimm olhou para suas mãos, segurando o dispositivo de teletransporte. Suas mãos humanas, pele, ossos, veias e pequenos pelos. Cedo ou tarde, ele voltaria para a Terra. Não queria ser um eremita, ou o senhor de sejam lá quais criaturas ainda rondem este lugar. Desejava apenar ser Ben. Ao menos por mais um tempo. E isso não era pedir muito.

AGRADECIMENTOS

PRIMEIRAMENTE, obrigado a Jim Shooter, Mike Zeck e John Beatty por criarem uma história tão vasta, ricamente louca e bela com a qual eu pudesse trabalhar.

Agradeço também a Stuart Moore, por ter me dado a chance de escrever este livro, e a Marie Javins, Jeff Youngquist e Sarah Brunstad, por terem me ajudado até o fim.

E, finalmente, este livro é dedicado a Ian, Emma e Avi, por amarem histórias em quadrinhos daquele jeito delicioso que as crianças amam, pois isso me fez voltar a amá-las também.

Compartilhando propósitos e conectando pessoas
Visite nosso site e fique por dentro dos nossos lançamentos:
www.novoseculo.com.br

- facebook/novoseculoeditora
- @novoseculoeditora
- @NovoSeculo
- novo século editora

gruponovoseculo.com.br

Edição: 1
Fonte: Chaparral Pro